新时期文学理论的发展和走向研究

祝天文　著

H.P.H 哈尔滨出版社
HARBIN PUBLISHING HOUSE

图书在版编目（CIP）数据

新时期文学理论的发展和走向研究 / 祝天文著. --
哈尔滨 : 哈尔滨出版社, 2023.1
ISBN 978-7-5484-7051-9

Ⅰ. ①新… Ⅱ. ①祝… Ⅲ. ①中国文学 – 当代文学 –
文学理论 – 研究 Ⅳ. ①I206.7

中国国家版本馆CIP数据核字(2023)第012959号

书　　名：新时期文学理论的发展和走向研究
XINSHIQI WENXUE LILUN DE FAZHAN HE ZOUXIANG YANJIU

作　　者：祝天文　著
责任编辑：韩金华
封面设计：舒小波

出版发行：哈尔滨出版社（Harbin Publishing House）
社　　址：哈尔滨市香坊区泰山路82-9号　　邮编：150090
经　　销：全国新华书店
印　　刷：北京宝莲鸿图科技有限公司
网　　址：www.hrbcbs.com
E-mail：hrbcbs@yeah.net
编辑版权热线：（0451）87900271　87900272
销售热线：（0451）87900201　87900203

开　　本：787mm × 1092mm　1/16　印张：10.25　字数：240千字
版　　次：2023年1月第1版
印　　次：2023年1月第1次印刷
书　　号：ISBN 978-7-5484-7051-9
定　　价：68.00元

前言
Preface

理论是基于现实又高于现实的对现实事物的来源、运行规则及结果的解释。对于文学来说，文学理论是基于对以往文学作品的分析和研究而归纳出来的一系列能够描述文学作品的内涵、解释文学讨论中的问题的理论建构存在。学术生命的根基在于和时代的感应。20世纪以来中国文论的现代性发展与演变，先后受到科学主义、意识形态和人文科学三种元理论的影响。科学主义模式奠定中国文论的知识学结构，但其价值判断的缺失导致了意识形态对文学理论的塑造。20世纪80年代关于马克思主义人文思想的大讨论，使马克思人文科学主义理想的终极价值既超越了科学主义的非价值立场，也超越了专制意识形态的价值范式，成为引导和提升当代中国文论发展的价值基点。

新时期以来，随中国社会的大变革和西方多种文艺思潮的涌入，中国文论出现了历史性危机。有学者认为造成当今文学理论危机的一个重要原因是其科学性的缺失。也有学者认为文学实践和文学理论的脱节也是造成这一危机的重要根源。还有学者认为百年中国文论发展已形成“主体性的构建与消解及在此过程中形成的多元化格局”，未来中国文论应是一门“间性”学科，它包括文本间性、主体间性、学科间性和文化间性等[1]。

进入新时代，多数学者总结改革开放40多年以来中国文论发展历程，将其划分为新时期、新世纪、新时代三个阶段，认为它们有着各自的时代性特点。更多学者认为未来中国文论发展需要在自信与对话中构建当代中国文论[2]，认为文化自信与文化向心力是一个国家和民族进步的灵魂，而中国文论的现代化建设对“重塑文化自信、促进中华文化国际传播”有极为重要的现实意义。这些探索积极回应了新时代如何创新发展中国文论、如何构建有中国特色的文学理论话语体系等现实问题。文学理论是源于文学本身，又是高于文学的，因此，文学理论的发展对文学发展和社会文化发展有着极为重要的指导意义。在文学作为社会精神文明重要组成部分的今天，探讨文学理论的现状、前沿与发展，对文学未来走向及社会精神文明进步有着不可替代的作用。

1　李庆本．百年中国文艺理论的回顾与展望[J]．中州学刊，2017（1）．
2　可晓峰．在自信与对话中构建当代中国文论——2016年文艺理论研究前沿问题撮要[J]．文艺争鸣，2017（3）．

目录

Contents

第一章　导论

第一节　研究背景

“新时期”是对 1978 年以来改革开放 40 多年的一个总称。新时期是中国当代文学理论的迅速转型和高速发展时期。2018 年，鲁枢元、刘锋杰等著的《新时期 40 年文学理论与批评发展史》对新时期文学理论进行了“盘点”，并提出新时期文学已经成为历史[1]。

纵观新时期 40 多年，中国文学理论发展大概分两个阶段：“建设”阶段与“反思”阶段。“建设”是指中国当代文学理论在俄苏文论、西方文论与中国古代文论之间的理论引进与融合。“反思”是指学界对中国当代文学理论建设中呈现的“过度理论化”和“非实践性”倾向的反思，这也是对文学理论如何可能的研究。1978 年至 1990 年末，是中国文学理论的建设阶段，这一时期文学理论研究呈现出专业化、学术化和多元化的特点。在建设过程中，文学理论体系越来越复杂，却也越来越无力。文学理论家深陷西方理论的泥潭中不能自拔，文学理论越来越远离当前的文学现象和文学实践，陷入了“空泛化”的状态。2000 年以后中国文学理论进入反思研究阶段。这种反思研究既是新时期文学理论发展的必经阶段，也跟西方文论界的理论反思有密切的联系。在西方文论界，从 20 世纪 70 年代开始，特别是 1990 年以后，许多学者的研究在“理论终结”的氛围中进入“后理论时期”。这方面的研究成果有伊格尔顿的《理论之后》、保罗·德·曼的《理论的抵抗》、马丁·麦克奎伦的《后理论：文化批评的新方向》等。这些学者强调了“大理论”的结束，多元性与具体性理论的建立。他们在反对宏大叙事的同时，强调了反思研究的重要性。

文学理论的“实践性”问题是新时期文学理论反思的重中之重。进入新世纪以后，随着文学的边缘化和文化研究的兴起，传统的文学研究被放逐了。中国文论界常用“危机”“困境”等词汇来描述文学理论的现状，童庆炳曾在中国中外文艺理论学会第七届年会上指出文学理论研究三大危机：理论脱离实际、文学理论面对蓬勃发展的各种人文社会科学所处的封闭和孤立状态、文学理论学术研究的浅表化。[2] 其中，居于首位的是理论脱离实际，即文学理论实践性品格的弱化问题。在学界，文学理论实践性品格的弱化已是不争的事实，甚至有学者宣称：“非实践性在很大程度上已经构成了我国新时期以来文学理论建设的重大的合法性危机与生存危机。”[3] 那么为什么中国文学理论发展至今，竟沦落到如此境地呢？《新时期文学理论的发展和走向研究》试从文学理论的现状、前沿与发展，对文学未来走向及社会精神文明进步有着不可替代的作用几个方面分析当前我国文学理论发展所遭遇的危机。

1　鲁枢元．刘锋杰，等，新时期 40 年文学理论与批评发展史 [M]. 杭州：浙江文艺出版社，2018.

2　孙永良，辛楠．文学理论：现状、前沿与发展中国中外文艺理论学会第七届年会暨“文学理论前沿问题”学术研讨会综述 [J]. 社会科学战线，2010，（6）.

3　杜吉刚．非实践性：新时期文学理论建设的主导性品格 [J]. 内蒙古社会科学，2010（5）.

第二节　研究综述

欲全面准确地认识和把握新时期文学理论和观念的发展状况，既需要对具体文学观念演进和争论进行梳理和研判，也需要对相关宏观性问题进行整体考察与系统综合。其中，演进动因、演进历程、共识结构等，即属于首先需要面对的几个宏观性问题。对这些具有内在关联的宏观性问题的考察与综合不可或缺，它们涉及对于新时期文学理论的基本特征、精神风貌和总体轮廓的概括与把握，也是具体性理论问题研究的认知前提与论析参照。只有以这些研究为基础，对新时期文学理论进程中各个重要文学观念的流变和论争进行辨析与评定，才能回到历史语境和理论本体，以符合历史逻辑和理论逻辑的方式有效地展开并落到实处。

一、新时期文学理论观念的演进动因

相较于此前也就是新中国成立后的30年，新时期文学观念的发展可以用活跃、开放、进取、创新来加以概括。这种氛围和格局的形成是多种历史因素“合力”作用的结果。这些“合力”因素既有属于文学理论之外之客观方面的，也有属于文学理论自身之主观方面的。文学理论之外的因素主要包括中国社会、经济和文化由封闭到渐次开放的历史巨变和中国当代文艺实践的时代变化两个方面。文学理论自身的因素也主要包括两个方面：一是西方现当代文艺观念包括西方马克思主义文艺理论和美学的传播与影响，二是对此前中国文学理论发展之经验、教训的总结和反思，以及由此带来的问题意识的觉醒和强化、学术论争意识的恢复和增强等。脱离这些相关历史因素的分析，就难以说清新时期文学观念何以变动不居，又为何如此演变。

每个时代有一时代之文学。新时期文学理论的发展与文学观念的变化首先是由新时期改革开放的客观历史进程所规约、所决定的。在文学理论之外的客观时代因素方面，经济和文化两个维度的深刻历史巨变，均在不同时期和不同程度上为新时期文学理论注入了变革与创新的动力，刻下了这个时代特有的精神印记。

可以说，正是新时期市场经济的快速发展，逐渐地直至从根本上改变了当代文学从业者的身份定位及其与社会的关系，也改变了文学的社会属性和文学理论研究的版图。就文学从业者来说，以往按照国家订货来写作与现在按照市场要求来写作是不同的。就是在当下，给传统文学期刊和出版社创作文学作品与网络写手的写作也不可同日而语。以文学的社会属性而言，市场经济的客观规约，使理论研究不能不在文学的精神属性之外还要认可其商品属性，进而又不能不对文学事业和文学产业加以区分。就文学理论研究的版图看，正是经济因素的影响和侵入，文学生产论、文学生产和消费主义文化观念的关系及日常生活审美化与文艺学研究边界移动、内容扩容及范式转换等问题，才进入理论殿堂，引发研究关注。至于一般社会文化状况对文学观念的影响也是显而易见的。新时期中国的文化状况也处于由宏观格局到

价值取向的剧烈变动之中。就宏观格局而言，中国新时期的文化经历了由改革开放之前相对封闭的自我发展到打开国门、在和域外文化的交流对话中走向世界的过程，在这一过程中，文化建设的民族性与世界性及传统性与当代性的关系等问题应运而生。就文化存在的价值取向而论，新时期文化由新时期早期的一体化状态逐渐分流为主流意识形态主导的官方文化、精英文化和市场主导的大众文化三种存在形态。文化状况的这两个方面，都给予新时期文学和文学理论发展以深刻影响，总体理论建设中比较文学学科的崛起、文化研究的风行和西方文学理论的本土化、古代文论的现代转换或转化、马克思主义文学理论的中国化之“三化”吁求，以及文学的民族性与世界性的关系、文学与大众文化的关系、文学与民族文化特别是中华美学精神的传承等理论探讨，应该说均与文化的嬗变相呼应。

经济和文化场域的时代动因之外，文学场域里当代文学实践的时代变化也直接或间接地给予新时期文学观念以不同影响。总体而言，理论向当代文学实践的开放、理论与实践的互动是新时期文学理论开放性时代特征的一个具体体现，也是新时期文学理论整体发展态势中的一个新气象。20 世纪 80 年代文学理论和批评由较强的社会化思维到逐渐回归文学本身的演变，与当时文学自身的演变密不可分。新时期文学从最初的“伤痕文学”到“反思文学”“改革文学”，再到“寻根文学”“先锋文学”“新写实主义文学”“新历史主义文学”等的演进其实就是一个回归文学自身的过程，与此相应，才有了当时文学理论在文学内外关系上由外在论、客观论向内在论、主体论的转向，有了文学反映论、文学意识形态论向审美反映论、审美意识形态论的变迁。同样，近一二十年来，文学理论研究由文学研究到文化研究的拓展甚至泛化，也是以通俗文化、大众文化、消费文化的崛起所带来的文学格局变化，主要是以通俗文学、大众性消费文学的大行其道为基础的。理论是实践的产物，是实践的总结和升华，新时期文学理论的发展再次印证了这个道理。理论对于实践的这种依存关系，似乎是理论发展不可逃离的“宿命”，探讨新时期文学理论的发展和基本文学观念的演进，不能无视这个客观现实。理论观念的创新当然可以超越具体文学实践的观念营构，从而对其具有引领与指导作用，但却不能完全脱离文学发展的现状，不应无视现实实践的客观需求。新时期从国外传来的文学理论和观念难以计数，中国学者自己提出的理论和观点也不胜枚举，但由于与中国的文学生态不适应，不能应对中国文学发展的客观需求，其中许多的理论和观念并无现实生命力，这也正从反面说明文学实践是理论发展的基础，理论创新的动力应该孕育于客观现实之中。

客观动因之外，文学理论自身场域的变化，也推动了新时期文学观念的变化和演进。新时期之前的一段时间内，中国的文学理论基本上是在一个相对封闭、停滞的状态下运行的，基本文学理论和批评观念几十年如一日，没有大的变化。但是，随着西方现当代文艺观念包括西方马克思主义文论和美学的传播与影响，中国的文学理论和文学观念也在东西、新旧理论和观念的交流、碰撞与互动中发生了化学式的交融、化合与裂变。诚如钱中文先生所言：我国文学理论在反思中，深感我国文学理论在求变、求新的过程中，每个阶段都深受外国文论的影响。[1] 且不说中国当代文学理论和观念之整体格局的变化和位移，仅就文学活动的一些

1　钱中文．文学理论：在新世纪的晨曦中 [J]. 文学评论，1999（6）．

重要局部性环节而论，精神分析文论和人本主义心理学文论对文学创作论的补充，形式主义、新批评、现象学、结构主义等文艺理论与批评对传统的内容—形式二分的作品论、文本观的冲击和改造，接受美学理论对传统上以鉴赏和批评为主要内容的接受论的极大丰富，符号学和叙事学理论对文学符号和叙事问题的新颖拓展，相对于新时期以往的理论研究状况而言，可以说都别开生面。这一点，仅从新时期以来特别是新近一些年的文学理论教材中即可窥见一斑。现在的文学理论教材与20世纪五六十年代的相比，在基本观念、总体框架和局部论述上，都已不可同日而语。在这个变化的过程中，西方马克思主义文论和美学的传播及其影响与作用不可小觑。由于西方马克思主义中的一些代表性人物——如马尔库塞——的理论是以试图对马克思主义美学的一些流行的正统观念质疑，以期有所贡献[1]的姿态出现的，这就改变了中国学者心目中马克思主义文艺理论的定型化前见，从而超越了以往紧紧围绕着少数几位经典作家打转转以致造成“理论的贫困”那样一种局面。西马文论和美学是在西方发达资本主义国家的社会经济、文化和艺术现实基础上产生的，这决定了传统马克思主义文论和美学限于时代条件而不可能具有大量新的文化信息和理论内容，对西马文论和美学的接纳，形成了马克思主义文学理论经典形态和当代形态的延续与对接，这也使我国的马克思主义文学理论呈现出了多取向、多样性的态势和格局。在新时期文学理论与批评中，人道主义文艺观念的复苏，现实主义与现代主义文学的关系及其评价，文学生产论的崛起，文化研究、文化批判特别是文化工业和大众文化研究的兴盛，文学本质研究中文学与意识形态关系的再思考等，以及其他一些文学问题的提出和理论研究的深化，都与西方马克思主义文论和美学的理论旨趣及中国影响密切相关。

在文学理论自身场域中，对此前中国文学理论发展之经验、教训的总结和反思，也是新时期文学观念演进的一个重要动力。因为这种总结和反思不仅仅重温了已经走过的历程，为中国当代文学理论的学术史书写留下了一篇篇一部部前史、前传，更重要的是它令人从中意识到了以往存在的不足、局限和问题，明确了制约中国文学理论发展的整体性问题和具体理论观念创新发展的症结性问题，由此催生了问题意识的觉醒和强化。问题意识本是一切理论创新的助推器，但是由于我们以往的文学理论研究深深囿于注经式的思维定式之中，所以问题意识是极度欠缺的。问题意识的觉醒和强化对文学观念的推进主要体现为两个方面：一是从宏观层面上促成了文学理论的哲学基础、主导观念和基本理论命题与理论关系设定上的多样化甚至多元化思考与探索，为新时期文艺理论不同学派和学说的理论建构打下了基础，也造成了不同学派与观念之间相互碰撞与激荡的热闹与活跃局面；二是在众多具体性理论命题和观念上，打破了以往基于一种哲学理论或某个经典论述而定于一尊的局面，具体文学问题的学术认知和论断不再为某一理论或某一学说所垄断，文学理论研究真正显示出了基于鲜活的文学存在现实而本应具有的丰富性、复杂性，以及由此而来的再认识再阐发的可能性、诱惑性。这种变化，不仅带来了文学理论研究的多样化，也使得文学理论研究有了与众不同的个性，有了花样翻新的魅力。

与问题意识的觉醒和强化相伴随着的是学术论争意识的恢复和增强。中国新时期的历史

1　马尔库塞．美学方面 // 现代美学析疑 [M]. 绿原，译．北京：文化艺术出版社，1987.

进程是以思想解放为先导的，思想解放意味着对国家发展指导思想层面上的某些既有思想观念和条条框框都可以纠偏与突破，更不用说在具体思想和实践领域了，这就大大释放了整个社会的活力，也释放了文学理论研究中思想创新、观念突破的活力，从而为学术争鸣的出场奠定了良好的社会和精神氛围。学术争鸣的出场使得一个又一个学术理论问题得以聚焦，受到关注，甚至成为热点话题，致使问题意识的觉醒和强化落到实处，转化为文学理论研究的具体话语行为。新时期不同阶段的学术争鸣体现了不同的历史境遇，凸显出了不同阶段文艺理论界当下性的特殊问题意识，也推动着新时期文学理论和文学观念一步步走向进取和多样、丰厚和深广。

二、新时期文学理论观念的演进历程

就历时进程来看，新时期文学理论和批评的发展大致可以分为三个依次接续、辩证推进的阶段：从 1978 年到 20 世纪 80 年代初期是新时期文学理论和批评发展的第一个阶段；从 20 世纪 80 年代中期到 20 世纪 90 年代中期，是其第二个阶段；从 20 世纪 90 年代后期以来，则是其第三个阶段。由于具体社会语境的不断变化，新时期文学理论和批评在每一个新的阶段都遭遇新的问题，同时又都在应对和解决新问题中走向观念的创新和理论的新发展。三个阶段文学观念的建构，在历史发展的经线上串联起来，前后相续，环环相扣，经历了由新时期之初的一元垄断至 20 世纪八九十年代的多元分化、再到 20 世纪 90 年代后期以来在马克思主义基本文学观念指导下走向综合创新的辩证历程。

在急剧全球化和国家快速发展的语境之下，文学理论和批评领域在整体态势与观念趋向上均发生了显著的变化，这种变化主要体现在如下三个方面：

首先，在经历了前两个阶段西方文学和批评理论观念的巨量引进及自身文学理论和批评观念的多样性以至多元化发展之后，主流文学理论界越来越把综合创新作为中国文学理论发展的自觉选择和追求。自 20 世纪 80 年代前期开始，一些学者如吴元迈、刘宁、钱中文等就介绍了苏联和欧洲文论界关于开展文学综合研究的一些理论主张和具体做法，从事中国文学研究的一些学者如刘再复等也在加强宏观研究的名义下发出了开展综合研究的呼吁，认为文学综合研究已提上议事日程。不过，当时一般论者大多还是将综合研究作为众多新兴研究方法的一种来看待。1989 年，狄其骢先生在一篇文章中率先从文艺理论研究的整体态势和格局上提出了“面向新的综合”的主张，认为新时期文艺理论在经历了分化、多元的发展之后，关键已不在量的增多和翻新，而在质的提高和落实，也就是说，不在分化而在综合，分化的深入需要综合，综合是分化的深入，新时期文艺理论正面临着一种新的综合的趋势[1]。狄其骢先生之外，钱中文、王元骧、陆贵山等文论界领军人物均为文学理论综合创新的大力倡导者与践行者，王元骧先生还直接将自己的一部代表性文论选集命名为《探寻综合创造之路》，可见，进入第三个阶段之后，综合创新的思路和主张的确已经成为主流文论界的理论共识和追求目标。近 20 多年来的许多理论成果，应该说都是这种共识和追求的产物，其创新思路和理论品格大多可以于“综合”二字中获得解释。

其次，与文学理论综合创新的主张和追求相联系，新时期第三阶段的学术界对于中、外文

1　狄其骢 . 面向新的综合——探讨文艺理论发展的趋向和问题 [J]. 文史哲，1989（2）.

化和文论的态度发生了明显的转向。全球化的加剧使文化和文论建设的民族性与世界性的关系更加突出，20 世纪 80 年代那种睁大眼睛看西方，唯欧美的新理论、新学说、新观点、新方法马首是瞻的做法得以改观。在民族本位日趋自觉的背景之下，先是有的学者通过对近百年来的文化和文论反思，得出中国文论界患上了“文论失语症”的沉痛论断，认为中国近百年来的文论都是借用了他人的话语，已经不会说自己的话了，因此之故需要重建中国文论话语。[1]

随后，在 20 世纪 50 年代即已提出的建设有中国特色的马克思主义文论即马克思主义文论的中国化主张之外，学界又提出了西方文论的本土化和古代文论的现代转换或转化两大宏观性理论建设主张。马克思主义文论中国化、西方文论本土化、古代文论的现代转化，被学界简称为中国文学理论建设的“三化”工程，其实这正是中国文学理论综合创新在不同理论领域和向度上的具体延伸。马克思主义文论中国化侧重强调的是中国文学理论研究要把马克思主义的理论原则与中国的具体实践有机结合起来，在中国当代文艺实践的基础上运用马克思主义文论，并创造性地发展融会着中国经验的当代形态的马克思主义文论。西方文论本土化侧重强调的是中外文论的有机融通，强调对外来文论基于中国需要、中国立场、中国发展的自主选择、批判扬弃与合理取用。古代文论的现代转化强调的在于将自身传统的继承与新的时代创造贯通起来，吸取中国传统文论的精华，结合当代的文学实际和审美需求，将古代优秀文论加以创造性转化，在古与今的对话中，用当代的现实去激活传统的精华，又用传统的精华来丰富当代的创造，在这样的激活与创造中使中华文化精神、中华美学精神得以传承，并获得现实的生命活力。不难看出，“三化”工程都是强调在不同文学理论与实践话语的交流、对话与碰撞、融通中走向文学理论与观念的辩证综合，但这种辩证综合有一个共同的落脚点，就是中国当代文论和观念的发展与创新。中国性、当代性的凸显，标示着古今特别是中外文论关系格局的新变化，民族本位立场成为中国当代文学理论研究的自觉站位，中国特色的追求也成为全球化语境中中国学者身份认同的重要理论表征。

再次，伴随着大众性、消费性文化的急剧膨胀性发展和“日常生活审美化”现象的滋生与蔓延，自 20 世纪 90 年代中期以降，传统的思辨型哲学美学研究受到强大冲击甚至质疑，文学审美研究转向泛审美文化现象的研究。这一时期，像 20 世纪 80 年中前期关于美和美感的本质与根源之类问题的探讨及反映论美学与实践论美学的论争及 20 世纪 80 年代后期至 20 世纪 90 年代中前期的生命美学、超越美学等，都不再吸引学者们的注意力，代之而起的是审美文化特别是大众审美文化的研究渐成风潮，它成为美学研究的热门，也成为文学理论研究不可忽视和回避的问题。

在此基础上，文学与审美的关系也日渐成为理论界关注的热点问题，这种关注主要体现于新世纪以来两个理论讨论和争鸣之中：

一是围绕“日常生活审美化”现象的讨论和争鸣。当代日常生活中审美化现象的蔓延打破了审美与非审美、文艺与非文艺的界限，于是一些学者如王德胜、陶东风等人便敏锐地提出了美学、文学研究的内容要不要扩容，日常生活中的审美现象应不应该进入美学和文学理

1　参见曹顺庆：《21 世纪中国文论发展战略与重建中国文论话语》（《东方丛刊》1995 年第 3 期）、《文论失语症与文化病态》（《文艺争鸣》1996 年第 2 期）、《从“失语症”“话语重建”到“异质性”》（《文艺研究》1999 年第 4 期）、《再说“失语症”》（《浙江大学学报》2006 年第 1 期）。

论研究视野之中成为研究对象的问题。尽管在这一讨论中学界存在很不相同的观点，但这个讨论对于推动中国当代美学、文艺学走出精英主义的纯艺术研究立场和思路，并由玄学思辨转向关注审美文化的现实发展与语境起到了推进作用。

二是围绕文学是否为审美意识形态问题展开的讨论和争鸣。在新时期文学理论发展的第一个阶段，主流学界形成了“文学是审美意识形态”的文学本质观和理论命题。新世纪以来，这种文学本质观和理论命题遭遇到以董学文先生为代表的一批学者的质疑和批评，他们认为根据马克思主义的经典文献，只能说文学是意识形态的形式，或者说是特殊的意识形态的形式，而不能说是审美意识形态，甚至不能说是意识形态。这场争论历时十余年，至今尚未完全停息，中国文艺理论界的主要学者大多都参与其中，就其延续时间之长、参与人数之众、取得成果之丰而言，堪称新时期文学理论论争的一个典型事件。

文学本质是文学观念的核心，也是体系化文学理论建构的逻辑前提，因此这场论争的学术价值和意义是不言自明的，论争将新时期文学理论发展第一阶段已经展开的文艺与意识形态关系的讨论提升至一个新的境界，也为新世纪中国文学理论的反思与前行奠定了一个良好的开局和基础。

三、新时期文学理论观念演进的共识结构

新时期文学观念是极其丰富多样的。那么，从共时态的角度来看，这些丰富多样的文学观念又是如何共生，如何结合为一个整体性存在的呢？这便涉及新时期文学观念的共识结构组合问题。就观念自身的关系组合来看，新时期文学观念的发展包含三个有机相连的部分：一是对文学基本性质的认识，包括文学的本质、特性、社会功能等；二是对文学活动系统各个构成部分、环节和重要理论关系与问题的认识；三是对文学理论的学科性质、研究方法等学科自身相关理论问题的研究和反思，以及由此而来的学科建设意识的自觉。三个部分以对文学基本性质的认识为主体和思想轴心，既相互依存又相互促进，共同组成了新时期文学观念创新一体两翼的整体结构组合。

对文学基本性质的研讨贯穿了新时期文学理论发展的始终。在马克思主义文艺理论的发展中，它最初是以文学在总体社会结构中的位置来界定其社会本质和功能的，这就是依据马克思主义的历史唯物主义理论，把文学作为矗立于社会经济基础之上的“意识形态”或“观念的上层建筑”。20 世纪 20 年代后期“革命文学”运动兴起之后，中国左翼文学界最先接受的也是这种观念。20 世纪 30 年代之后，苏联学界在反对庸俗文艺社会学对文学意识形态性特别是其阶级性的机械理解的时候，又以马克思主义辩证唯物论关于社会存在和社会意识的辩证关系理论特别是列宁的哲学反映论为基础，将文学界定为社会生活的反映，并将文学的基本理论关系和问题规定为文学与生活的关系。从此，马克思主义文艺学家们开始转变自己的方法论立场，把生活的一般规律性及其在艺术家社会意识中的反映提到首位，与此同时，则开始尽量少谈艺术作品的思想倾向性和表现于其中的艺术家的社会观点。至 20 世纪四五十年代，“艺术是反映现实的形式的观点”，也就是艺术的认识本性说成为苏联文艺理论和美学界的主导学说，并给予中国文艺学和美学界以决定性影响。[1]

1 谭好哲 . 文艺与意识形态 [M]. 济南：山东大学出版社，1997.

文学反映论强调文学对社会生活的认识作用，同时又以形象性解说文学的特征，因而一般被概括为形象认识说，我国20世纪五六十年代的文学理论教科书都是以形象认识说为核心建构体系的。文学意识形态论和文学反映论这两种文学本质论，在基本内涵上互有交叉和包容，又在具体理论内容上稍有差异，在中国两种提法其实一直共存并行。虽然由于受苏联影响，文学理论界当时更多使用文学反映论的提法，而在内涵界定上却并没有对两种提法做非此即彼的取舍，蔡仪先生主编的《文学概论》以“文学是反映社会生活的特殊意识形态”的提法而将两种提法合而为一就是一个典型例证。

新时期开始之后，随着文艺与社会的关系、文艺与人道主义的关系等的讨论和争鸣及对“文学是人学”命题的再确认和对中外非现实主义文学创作的再认识再评价，以往流行的文学本质观对文学的解释受到重新检视，其实践效果也开始受到质疑、反思直至批判。于是，我们看到，作为对机械反映论的反思和超越，而有了能动反映论、审美反映论的理论思考和建构；作为对庸俗文艺社会学的反思和超越，而有了文学与上层建筑的关系、文学与意识形态的关系、文学与审美意识形态的关系等的讨论和争鸣，有了“文学是审美意识形态”“文学是意识形态的形式”等新的理论提法和表述。概括而言，以审美论对传统文学本质观加以补充和拓展，以审美反映论取代文学反映论、以审美意识形态论取代文学意识形态论，是20世纪80年代中期之后文学本质论研究的主流观点。这些新的理论观念的产生，与经历了长期极“左”思潮的蹂躏之后文学由从属于社会向自身的回归，即“回到文学本身”的追求与趋向是一致的。相对于以往而言，这是在文学本质论这一文学观念的核心层面上实现的文学范式革命，至今为止，中国文学理论总体上还处于这一基本观念和理论范式的统摄之下。与文学本质论的研究密切相关，20世纪80年代中后期以来的文学主体论、文学形式论、文学价值论、文学生产论、文学本体论等的理论研讨和建构，也都在不同维度、不同层面上对文学的社会属性、社会功能和存在特性做出了理论上的深入开掘，提出的大量新观点、新方法都是此前的文学研究中少见或未曾见到的，其理论创新意义显而易见。

对文学基本性质的反思和建构，是新时期文学观念演进的主体与核心部分，其对新时期文学观念的整体演进格局和方向也起到了主要的、主导性的推进和带动作用。随着基本文学性质认识上的改观，学者对文学活动系统中的重要环节和重要文学问题的研究也发生了很大的变化。此一时期，学者对文学活动系统中三大构成板块——文学创作论、文学作品论、文学接受论的认识与此前相比均有了很大不同。文学创作论中，以弗洛伊德的本能欲望升华说为代表的精神分析理论和以马斯洛的自我实现说为主要代表的人本主义心理学的影响，可谓众所周知；文学作品论中，以往教科书写作中内容与形式的二分法被现象学文论的层次分析方法及形式主义、新批评、结构主义、叙事学等的文本观所补充或者改写；文学接受论中，传统的欣赏加批评的内容安排被来自西方解释学文论、接受理论和读者反映批评的诸多观念和提法重新整合与扩展。与这些变化相适应，在文学活动构成要素的认识上，学界几乎普遍重视艾布拉姆斯以文本为中心的作品、世界、作者、读者四构成要素说，受此启发重新思考文学构成要素及不同要素的组合所构成的文学关系和理论问题，并且亦如同西方文论发展一样，大致经历了由注重文本与世界和读者的关系逐渐转向注重文本自身及读者方面。在将西方现当代文论中有价值和启示意义的各种观点和方法引入文学活动系统的认识和阐发的同时，文论界也开始从新的视野审视中国传统文论资源。

比如，古代的文学“怨愤”论、“不平则鸣”说以及“童心”说等重新受到重视，传统“言象意”关系理论之于文学作品论的意义及刘勰文学以“知音”论为代表的中国古代文论中丰富的文学接受思想受到重新估量、重新阐发，如此等等。在打通并综合中西古今文学活动论研究的基础上，新时期以来，学界在文学创作、文学文本、文学意象、文学象征、文学形式、文学语言、文学修辞、文学叙事、文学接受等方面，均取得了众多引人注目的研究成果，在文学活动系统的观念世界里滋长出一片片生机盎然的茂密丛林。

与文学活动系统中的观念更新与发展相呼应，学科建设意识的自觉和学科理论性质的反思也充分显示出新时期文学观念创新的冲动与活力。新时期学科建设意识的自觉启动于20世纪80年代美学和文论研究的“方法论热”。新中国成立以来，中国当代美学和文论研究一直存在重观念轻方法、以观念代替方法的缺陷。进入新时期之后，在思想解放的浪潮中，在崇尚科学因而必须讲究方法的历史语境下，在人文学科陡然获得松动之后开始努力谋求新空间与新思维向度之时，美学和文论研究界充满填补方法论缺失的渴望和冲动，人们试图通过对各种科学方法的引入与借鉴，寻找美学和文论转型的契机，并进而在科学方法论中，获得思想创新的可能性。来自自然科学和人文社会科学领域里的诸多理论和方法的移植、运用和借鉴，一方面造成了美学文艺学研究中新名词、新概念的“术语大爆炸”，从理论语汇和外观上改变着人们对于美学和文论研究的印象，另一方面这些新名词、新概念携带其原生学科的理论观念和研究方法意气风发地突入美学文艺学研究，对美学文艺学研究领域和学科形态的多样性拓展及学术思想和价值理想的多维度生成起到了推动作用。可以说，新时期以来心理学美学、系统论美学、控制论美学、模糊美学、技术美学及比较文学、比较诗学、文学心理学、文学社会学、文学文化学、文艺传播学、文艺经济学、文艺美学等新兴学科和研究领域的拓展，无不与方法论热有着直接或间接的关联。

20世纪后期以来，对文论研究学科建设的思考与学科性质的反思在三个方面的讨论和争鸣中得以延续和深化。

其一，是关于文艺学研究范式的讨论。受西方当代文化研究思潮的影响，同时也基于对中国当代文化和文学、艺术发展现状的判断，金元浦等学者提出中国当代文论应该实现由文学研究向文化研究范式的转换。而多数学者并不同意这个提法，认为虽然当代社会的文化生活中文学与非文学的界限有所模糊，但文化研究还是不能代替文学研究，文论研究应该具有自己特定的文学对象，而不应该是泛化的文化现象。也有的学者认为文论研究范式的转换需要哲学理论和方法的支撑，我们今天的文论研究还是要坚持马克思主义的历史唯物主义和辩证唯物主义的世界观和方法论，文化研究的方法还不能取而代之，因此也就谈不上范式的转换问题。

其二，是新世纪初期由“日常生活审美化”所引发的当代文论研究要不要扩容问题的讨论。同样是基于当代文学、艺术在日常生活领域的泛化现实，陶东风等学者提出当代文论研究应该从以往本质主义、精英主义的文学观念中走出来，扩展理论研究的边界，将类文学、艺术的文化现实纳入研究对象之中。应该说，在对当代文学现实的认知和文论研究语境的体认、研判上，文论研究的扩容要求有其现实针对性与一定的合理性，但是把这一问题的讨论与文论研究应不应该走出本质主义思路联系起来，就使得问题更显复杂，学界的认识差别也就更难统一。本质主义理论研究思路容易将丰富多彩的文学世界化约为抽象的理论教条，给文学研究带来一些负面影响，但是将丰富的对象抽象化、简约化正是理论研究的本分，也是人类更好地把握世界的客观需要。中外文学史上各种文学本质的抽象论说，构成了人类认识文学世界的重要思想历程，从不同的方面和层次上丰富、深化了对文学的认识和理解，这种文学认知思路是不应该被轻易摒弃的。

其三，是在整体发展思路上对中国文论学科发展、观念创新的探讨。学科建设和观念的发展，如同人类思想领域的一切创新一样，都是以此前的思想资源为前提的，这就有一个如何处理新的发展和创新与先前理论资源的关系问题，同时又都必须适应和满足当下实践的需要，因而又有一个理论与当代实践的关系。这些问题的解决无不关联着理论的整体发展和未来。这方面的思考和探讨体现出理论和观念的时代特性、价值理想，因而比起在具体学科领域和具体理论问题上的思考和研讨更加重要，更加不可缺少。20 世纪 90 年代后期以来关于文学理论的科学性、历史性、人文性等问题的研讨，以及如前所述马克思主义文论中国化、西方文论本土化、古代文论的现代转化等的提法，均超出了一般学科建设中关于学科对象、逻辑起点、问题框架、研究方法等的思考范围，从中国文论建设的马克思主义主体性及精神气质和文学经验上的民族性的双重高度，将新时期文学理论和观念创新的追求推进到了一个新的境界，同时也更加显示出了中国当代文学理论和观念的创新包容、阔大的风貌与气象。

第二章 新时期文学的研究基础

第一节 人文社科基础

在人的培养过程中，人文社会科学教育与自然科学教育往往被比作“车之两轮”和“鸟之两翼”，两者协同发展，缺一不可。但从对人的影响深度来看，人文社会科学教育的价值性就显得更高些。

一、人文社会科学

从历史发展来看，最早的知识被统称为哲学；从研究领域来看，哲学可以分为社会哲学、自然哲学和思维哲学。一般认为，科学是指系统化的知识体系。与哲学的划分相对应，科学（广义的）又分为社会科学、自然科学和思维科学。但近年来，比较流行的也是最简便的科学分类体系就是把科学划分为自然科学、人文科学和社会科学三个大类。在现代科学体系中，这三大学科群分别汇集着人类在自然物质世界、社会群体结构和人类精神文化这三个领域中进行探索和认识活动的系统成果。而狭义的科学一般被当作是自然科学的同义语。

（一）人文科学

一般而言，人文科学主要包括文、史、哲，并同时包含着由这三个学科所衍生出来的其他一些学科，如美学、文化学、语言学、伦理学、文艺学等。

人类是个人的组合，我们愿意探索、挑战、怀疑和质疑每一领域的思想。对于每一声明或者断言，我们必须在做出调查之后才能决定自己是否同意。如果一套信条不能说服我们，我们拒绝对此表示遵循。我们对自己的决定和信念表示负责。这种自由探索的精神激发着新知识和看待世界和生活的新态度的产生。一失去这种精神，我们将陷于无知，从而无法改善自己的处境。

理智是决定的基础，因为没有理智的行为无助于实现目标，甚至会适得其反。我们发现，理智受到抛弃时，就无从分辨不同意见。我们承认，信仰、权威、神谕和各种另类意识状态也能给予人信念，但我们发现，把理智与意识和积累的知识相结合，可以为我们的认识和抉择提供最佳指导。

我们对世界的认识基于意识所能感觉到和头脑所能理解到的一切。任何有道理的事物必须能够被人理解，否则就不能成为我们决定和行动的基础。据说在人的感觉之外有着先验性的感知或者直觉，但它们不能具体地被我们把握住，因此对我们没有任何指导意义。人们往往通过“顿悟”和抛弃理智来接受这些先验性的“知识”，但我们不接受这种途径，因为这种带有极强任意性的“顿悟”没有任何事实基础。进一步说，没有任何合理的办法去检测那些先验性或者信仰的“知识”，或者去理解那些不可被理解之物。因此，我们坚定地认为，只有那些能够被人理解和证实的东西才属于“知识”的范畴。

虽然我们遵循知识的严格定义，但并不试图否定知识可以来自各种源泉。直觉、情感、预感、猜疑和灵感往往也是新途径、新方法、新发现和新信息的良好来源，我们也不贬低来源于信仰经验和其他另类意识状态或者感情的思维，但我们认为事实是决定这些思维成为知识的唯一途径。

人类的知识并不完善，我们承认人类意识和理智在检验知识方面也存在缺陷，所以由此而获得的对世界的认识和相应的学科结论并不代表着终极真理。我们对于道德选择和社会政策的态度也是如此。知识具有不完善性和非终极性，它必须在不断变化的社会条件下受到持续修正。许多人也许认为，上述立场并不坚固，不足以成为某种哲学的基础。然而，由于它诚实地面对世界，我们认为它是最坚固的基础。有些人将自己对世界的看法建筑在某些超现实或者先验性的“现实”上，试图借此来获取更大程度的安全感，但这种努力只会造成对世界的幻觉，而当这些幻觉成为行为和社会政策的基础时，错误随之而生。人文主义者希望避免这些不良后果，因此我们必须面对生活，勇于承担这种诚实途径所伴随的艰苦工作。为了建立对世界的理解，为了解决一直困扰着人类的种种问题，我们放弃简单化的思维体系所提供的种种便利，选择了艰苦的探索。

我们坚持认为，人的价值体现在生活中，不相信所谓的灵魂不死。我们的伦理观念、目标和追求只与我们所处和所感知的现实世界有关，现实世界也决定了我们价值观的范畴。如果我们不采取这种态度，即如果把价值观放入一个超出现实的期望性的范畴里，我们就会丧失真正的追求，或者将人类的需求和与此大不相同的非人类需求联系起来。我们决不放弃现实世界里合乎伦理的美好生活，除非有事实证据表明：在其他地方存在着一种可以令我们转移注意力的“另一种生活”，而这“另一种生活”与现世有着某种联系和共同点。

我们的伦理和理想基于人的需求，而非所谓的神或者先验性实体或力量的需求。我们以行为对人的影响来判定其价值，而人包括本人、家庭、社会和世界。及时发现有超自然的力量存在，而我们必须对这种力量做出反应时，我们也以它与人类的关系来决定自己该做出何种反应。我们之所以持这种态度，是因为任何哲学和信仰都是人为创造的产物，不可避免地带有人类目光的偏性。人类目光使我们在了解世界时，总局限于人的方法中，把动力局限于人的欲望和追求。

我们的伦理处于一种现实的范围内，而非理想的范围内。虽然伦理本身是一种理想，但理想只能作为生活的指导。这就是我们反对将道德体系绝对化，而无视世界的非理想化。我们反对将理想化的道德价值强加给世界。我们承认，冲突与道德困境经常产生，而且不可能用简单的办法来加以解决。我们需要努力搜集和思考所能够得到的信息，审时度势，权衡各种途径的利弊，这样才能够做出合乎道义的决定。力图在生活中提倡美好，或者知道那些选择是美好的，并非易事，因此当我们宣称以人文主义为伦理基础时，我们就表示愿意在一个复杂的世界里，承担起有道义的生活所必需的艰苦思考与工作。

（二）社会科学

社会科学是用科学的方法，研究人类社会的种种现象的各学科总体或其中任一学科。如社会学研究人类社会（主要是当代），政治学研究政治、政策和有关的活动，经济学研究资源分配。社会科学所涵盖的学科包括：经济学、法学、伦理学、历史学、社会学、心理学、教育学、管理学、人类学、民俗学、新闻学、传播学等。

在现代科学的发展进程中，新科技革命为社会科学的研究提供了新的方法手段，社会科学与自然科学相互渗透、相互联系的趋势日益加强。

1. 经济科学

主要指对商品和劳务的生产、供求、消费等方面的描述和分析。它的一个主要分支学科是个体经济学，研究经济活动中个别范畴的行为，诸如个体农民、商号及商人的经营活动。另一个主要分支学科是总体经济学，其研究对象是整个经济体系，尤其注重产出和所得的一般水准及不同经济部门之间的相互关系。

2. 社会学

侧重对人类社会、社会风习和社会关系等的科学研究，这门学科也可以明确界定为对人类有所组织的团体之发展、结构、相互影响及集体行为等方面所作的系统研究。与此有关的一门学科是社会心理学，研究个人性格、态度、动机和行为受社会团体影响的方式。

3. 文化科学

研究人类文化，侧重对社会结构、语言、法律、艺术、技术等范畴的探讨。文化人类学特别要对人类行为的种种方式进行归纳，并对社会现象作出总体的描述。

4. 比较法学

也可视为社会科学之一部分。这门学科涉及不同国家和不同文化的法学原理、法律体制、法律程序，并对之进行系统的比较研究。

（三）人文社会科学

人文社会科学是人文科学和社会科学的总称。

人文科学原指同人类利益有关的学问，有别于在中世纪教会中占统治地位的神学。后来含义几经演变，狭义指对拉丁文、希腊文、古典文学的研究，包括哲学、经济学、历史学、法学、文艺学、伦理学、语言学、艺术学等。

社会科学是指以社会现象为研究对象的科学，如经济学、军事学、法学、教育学、文艺学、史学、语言学、民族学、社会学等，其任务是研究并阐述各种社会现象及其发展规律。

1. 概念界定

人文社会科学是人文科学与社会科学的统称，有时也被称为哲学社会科学、社会科学、文科等。作为相对独立的知识体系，人文社会科学是一个界定模糊、争议颇多的基本概念，其中涉及对认识活动、科学划界标准与知识分类等基本理论问题的理解。

2. 特性

（1）人文社会科学面对的是有意义关系的事物

它既要研究共同性和普遍性，又要研究特殊性，它不但无法排除而且要研究偶然性、研究意义和价值，同时，它的研究主体与客体之间也并非像自然科学那样是人与物之间不能沟通只能说明的单向度关系，而是人与人之间可以沟通理解的双向互动关系。虽然它们从一开始就与自然科学、理论科学和独立科学有着“扯不断、理还乱”的情意结，甚至有着在“科学”层面上的某种同一性或亲缘关系，但是，这一切都并不否认其应时而生、发展壮大及其对科学概念演变至今的丰富涵盖所作的特殊贡献。在研究方法上，人文社会科学借鉴和参照了自然科学的一些实证做法，但它又有着完全不同于自然科学的研究对象、研究方法和研究道路。在科学的发展史上，它与自然科学一道，共同支撑起完整的科学“大厦”，从而为人类科学事业的繁荣和昌明发挥着自身独特的无可替代的作用。

（2）人文社会科学具有双重属性和双重功能

双重属性系指科学性和价值性，双重功能系指科学认识功能和意识形态功能。一方面，它必须从客观事实出发，秉执科学的原理和法则，按照科学的逻辑和程序，运用科学的手段和方法，进行科学的认识和实践，从而得出科学的结论，以保持科学的理论品格，实现科学的认识功能。另一方面，它又以人类自身的文化现象和社会现象为研究对象，因而不可避免地要承担意识形态功能。所谓人文社会科学的意识形态功能，是指其在坚持科学性的前提之下，自觉地维护一定的价值观念和社会利益。如果说自然科学研究自然界，研究事物界必然的因果关系，研究普遍性和共性，排除偶然性、意义和价值的话，那么人文社会科学则研究人界、人及其创造和表达，它不仅要寻求普遍的、共同的规律，而且也研究偶然性和特殊性，并具有价值性。概言之，人文社会科学既是事实科学又是价值科学，是客观和主观、真理和价值、事实和规范相汇通相统一的科学。

（3）人文科学具有滞后性或后起性

19 世纪，实证主义的科学哲学家孔德，按照研究方法将科学由低级到高级的发展经历描画为神学、形而上学和实证三个阶段，并借以指出，数学称得上是所有科学的皇后，最为严密完整，物理学已达到实证水平，生物学已进入形而上学阶段，而社会学则还处于神学阶段。当今世界虽然早已不是孔德所处的时代，人文社会科学更是获得了空前的发展，但无论研究手段方法还是研究成果水平，都还滞后于自然科学。爱因斯坦在分析物理学与实在的关系时，也曾对科学理论的层次性做过一段精辟的阐述。他指出，科学理论可以分为三级体系，第一级体系是由科学用到的全部原始概念，即那些同感觉经验直接联系的概念及联系这些概念的命题所组成的经验知识体系，这种体系的组合还带有较大的随便性，属于低等级低水平的体系。第二级体系是由第一级体系中的原始概念和原始关系按照一定的逻辑规则推导出来的数目较少的概念和关系的一般理论知识体系，这一级体系的建构具有较高的逻辑统一性。第三级体系是由第二级体系中的少数基本概念和关系按照严密的逻辑规则推导出来的科学公理体系，它在更深的层次上更加集约和概括地反映了事物的本质和全部，因而离现象世界也更远。任何一门科学，从初建到成熟，大致都要经历这三个阶段，由第一阶段向第二阶段的跃升，沿着归纳的路线，属于粗放型的经验科学形成过程；由第二阶段向第三阶段的跃升，沿着演绎的路线，属于成熟型的理论科学的形成过程。相对而言，现代人文社会科学研究中的绝大多数还大致处于前者水平，而自然科学中的绝大部分研究则已达及后者的高度。

所以人文社会科学是以人、人类社会为研究对象的科学，与自然科学相比，它具有典型的人文特质和社会品性：既具有客观性又具有主观性，既具有事实性又具有价值性，既具有真理性又具有功利性（或者说既具有认识世界的功能又具有意识形态的功能），既具有普遍性又具有特殊性，既具有必然性又具有偶然性，既具有理论性又具有规范性，既具有基础性又具有应用性，既具有实证性又具有实地性，等等。可以说，综合性是其作为科学之最根本的特性。

（四）人文社会科学教育

广义的教育指以影响人身心发展为直接目的的社会活动，狭义的教育则指由专职人员和专门机构进行的学校教育。人类的文明传承，靠的是教育。从成年人在生产和生活过程中对儿童的言传身教，到文字产生及学校教育的产生，再到“终身教育”“学习化人生”和“虚拟学校”的提出，教育的作用极为明显。而自然科学知识、人文社会科学知识则是教育的主要内容。这也就是说自然科学教育与人文社会科学教育均不可或缺。

作为人类知识体系相对独立的组成部分，人文社会科学的发展表现出许多不同于自然科学的特殊性。许多国家出现的大问题，不是自然科学领域的问题，而恰恰是人文社会科学领域的问题。从哲学意义和宏观定性分析，人文社会科学教育作用明显。我国改革开放和现代化建设的每一步前进，都是以解放思想为先导的。正是中国当代史上的三次思想大解放，才成就了中国今天的新面貌，促进了经济的发展。如果说，自然科学可以促进经济的发展，不遵守自然规律，人类就会受惩罚，那么人文社会科学可以决定经济发展的方向，影响到其深度和广度。人文社会科学虽然不直接创造社会财富，但是一旦违背了它的规律，人类就会受到惩罚。

二、人文社会科学教育的特点

人文社会科学教育和自然科学教育相比较，具有以下特点：

（一）教育内容的复杂性

自然科学研究的是自然界中的各种事物和现象的本质及其规律。在科研活动中，科研主体直接面对大自然（或借助仪器设备）得出关于自然界的新发现（新现象、新规律、新法则），然后再面向生产、面向实际、面向社会，完成关于科学发现的新发明（新工具、新设备、新方法）。在自然科学教学活动中，学习主体继承已有科学发现和技术发明的成果，并在此基础上进行创新。因而，其教育活动相对简单，具有较强的继承性和实证性。

人文社会科学研究的是社会中的人和人所组成的社会。这些对象具有明显的个性差异和主观倾向，而且研究对象处在动态的演进之中。同时，在人文社会科学教学活动中，作为学习主体的人的知识学习情况受到时代背景、生产力水平、社会关系和意识形态的巨大影响，只有把学习对象置于具体时代背景之中，才能了解其本质规律。因此，这也使得学习具有较强的时代性、多样性和差异性。

（二）学习方法的个体性

在自然科学研究过程中，涉及的研究方法很多，如观察、实验、归纳、演绎、类比等，但其方法多是以实证、说明为主导的理性方法。因此，在自然科学教育过程中，理性方法的使用较为广泛，如在物理、化学、生物学中常常使用的实验方法、归纳方法和数学方法。实验方法使得学习明确，保证了知识学习可靠性的经验理性；归纳方法使得学习清晰，保证了知识学习条理性的逻辑理性；数学方法使得学习量化，保证了知识学习精确性的数学理性，而数学方法是自然科学各学科学习中普遍使用的基本方法。

由于缺乏系统的测量语言、计量单位和思想观念上实验落后于推理等现状，人文社会科学中经验方法的使用很困难。在人文社会科学研究过程中，虽然也大量应用到理性方法，但更多地使用内省、想象、直觉、体验、灵感、理解等非理性方法。因此，在人文社会科学教育过程中，学习主体的个性差异明显，受社会性影响的痕迹极深。每个人的人生经历、阅历不同，导致其学习方法的个性差异较大。如人文社会科学教育中实验方法用得比较少，而且实验“重复性”不强；归纳方法虽然在人文社会科学学习中被大量应用，但由于主体的差异性而使其归纳的结果大相径庭。

（三）学习目的的价值性

自然科学的学习，主要目的在于继承历史上优秀的科学发现和技术发明成果，学习人们是如何在实践的基础上得出科学理论，由物质变精神，认识世界，了解自然；进一步学习如何在科学理论的基础上，不断实践，由精神而变物质，改造世界为我所用，就这样从实践到理论再到实践，循环往复，无限发展下去。因此，学习人文社会科学知识，能帮助人们树立正确的世界观、人生观和价值观。

（四）教育活动的阶级性

由于知识的客观性，自然科学可为任何阶级、民族和国家服务。因而，自然科学教育具有相对普遍性，教育活动与被认识者和学习者的个人品质关联不大，科学无禁区、无国界，真理面前人人平等，一般不涉及阶级偏见。在人文社会科学学习教育中，学习主体是具有意识形态的人，学习的对象也多具有意识形态性质。因此，人文社会科学教育更多地受到统治阶级的干预和控制。人文社会科学工作者总是从属于一定的阶级、民族和国家等利益集团，与人文社会现象之间存在着或多或少的利害关系，学习过程往往受到价值观等影响，带有阶级倾向性。

（五）教育水平的本土化

自然科学教育水平讲究国际化，与国际“接轨”，向世界最高水平看齐。而人文社会科学教育的“本土化”趋势明显，具体化的情况十分常见。人文社会科学的教育对象，都生活在某种特定区域和社会制度下，具有某种特定本质和精神、观念、文化。同样，作为人文社会科学的教育内容的社会制度、社会经济结构、社会变迁都能够也是属于特定社会的，这也就使得学术和教育的本土化情况极为普遍。人文社会科学教育发展具有很强的国家和民族的性质和意识，这是使得各国人文社会科学教育具有现实意义的一个重要因素。一个明显的佐证是：世界上只有一种物理学、化学、天文学，却并存着多种哲学、历史学、法学等科学。

三、人文社会科学教育的社会功能分析

功能指的是事物的效能与价值。相对于自然科学教育，人文社会科学教育的功能更为基础，自然科学出问题往往只涉及局部领域，而人文社会科学一旦出问题就可能影响一个时代。

从性质上来看，人文社会科学教育的作用在于：进行人文社会科学研究，培育创新思想；培养创新人才、企业家和治国精英；充当社会思想库、精神庇护工场和决策智囊团，提供“共同知识和社会精神文化”。具体来讲，人文社会科学教育主要有以下四个方面的积极作用：

（一）传承人类文化

人类文化传承的主要方式是人文社会科学教育。通过系统的教育，今人可以学习并获得前人所留下的文化成果，并将其与当代人创新的文化成果一同传递给后人。没有人文社会科学教育，人类的文化成果就得不到有效的继承和积累，更不可能有效地传播普及和发扬创新。

（二）优化人力资本

人文社会科学教育对于培养高素质、复合型、全面发展的创新人才有着不可或缺的重要作用。人文社会科学教育不仅可以培养相关学科的专门人才，而且对于其他学科人才综合素质的培养也具有重要的协同作用。从根本上说，人文社会科学教育会给受教育者某种知识，这种知识会为受教育者以后的行动提供一种节约“成本”的人生观、方法论的指导。

（三）倍增生产绩效

就如同科学技术会使生产力三个实体性要素倍增绩效一样，人文社会科学知识也借助于自然科学知识，使得科学的生产功能得以高效实现。人文社会科学方面的人才及受到人文社会科学教育熏陶的自然科学方面的人才，在协调生产力各要素、合理配置资源、提高劳动生产率方面的作用不可替代。如果说，自然科学教育对社会经济的发展是一种巨大的推动力的话，那么人文社会科学教育就是一种加速度。

（四）定向、设计、规划社会的发展

社会发展的规划、设计和定向，离不开人文社会科学教育。人类的各种社会制度及其组织形式体制都是人文社会科学的思想结晶。美国纽约州州长斯皮策因召妓丑闻最终曝光而辞职，这还须归功于美国有效的金融监管系统。离开了人文社会科学人才和人文社会科学教育，社会的发展速度就会受到很大的影响。另外，人文社会科学对于自然科学的社会应用还具有某种社会控制和校正的功效。近年来人文社会科学在国家政策制定和规划中起到越来越大的作用，社会科学家的工作与国家关注的问题直接联系起来，这使人文社会科学知识以决策为取向。

第二节　哲学思想基础

一、文学理论在与哲学的联系中形成与发展

从时间上讲，现代形态的文学理论是十九世纪才开始出现的。作为一门学科的文学理论，其理论源头来自何方？国内有些学者认为苏联是文学理论的理论源头。其实具有现代性质的

文学理论其源头为德国，特别是脱胎于德国浪漫主义的文学批评，肇始于施莱格尔兄弟、诺瓦利斯、施莱尔马赫，以及18世纪末19世纪初浪漫主义传统中的其他批评家的实践。[1]但就文学理论的理论渊源而言，文学理论的形成与发展有着很长的历史，而且是受哲学影响而发展起来的。为清楚说明这一问题，有必要从理论源头上做做回顾。

有的学者认为，古希腊的文学经历了一个从文艺时代向哲学时代转变的过程。文学活动在古希腊是人们精神生活的重要组成部分。古希腊的诗歌、悲剧与喜剧一直是人们津津乐道的内容，在此不做赘述。本文论述的重点在于：作为感性活动重要形式的文学艺术的繁荣为理论总结奠定了客观基础。随着人们抽象思维的发展，从理论上对这些现象加以总结，并上升到理论高度，以指导文学艺术的发展在当时成为时代的要求，而这种理论的总结集中体现于哲学的发展。在古希腊，这种从“文艺时代”到“哲学时代”的变迁是以文艺的繁荣为基础的，古希腊的文艺是古希腊哲学的摇篮，自然也是古希腊文艺思想的摇篮。[2]

柏拉图在其《理想国》中，以“床”为例，阐释了诗歌创作与现实世界的关系：艺术世界依附于现实世界，而现实世界又依附于理式世界。究其原因，这源于柏拉图的“理念论”，即他强调现实可感的个别事物与一般本源式的理念之间有本质区别。同样，针对古希腊繁荣的悲剧与喜剧，亚里士多德在《诗学》中分别做出了哲学式的概括与总结。他认为悲剧是对于一个严肃、完整、有一定长度的行动的模仿；它的媒介是语言，具有各种悦耳之音，分别在剧的各部分使用；模仿方式是借人物的行动来表达，而不是采用叙述法；借引起怜悯与恐惧来使这情感得到陶冶。[3]

而喜剧的模仿对象是比一般人较差的人物。所谓较差，并非指一般意义上的坏，而是指具有丑的一种形式。它对别人是无伤害的。亚里士多德的文学理论观点影响欧洲文学艺术两千多年。据此可知，古希腊的文艺繁荣推动了抽象思维，以及理论概括能力的发展。于是，随着文学艺术的繁荣，哲学得到了极大的发展。哲学的发展又影响到文学理论的形成，并在总结概括文学艺术现象的过程中得以快速发展。文学理论在19世纪成为一门学科时的理论背景与建构者的学术背景，同样说明文学理论是在哲学思维的滋养中完成其学科独立的。19世纪德国浪漫主义文学批评，始于施莱格尔兄弟、诺瓦利斯和施莱尔马赫。他们以浪漫主义哲学为基础，反对以黑格尔为代表的古典哲学，企图建立一种全新的，以主体为最终目的的哲学与文学理论。如果说，黑格尔突出的是古典哲学中思维与存在的同一性，突出的是解决存在论的无所不包的体系，那么，浪漫哲学突出的则是有限与无限的同一性，突出的是个体的永恒超越。[4]

启蒙哲学一方面将人的理性的自我从信仰的蒙昧主义中解放出来，另一方面又在过度强调理性自我的同时忽略了感性自我在文学创作中的重要作用，即启蒙思想家在张扬了人的理性思维和认识与感知能力的同时，忽略了人的感性与直觉的体悟能力；在肯定了理性自我的同一性与稳定性的同时，忽略了感性自我的差异性与多变性。浪漫主义特别是德国浪漫派所张扬的恰恰是启蒙思想家、文学家所忽略的感性的自我与心灵的世界，从而展示了多变的、

1 彼得·威德森. 现代西方文学观念简史 [M]. 钱竞，张欣，译. 北京：北京大学出版社，2006.
2 陈太胜. 西方文论研究专题 [M]. 北京：北京大学出版社，2008.
3 亚理斯多德，贺拉斯. 诗学诗艺 [M]. 罗念生，杨周翰，译. 北京：人民文学出版社，1988.
4 刘小枫. 诗化哲学 [M]. 济南：山东文艺出版社，1986.

不稳定的和具有非理性色彩的自我，进而从另一侧面展示了人性的丰富性。[1]

从表面上看，德国浪漫哲学在反对启蒙思想家过分张扬人的理性思维和认识的同时，强调人的感性与直觉的体悟能力，这看似是对古典哲学的反驳。然而，当我们仔细分析德国浪漫哲学代表人物思想主流观念时，就不难发现他们只是从一个极端走向了另一个极端而已。他们理论的总体特征与古典哲学并不存在本质的区别。由此可见，浪漫哲学与古典哲学一样，都有调和与沟通有限与无限的理论冲动。只是前者用精神性的情感来统一，而后者是以理性为手段加以统一而已，而施莱格尔兄弟以“生成”为中介，将理想与现实、有限与无限、感性与理性结合起来的努力与古典哲学的代表人物康德的思想无异。

文学理论的形成与发展需要哲学理论，特别是需要借助于哲学思维对文学现象加以总结并上升于理论高度，最终形成关于“文学的原理、文学的范畴和判断标准等价类问题的研究”（韦勒克、沃伦）。20 世纪西方文学理论的形成与发展也同样清楚地表明了哲学与文学理论之间的密切关系。胡塞尔的现象学作为重要的哲学思潮和 20 世纪三大方法论（即现象学方法论、分析哲学方法论及唯物辩证法）之一，对西方文学理论流派的形成与发展影响是巨大的。胡塞尔的先验现象学作为现象学的第一阶段，其现象学的还原方法深深影响了他的学生英加登，后者将现象学还原方法运用于美学理论之中，建立了现象学美学。据此英加登建立了现象学文学理论，并着重研究了艺术本体论与艺术认识论问题。存在主义作为现象学的第二个阶段：本体论的现象学，它是胡塞尔现象学与海德格尔哲学思想结合的产物，在此基础上形成了海德格尔的存在主义文学理论。现象学发展的第三个阶段为解释学的现象学。这一派强调了“存在”与“语言”的不可分割性。在此基础上形成了伽达默尔的解释学文学理论，姚斯的接受美学理论及在此基础上形成的读者接受理论，伊瑟尔的阅读理论等。在存在主义之后，结构主义广泛流行于欧洲并深受现象学与结构主义语言学影响。这一混合的哲学思潮直接影响并促成了文学符号学、文学叙事学及当代俄罗斯文学理论的形成与发展。再如西方马克思主义哲学流派中的法兰克福学派文学理论，伊格尔顿的文学理论也都与他们的哲学思想直接相连。另外，像弗洛伊德开创的精神分析哲学对西方文学理论的影响，逻辑实证主义对英美新批评派的影响等，这一切都表明：文学理论深受哲学思潮影响。文学要依靠哲学为自己提供必要的理论基础，并在此基础之上完成自身理论的建构。

同理，文学理论又会为哲学理论与观点提供必要的理论支持。如康德有关美学的理论，就是对其哲学理论的补充与支持。

康德前期首先写作了《纯粹理性批判》，意在调和大陆理性主义与英国经验主义，从而建立起有效的科学的形而上学。在此他提出的“纯粹理性”是指独立于一切经验之外的理性。康德将知识规定为普遍的和必然的知识。他一方面同意经验主义所认为的，我们只能认识我们经验到的事物；另一方面他认为普遍的和必然的知识不能来自经验。于是，我们能够思维世界的本源——物自体，但却不能像认识经验事物那样认识物自体，即人们的认识只能认识物自体的现象，而永远无法认识物自体的本质。后来康德又写了《实践理性批判》。“实践”在西方哲学史上多指道德实践。作为“纯粹理性”与“实践理性”，依照康德的观点，前者在

1　蒋承勇. 于“颓废”中寻觅另一个“自我”——从诺瓦利斯与霍夫曼看德国浪漫主义的人文取向 [J]. 外国文学研究，2008（4）.

自然领域中只能服从于决定论与自然规律；而在实践领域中，理性却是自由的，是不为外力所决定的。这一悖论在康德的时代是有巨大风险的。因为在当时，弥漫在整个社会上空的社会情绪就是人的理性是无所不能的。但康德却提出人的理性在自然领域是有限的，它只能认识物自体的现象这一结论。那么如何解决这一悖论呢？康德此后又创作了《判断力批判》这一美学著作，并以“审美判断力”作为调和与沟通“自由”与“必然”之间的桥梁，从而使“现象界”与“物自体”实现统一。黑格尔的《美学》体现出同样的情景，只是黑格尔比康德更彻底，他强调了思维与存在的同一性，并将理性推到了终极真理的高度。

文学理论与哲学之间的关系是密切的。文学理论即便是在十九世纪以自律的姿态完成自身的理论建构并成为一门独立学科后，文学理论所附着的哲学意味并没有因此而消失。相反，文学理论的独立是建立在它自身具备了一定哲学思维能力之后的独立。换言之，哲学为文学理论的学科独立与理论发展，打下了坚实的理论基础，提供了重要的思维方法，这主要体现在以下几个方面。

第一，本体论意义上的本质的确立，最高评判标准的制定。从古代到近代的西方哲学中，总存在一个不证自明的终极存在。这个终极存在又客观地形成一个绝对真理，并围绕绝对真理而形成有关其知识的等级体系。例如古希腊伊壁鸠鲁的“原子”、柏拉图的“理念”、近代黑格尔的“绝对精神”等。受此影响，文学理论也在首先确定“什么是文学”，并将此作为文学理论体系中的终极存在与最高标准基础上，建立起文学理论的等级体系。

第二，知识体系中等级制度的建立。过去的一切哲学都围绕着终极存在，并进一步把握确定对这个终极存在认识的终极真理，以此作为评价人类一切知识形式的最高标准。黑格尔确立“绝对精神”，并在此基础上，根据与“绝对精神”的远近，确定知识的等级。比如他提出的“艺术终结论”的观点，就建立在以感性为特征的艺术之上，随着“绝对精神”的自我运行，必将过渡到以抽象思维为特征的哲学阶段。于是，艺术最终让位于哲学，因为哲学与艺术相比，更接近于“绝对精神”。由此，依照知识体系中所有知识接近终极真理的程度作为评价其等级的标准，文学理论中也以此为基础建立起了相应的知识评价体系的等级制度。

第三，形而上的沉思促使文学理论逐渐从文学实践中脱离出来。它以抽象、判断、推理等思维形式完成了对外在文学现象的思维把握，在此基础上建立起稳定的理论形态，完成着对文学观念与文学实践的思维评判。

二、文学理论在现实生活中得以检验与发展

文学理论的形成与发展，始终受到哲学的影响。这主要反映在哲学思维方式对文学理论的影响，特别体现在对文学现象的概括总结而上升到文学理论阶段。就西方哲学传统而言，思维与存在、主体与客体的关系问题，对文学理论的发展起到了重要作用。在古希腊萌芽的思维与存在、主体与客体的关系问题，经过中世纪的催化，在近代成为哲学着力思考与解决的哲学命题。与此相联系，文学如何表现或反映外部世界，在文学理论中形成了一系列概念与范畴，以体现着哲学中经验主义与唯理主义的思想观念。严格地讲，20世纪之前的哲学，更多体现出形而上学的思维方式。受其影响，文学理论在发展过程中，放弃文学创作实践的

丰富性与复杂性，而专心致志地寻找文学创作的规律，从而形成文学形式的统一性与文学理论的稳定性。正如康德试图调和与沟通经验主义与唯理主义，而最终悖论的形式使康德陷入左右为难境地一样，文学理论中的形而上学思维方式，也必将使文学理论在与经验世界发生联系时，使自己同样沉陷左右为难的境地。

进入现代社会以来，中国的文学理论同样深受哲学，特别是思维方式的影响。中国新时期文学理论在完成学科独立、体系建构的过程中一直采取了从具体到抽象的思维过程。这使中国新时期文学理论远离了文学创作实践。中国文学理论目前存在的问题是：文学理论的建设不是直接来源于文学实践，其发展也不是在与文学实践的相互指导与检验中完成的。因此，尽管哲学理论是正确的，但这只能保证文学理论相对于哲学基础来说在形式逻辑上的正确性，但不能决定在实践中的正确性，因而也就是不能从根本上保证这一理论的正确性。[1]这也难怪反本质主义的学者们要求文学理论独立于哲学，进而要求彰显文学理论的学科基础与自身理论的合法性。

那么是否就因为哲学的发展对文学理论造成这样那样的困扰，就如同一些学者所说的，需要文学理论与哲学划清界限，各自发展自己的自留地呢？回答是否定的。哲学与文学理论的密切联系，一是源自两者在学科上的相互影响与理论支持（这个问题前面已做论述）；二是两者在理论最终归宿上又是一致的，即两者都是关于人如何生存，如何有意义地生存的问题。只是哲学是以思辨的方式，以深刻的方式促使人们进行独立思考，从中把握人生与意义。而文学是人学，是以美的形式诉诸人们，从而在人生之路的前面，为人们竖起充满希望的灯塔。文学理论是对文学的理论概括与总结，目的在于如何更好地树立起这一灯塔，更好地为在人生之路上跋涉的人们指引方向。概言之，哲学与文学理论应该，而且也必须保持密切联系，这并不影响学科的独立。过去文学理论亦步亦趋地追随哲学，只能说明文学理论还不成熟，没有真正实现学科独立。独立的学科应该具有成熟的理论自省能力，它能够从其他学科中吸收营养并保持自身的独立。任何拒绝与排斥的做法，只能导致学科孤立，理论再生能力衰落。另外，20 世纪中叶之后，西方哲学的理论转向，同样对文学理论的发展是一个很好的启示。

20 世纪下半叶，当代西方哲学中不少学派的学者得出了几乎相同的研究结论，即放弃抽象的思辨，而将研究转向现实生活。许多现代西方哲学家都把转向现实生活当作其理论的出发点或归宿。胡塞尔提出哲学回到生活世界，海德格尔强调“在世的在”的意义，维特根斯坦转向日常语言，杜威强调经验就是生活，其用意之一就是为了使哲学转向现实生活。[2]当代西方哲学的理论转向不仅是社会发展的现实要求，更是理论发展的内在要求。因此，文学理论的发展可参照当代西方哲学的理论转向，即将文学理论放置于复杂的现实生活之中，消除作为文学知识建构的文学理论的传统思维，放弃体系构建，将文学理论与创作实践结合起来，并在实践中检验文学理论的完整性与指向性。这才是文学理论走出目前理论困境的正确之路。再者，文学理论具有理论品格与实践品格两种性质。过去文学理论受哲学影响，过度发展了其理论品格的一极，在脱离创作实践中放弃了实践品格的追求。当下文学理论应在保持其理论品格的同时，突出其实践品格，在文学创作实践中提高理论的再生能力。

1　方兢. 从文学实践中寻找重建文学理论的逻辑起点 [J]. 文艺理论研究，2006（3）.
2　刘放桐. 现代西方哲学的历史演变及发展趋势 [J]. 求是，2002（2）.

哲学与文学理论应在保持各自独立地位的前提下，相互吸收，互相借鉴，走共同发展之路。雅斯贝斯提出：哲学的真谛是寻求真理，而不是占有真理。哲学不是给予，而是唤醒。文学理论与哲学不是分离，而应该走向融合。

第三节　文学创作基础

一、文化传统与古代文论的基本关系

古代文论作为传统文化的重要部分，其演变与中国几千年相对稳定的文化传统的流变有着复杂深在的缘属关系。以现代的视野看，文论即人文科学的一个部分，与文化传统的关系自然无法割裂。这一现象在现代西方文学理论界亦得到认可。

文化传统首先在“价值层”对古代文论产生规定性影响。价值体系是文化传统的核心。文化传统在“价值层”对文论演进的影响主要体现在古代文论中文学批评价值的生成、确定与发展，亦即文论演进的第一条线索。同时，由于“文以载道”是文化传统对“文”的根本要求，文化传统亦在“载道”功能这一向度上对文论演进产生作用，强化着文论自身的教化功能与文化使命。

古代文论深蕴于文化传统之中，钱穆说：文学则是文化体系中重要之一部门。欲求了解某一民族之文学特性，必于其文化全体系中求之。[1] 此论中的文学换成文论亦然。古代文论以对“文”的阐释为主。阐释的中心是为文的规范、技巧，以及从客体角度如何鉴赏。古代文论评价体系的建立及延续来自文化传统。文化传统主要是指长期以来形成的中国传统文化体系，而不采取包括一切人类创造的泛文化概念，其核心是以儒家道德、伦理观念为主体，参以道、佛、法等诸家思想所建立的文化价值体系，以及在此价值体系影响下逐渐形成、相对固化的民族制度化生活方式与文化心理结构。“由孔子创立的这一套文化思想，在长久的中国社会中自觉或不自觉地成为人们处理各种事务、关系和生活的指导原则和基本方针，亦即构成了这个民族的某种共同的心理状态和性格特征。值得重视的是，它由思想理论已积淀和转化为一种文化—心理结构。[2] 董子（董仲舒）所说的更换后来便成了中国史上最著名的“崇儒更换”，儒家思想从此在中国取得了正统的地位。这就是本文所指的文化传统，此传统对古代中国的影响无所不在，从个人和家庭的伦理到国家典章制度都在不同程度上受到儒家原则的支配。

文化传统中关于如何为文、因何为文的论断最早出自儒家典籍，作为其思想体系的一部分存在并行世。儒家思想逐步成为中国文化传统的正统并得到相对稳定的延续发展补充之后，其中在价值层面关于文学的指导思想及论断被随后的文论著作所总结、提取、吸收、借鉴，成为中国早期文论评价体系的思想来源，确定了古代文论最早的文艺批评观。自文学之职能与功用言，有兴寄、美刺、讽喻、兴观群怨、原道、宗经、文以明道、文以载道、辅时及物、明心见性等说；自审美趋向言，有思无邪、雅正、文质彬彬、乐而不淫、哀而不伤、温柔敦

1　钱穆．中国文学论丛 [M]. 北京：生活·读书·新知三联书店，2002.
2　李泽厚．中国古代思想史论 [M]. 天津：天津社会科学院出版社，2003.

厚、发乎情止乎礼义等说。这些理论的共同着眼点，是文学从属于政教，基础是儒家思想。[1]罗宗强这一段话较全面地说明了文化传统在批评价值向度深刻影响文论演进的一个过程：以孔子为代表的儒家文化在建立自己的社会伦理道德体系过程中，从儒家学说的核心价值观出发，在对"仁""礼""道""理"等重要规范的阐述规定中，对文学的创作及批评亦给出了与其伦理道德主张相一致的结论，随着儒家学说为统治阶层所认可并强制推广，再加之大部分文论家均为儒家文化影响下的文化权威主体，儒家关于文论的言说便成为随后出现的文论的正统文学批评价值观，正如李春青所分析：作为道统的传承者，他们自认为是全社会的立法者；而作为诗文作者，他们又成为个体精神价值的维护者。与此相应，文学理论话语一方面引导文学创作向着社会教化的一面努力，[2]此即文化传统在价值层对古代文论规定的具体过程。

同时，文化传统在变化中与文论演进亦保持着"价值层"上的关联。中国文化传统虽以儒为主体，在发展过程中却与道、佛诸家甚至其他外来文化互参，如李泽厚所说：汉代的儒学吸收了道家、墨家、法家、阴阳家的思想，而且把别家的阴阳五行作为自己理论的骨干，把社会、自然放在一个反馈系统来考虑，发展了孔孟荀的儒学[3]，正因为文化传统以兼容并包的内在机制不断发展、吸收新的东西进来，它才能够在漫长的国史中以相对固定形态延续下来。不同时期的文化传统在民族心理、文化风俗相对稳定的情况下，又呈现出各不相同的特点。受文化传统不断变化的影响，文论演变亦与之相符，不同时期的文论在价值层面体现了与文化传统密切的因袭关系，体现了文化传统的批评价值倡导的变化。

比如，"品"观念是文化传统的重要内容，亦是一种深层审美心理，源于儒文化对实践人格的重视，重品的观念是儒、道、佛三家都提倡的。所以重品传统涵盖了中华民族文学、艺术各个门类[4]，并由此影响到文论的传统，产生了一部分以品为名的文论，这一类文论对文学作品、文学人物评论的话语方式深受文化传统"品藻"价值观的影响。"乃知文者以明道，是固不苟为炳炳烺烺，务采色、夸声音而以为能也。"[5]文论至唐，柳宗元主张文章要明道，不要追求形式的华靡。再加以南宋时代，只见道学家的活跃，不见古文家的气焰，故其文论没有古文家的主张，而所论遂偏于道的问题。[6]说的即宋明理学主导的文化传统对文论演进的实在影响。张兴武在分析宋初文道传统修复时亦指出：从庆历到嘉祐末，随着儒道实践精神的全面复苏，救弊革新成为该时期文化思潮的主流。以范、欧为代表的新型文人群体，将"复古明道"的济时理念"施之于事"，在"先策论后诗赋"的科考制度改革及诫斥险怪奇涩的浮躁文风方面都取得了成功。他们将"复古明道"与修身、行事、立言有机统一起来，提倡以"道义之乐"为核心的文学审美新理念，并将人性人情纳入"圣贤之道"的理解范畴，缩短了"道"与现实人生的距离，拓展了文学反映时代人生的深度和广度。[7]可见，在儒文化传统动态发展过程中，古代文论、文学观念等亦在价值层面与其呈现出相对应的调整趋势。"萧斋岑寂，撰《词话十卷》，本诸风骚，正其性情，温厚以为体，沉郁以为用，引以千端，衷诸一是。"（陈

1　罗宗强．读文心雕龙手记 [M]. 北京：生活·读书·新知三联书店，2007.
2　李春青．文学理论与言说者的身份认同 [J]. 文学评论，2006（2）.
3　李泽厚．李泽厚近年答问录 [M]. 天津：天津社会科学院出版社，2006.
4　赵勇，编，童庆炳．在历史与人文之间徘徊：童庆炳文学专题论集 [M]. 北京：北京师范大学出版社，2007.
5　尚永亮．柳宗元诗文选评 [M]. 上海：上海古籍出版社，2003.
6　郭绍虞，编著．中国文学批评史 [M]. 天津：百花文艺出版社，1999.
7　张兴武．宋初百年文道传统的缺失与修复 [J]. 文学遗产，2006（5）.

廷焯《自雨斋词话自叙》）从陈廷焯所论中可看到，文论至晚清仍秉承儒家的文艺精神，提倡建立在温厚性情基础上的沉郁风格为词的根基。

从以上不同时期的诸情形的递变可见，文化传统在变化过程中，“价值层”对文论演进的影响纵贯国史数千年而不间断。

从“载道”功能方面讲，古代文论在一定意义上亦是“文”，以传统理论形态发挥文以载道的功能。中国的“文”并非单指文学，而是包括经史子集乃至文学一切行世的文章、文化学术的总称。中国的文章历来被看成是儒家所倡导的“道”得以流传的重要载体。“道”是儒家文化体系的核心要求，“斯道也……尧以是传之舜，舜以是传之禹，禹以是传之汤，汤以是传之文、武、周公，文、武、周公以是传之孔子，孔子以是传之孟轲。”（韩愈《原道》）“道”的传递要依靠“文”，“载道”的“文”是实现修齐治平人生抱负、经世致用的重要工具，“盖文章，经国之大业，不朽之盛事。年寿有时而尽，荣乐止乎其身，二者必至之常期，未若文章之无穷”（曹丕《典论·论文》），“文之作，上之所以发扬道德，正性命之纪；……故文本于道，失道则博之以气，气不足则饰之以辞。”（梁肃:《补阙李君前集序》）这些言论均是在强调“文”的“载道”使命。古代文论本身即广义“文”的一种，大部分文体相对独立，言简意赅，直述作文章的大规范、大道理，与散落在古代文章史书典籍中的零散文论语句一起，成为文化传统规定下文的一部分，其创作过程深受文化传统对“文”的“载道”要求的影响，作为独立的文本对阅读者产生文学批评以外的文化教化影响。古代文论“载道”的文化特征亦随着文化传统的调整，随着“道”在不同时期具体内涵的不同而发生相应的变化。

二、文学创作实践与文学理论的永恒互动关系

在目前的文学教育和学科体制中，中国现当代文学与文学理论分属于“文学”。在本科专业设置中，“汉语言文学”属于“文学”“门类”下的一个“专业”，其中“文学概念”和“中国现当代文学”属于“汉语言文学”专业的两门“核心课程”[1]。在研究生学位教育中，“中国语言文学”一级学科下设8个“学科方向”，其中“文艺学”和“中国现当代文学”属于平行的两个“学科方向”[2]。在科学研究国家“学科分类”中，“文学理论”和“中国现代文学”为“文学”“一级学科”下的“二级学科”，其中，“中国现代文学”“说明”中注明“包括当代文学”[3]。“文学概论”和“文艺学”其实就是“文学理论”，由此也可见“文学理论”与“中国现当代文学”的相对独立性。二者的分工大致是：中国现当代文学主要研究中国现当代文学史上的作家作品、思潮流派社团等现象及文学史的发展变化及其原因等；文学理论则主要是从理论上研究抽象的文学问题。表面上，两种研究由于性质、对象不同，似乎可以独立进行，但在实际的学术实践中，二者很难分开，它们实际上深深地相互交织和相互渗透，是“互证”的关系。文学理论如果没有文学实践作为支撑，如果不能与当代文学创作实践相关联也即具有实践形态，那它就是没有意义的，某种意义上也可以说它就不是真正的文学理论；同样，对于中国现当代文学研究来说，脱离了文学理论可以说寸步难行，差别仅在于这种理论是表面

1　中华人民共和国教育部高等教育司.普通高等学校本科专业目录和专业介绍（2012年）[M].北京：高等教育出版社，2012.

2　国务院学位委员会第六届学科评议组，编.学位授予和人才培养一级学科简介[M].北京：高等教育出版社，2013.

3　中华人民共和国国家标准·学科分类与代码[M].北京：中国标准出版社，2012.

的还是深潜的，是有意识的还是无意识的，邓晓芒说："缺乏哲学思想的文学评论则是不完全的文学评论，它们要么只是文学欣赏和文学评点，要么停留于文学形式上的技术分析，而对于文学作为人性中的一种强大的精神力量一无所知。"[1]没有理论的中国现当代文学研究也是很难想象的。

当研究者说某部作品刻画了某个典型人物形象时，评价作品真实客观地反映某种社会生活时，他实际上秉持的是现实主义文学理论，用的是"反映论"的文学标准。当研究者强调不同的读者对作品独特的感受、印象的合理性时，强调文学阅读和欣赏个体主观性时，他实际上秉承读者接受理论。当研究者撇开作者的写作意图，撇开作品的写作背景而专注于文本分析，诸如细节分析、词句分析、修辞和隐喻分析、情节结构分析等时，背后其实有英美"新批评"理论。当研究者强调文本的形式创新，挖掘文本形式意义，这其实是一种形式批评，其背后是形式主义文学理论、结构主义文学理论等。当研究者对文学作品的研究一反过去的规范，持一种无标准、无原则、无客观、无中心、无主题等"怎么都行"的时候，其实是后现代主义文学理论在支撑。当研究者解读作家作品过程中不再把它看成是一个统一体，而是把作家看作是矛盾集合体，把作品看作是碎片化的拼贴，把作品中的矛盾合理化的时候，这背后其实是有一种解构主义文学理论在支撑。中国现当代文学研究中的重要问题，比如文学思潮流派、文学史书写、中外文学关系、纯文学与通俗文学关系等，哪一个问题不涉及文学理论呢？哪一个问题的研究又可以不需要文学理论呢？

中国现代文学是在外国文学影响下发生的，现代时期中国所产生的"为人生"小说、抒情小说，"乡土写实小说""新感觉派"小说、"小诗"、象征主义诗歌、"九叶派"诗歌、"美文"、话剧等，无不是受西方文学的影响而产生的，而每一种文学的背后都有相应的西方文学理论，诸如浪漫主义、现实主义、象征主义、唯美主义等。如果不懂得这些理论，不应用这些理论，怎么可能把中国现代文学中的"为人生"小说、"抒情小说"这些文学现象论述清楚呢？比如李金发的诗歌，这是中国最早的现代主义诗歌，它和胡适的开创性地"尝试"新诗不一样，和郭沫若的"狂飙突进"诗不一样，和"新月派"的诗不一样，和"湖畔派"情诗不一样，和闻一多等人的"新格律诗"也不一样，它是对这些新诗的巨大叛逆，当时大家都觉得读不懂，事实上也是如此，因为它是一种新的诗歌理念，其背后是一种新的文学理论，一种不同于当时流行的现实主义、浪漫主义文学理论，它背后是法国象征主义诗歌理论，理解了象征主义，再用象征主义诗歌理论来解读李金发的诗歌，不仅能够有效地理解它，包括理解它的令人"读不懂"，还能够对它进行准确的评价和文学史定位。再比如，20 世纪 30 年代在上海兴起的"新感觉派"小说，以施蛰存、刘呐鸥、戴望舒为代表，它是受日本新感觉派小说的影响而产生的，精神分析文论是其重要的文学理论背景，所以，应用精神分析理论不仅能够很好地解释这种小说的写作原理及意义生成方式，还能够帮助我们对这种小说进行深层的社会学、心理学解读。

中国现代文学中的著名作家都不同程度地受西方各种文学理论的影响，比如鲁迅就受到各种流派、风格的作家和作品的影响，也受各种文学理论影响，特别是英国浪漫主义和俄国

1 邓晓芒．论文学批评的力量 [J]. 湖北大学学报，2016 年（6）.

批判现实主义文学对鲁迅的影响非常大，鲁迅还曾翻译日本文学批评家厨川白村的《苦闷的象征》，厨川白村的理论多少对鲁迅会有所影响。直观的阅读和感受显然是无法真正深刻理解鲁迅及其创作的，西方文学理论有时是解开鲁迅文学创作之谜的钥匙。其他作家也是这样，周作人的创作直接渊源于欧洲文艺复兴时期的人文主义思潮，郭沫若的创作有意识地吸收了表现主义的观念，具有表现主义的风格和特色，茅盾则受到了欧洲19世纪末20世纪初“新浪漫主义”的影响，戴望舒受到象征主义的影响，闻一多、徐志摩受西方唯美主义的影响，梁实秋受英美人文主义的影响，等等。对这些作家进行研究，只有充分理解影响其创作的文学理论，才能够充分认识其文学品格与特性，在这个基础上我们才能够看清楚其学习与创新，才能够更进一步展开评价与定位等。

中国当代文学也是如此。20世纪50—70年代，中国文学和西方文学的关联变得松散和相对疏离，但现代文学的传统决定了西方文学理论的有效性，所以我们可以看到，西方的现实主义、浪漫主义包括古典主义文学理论仍然是那时中国文学研究的重要理论基础。特别是20世纪60年代，中国文学相对封闭，但仍然深受苏联社会主义现实主义文学的影响，这一时期的文学虽然形式和内容都非常单一，且简单明了，但今天对它们的研究、评价和书写仍需要相应的文学理论作为参照才能准确客观地加以定位。我们可以看到，正是在社会主义现实理论和“两结合”理论指导下，那时对“样板戏”《金光大道》《牛田洋》《虹南作战史》等都有高度的评价。今天，我们对20世纪60年代的文学持否定态度，这其实与我们对社会主义现实主义、革命的浪漫主义、革命的现实主义及二者相结合的理论态度有很大的关系，所以，其深层的原因仍然是文学理论问题。

20世纪80年代以后，伴随着中国在经济、科技、文化、教育等领域的全方位开放，西方各种现代主义文学作品和理论也开始被大量介绍进中国。受这股潮流的影响，再加上思想解放带来的创作自由，大量优秀的文学作品在这一时期开始涌现，除了传统的现实主义和浪漫主义文学作品以外，还出现了朦胧诗、后朦胧诗、先锋小说、实验小说、新历史小说、新写实小说等现代主义和后现代主义或者具有现代主义与后现代主义倾向的文学作品。我们可以看到，每一种文学类型和流派背后其实都有西方文学和文学理论的影子。大多数的作家都受到西方文学不同程度的影响，只不过有的非常明显，有的比较隐晦，有的比较直接，有的比较间接。例如余华深受卡夫卡、福克纳、川端康成等人的影响。莫言深受马尔克斯、福克纳、略萨等人的影响。残雪深受卡夫卡、博尔赫斯等人的影响。事实上，20世纪80年代及稍后成名的优秀作家如贾平凹、马原、格非、刘震云、阎连科、韩少功等大多是在外国文学的影响下成长起来的，因此，不理解西方现代主义文学，则无法理解20世纪80年代以来的中国文学；不理解当代西方现代主义文学理论，就不能准确地解释、定位和评价这些具有现代主义文学理论背景的中国文学。伊格尔顿说：文学理论就其自身而言，与其说是一种知识探索的对象，不如说是观察我们历史的一种特殊看法。[1]

卡夫卡、舒尔茨、博尔赫斯、马尔克斯、卡尔维诺等作家笔下的神奇、荒诞与魔幻，绝不是表象，其背后都有文学理论的深层道理，不理解这些理论而仅凭感觉评论这些作品本质

1　特里·伊格尔顿．文学原理引论[M]．北京：文化艺术出版社，1987.

上是肤浅的文学研究，属于文学研究的初步形态。20 世纪世界文学艺术的大趋势，是尽力寻找全新的思维方式、感觉方式和表达方式，以开掘现代人类丰富复杂的内心世界及其对外部世界的“掌握”。……20 世纪中国文学在这一点上与世界文学是息息相通的。[1] 因此，要理解作为现代性本体表达的中国现代主义文学，西方新时期文学理论不仅仅是一种工具，更是一种重要的思维方式，也是一种必要的批评视角和批评模式。

不论是从中国现代文学的发生还是发展来说，中国现当代文学与西方文学理论都有着千丝万缕的联系。在思想的层面，中国现代文学的思潮和主张都受到西方文学理论的影响；在创作的层面，中国现代文学是在借鉴和吸收西方优秀文学作品因素的过程中成长起来的。在话语上，我们的文学理论、文学批评和文学史都大量使用西方话语，脱离这些话语，我们已经无法言说我们的文学，这不是态度和方法的问题，而是事实的问题。特别需要说明的是，本文所说的“文学理论”虽然也包括中国新时期文学理论和中国古代文学理论，但主要是指西方文学理论。中国新时期文学理论主要是受西方影响同时吸收中国文论等因素而建立起来的，因为学习西方及背后深层的科学思想基础，所以中国新时期文学理论具有浓厚的西方文学理论特点。本文强调文学理论对中国现当代文学研究的工具性和方法论，主要是强调西方文学理论特别是西方新的文学理论对中国现当代文学研究的工具性和方法论意义。

三、新文学理论与中国现当代文学研究创新

因为中国现当代作家、作品、文学思潮等受到西方文学的影响，我们当然要弄清楚其背后的文学理论背景，这是事实层面的需要，也是研究“还原”的需要，即“解铃还须系铃人”，因而理论不可或缺。但更重要的是，新的文学理论就是文学研究新的工具、新的武器、新的技术手段，它可以对历史上的文学作品进行新的分析，从而获得新的发现。

以鲁迅为例，鲁迅还在世时就被广泛研究，鲁迅逝世之后鲁迅研究则成为一门学问，早期的鲁迅研究偏向于从新民主主义革命的角度来解读鲁迅作品，采用的是社会学的研究模式。20 世纪 50—70 年代之鲁迅研究更多的是对鲁迅的人格、艺术成就、对新文学的贡献等进行研究和定位，在文学理论上可以概括为“泛文学社会学”。但到了 20 世纪 80 年代，整个中国文学的研究格局发生了改变，思想解放运动给新时期的鲁迅研究带来了新的气象。1984 年，王富仁发表博士论文《中国反封建思想革命的一面镜子——〈呐喊〉〈彷徨〉综论》，他在文中对革命和思想革命做出了明确区分，将鲁迅放在新民主主义思想革命的历史进程中进行评价。王富仁充分运用了列宁在《论托尔斯泰》和《托尔斯泰是俄国革命的一面镜子》等文章中所提出的“镜子说”，并对它进行了创新性阐释。列宁主要是站在革命的角度论述托尔斯泰对俄国革命的意义，而王富仁则从思想革命的角度阐释鲁迅的意义，在“引论”中他写道：从 50 年代开始，在我国逐渐形成了一个以毛泽东同志对中国社会各阶级态度的分析为纲、以对《呐喊》《彷徨》客观意义的阐释为主体的粗具脉络的研究系统，[2] 由于这个研究系统所描摹出来的《呐喊》和《彷徨》的思想内容的图式是一个变了形的思想图式，所以势必与鲁迅前期的实际

1　钱理群、黄子平、陈平原．二十世纪中国文学三人谈、漫说文化 [M]. 北京：北京大学出版社，2004.
2　王富仁．中国反封建思想革命的一面镜子——《呐喊》《彷徨》综论 [M]. 北京：北京师范大学出版社，1986.

思想产生不协和性的状况，有些地方甚而至于彼此抵牾。[1] 他在文中明确指出早先从革命角度解读文学作品的这一研究系统的缺陷，认为过度地强调社会意义会在一定程度上遮蔽作品思想上独立的价值：这个研究系统的方法论上，它主要不是从《呐喊》和《彷徨》的独特个性出发，不是从研究这个个性与其他事物的多方面的本质联系中探讨它的思想意义，而是以另外一个具有普遍性也具有特殊性的独立思想体系去规范和评定这个独立的个性。[2] 进而提出：以一个较为完备的系统来代替我们现有的研究系统。……应当首先以鲁迅当时的实际思想追求和艺术追求为纲。[3] 王富仁的见解在当时具有开创性，而他的文章所采用的可以说是“思想史”和“美学”的理论，在今天看来这很普通，但在当时这却是一种巨大的突破，它恢复了鲁迅作为文学家和思想家的本位。

在鲁迅研究史上，汪晖的研究也有巨大的突破，现在看来，这种突破本质上是理论的突破，也可以说是研究模式和方法论上的创新。汪晖说：《呐喊》和《傍徨》的研究经过半个多世纪的发展逐渐形成了一种以“镜子”理论为基础的研究模式。“镜子”模式难以从内部提供《呐喊》《傍徨》作为同一创作主体的创造物所必须具备的统一基调和由此产生的语气氛围，也没有追寻到任何一部艺术史诗固有的内在精神线索及其对作品的基本感情背景和美学风格的制约作用。[4] 他进而提出应注重鲁迅小说作为作家心理史的自然展现。[5] 汪晖将鲁迅放在中国社会的现代化进程中评价，把鲁迅小说看作是一座建筑在“中间物”意识基础上的完整的放射性体系[6]，其背后事实上暗含着一种现代性的研究视角，这里，“现代性”实际上是一种新的理论，可以说是广义的文学理论。

在鲁迅具体作品的研究上也是这样。自《阿 Q 正传》诞生之后，产生了无数的研究这部小说的论文。具体于阿 Q 这个形象，也是有各种各样的说法和观念，比如有“贫雇农”说，“精神胜利法”说，“革命不彻底”说，“落后农民”说，“民族劣根性”说等，林兴宅把 20 世纪 80 年代在中国兴起的“三论”（“系统论”“控制论”“信息论”）的方法运用于《阿 Q 正传》研究，提出了“阿 Q 性格系统”的观点，用有机整体观念代替机械整体观念；用多向的、多维联系的思维代替单向的线性因果联系的思维；用动态的原则代替静态的原则；用普遍联系的复杂综合的方法代替互不关联的逐项分析的方法。[7] 从而促进鲁迅研究在方法论上的突破，也对整个文学研究中的人物形象分析有很大的推进。《论阿 Q 性格系统》在很大程度上弥补了此前关于鲁迅小说中阿 Q 这个形象的片面和机械的看法，成功地解决了阿 Q 性格超阶级、超时代、超民族的普遍性问题。

再比如《故事新编》研究。在传统的现实主义、浪漫主义包括现代主义的观照之下，《故事新编》是“历史小说”，是鲁迅所有文学创作中最失败的作品。[8] 夏志清甚至说：《故事新编》的浅薄与凌乱，显示出一个杰出的（虽然路子狭小的）小说家可悲的没落。[9]

比如《理水》，被看作是对潘光旦、顾颉刚等人的“影射”。小说写舜、禹、鲧、皋陶等传说中的中国远古祖先治水的故事，但小说却有这样的叙述：“灾荒得久了，大学早已解

1—3　王富仁．中国反封建思想革命的一面镜子——《呐喊》《彷徨》综论 [M]. 北京：北京师范大学出版社，1986.
4—6　汪晖．历史的“中间物”与鲁迅小说的精神特征 [J]. 文学评论，1986（5）.
7　林兴宅．论阿 Q 性格系统 // 艺术之谜新解 [M]. 福州：福建人民出版社，2017.
8　竹内好．鲁迅 [M]. 李心峰，译．杭州：浙江文艺出版社，1986.
9　夏志清．中国现代小说史 [M]. 刘绍铭，等，译．上海：复旦大学出版社，2005.

散，连幼稚园也没有地方开，所以百姓们都有些混混沌沌。只在文化山上，还聚集着许多学者，他们的食粮，是都从奇肱国用飞车运来的，因此不怕缺乏，因此也能够研究学问。然而他们里面，大抵是反对禹的，或者简直不相信世界上真有这个禹。”[1] 这里出现了“大学”“幼稚园”“文化山”“飞车”“研究学问”等，人物对话说的是“古貌林”“好杜有图”“古鲁几哩”“O.K”等，这按照传统的现实主义、浪漫主义甚至现代主义文学理论是根本不能理解的，是胡乱编造。但后现代主义文学理论引入之后，这些现象全部都从哲学和文学的角度得到了有效的解释，它们其实是戏谑、消解、游戏、“去中心”“反主题”的表现方式，因而《故事新编》是一种完全不同于传统小说写作方式的小说，这时我们才发现鲁迅的超前，才发现其在艺术形式上的先锋性及所达到的艺术高度。《铸剑》也是这样，小说写黑衣人唱歌，其歌词有“哈哈爱兮爱乎爱乎”“爱乎呜呼兮呜呼阿呼”“阿呼呜呼兮呜呼呜呼”等，[2] 完全不可解。“不可解”在传统的文学理论中是不被允许的，但在后现代主义文学理论中，它变成了“常规”。当然，这不是说鲁迅早在 20 世纪 20 年代就开始使用后现代主义的创作方法，而是说鲁迅的小说《故事新编》和传统的现实主义、浪漫主义小说迥异，运用了很多后来称为后现代主义的方法和技巧，后现代主义文学理论能够更准确、更合理地解释它，从而更能够让我们深刻地认识到它的艺术价值和文学成就。事实上也是这样，一般读者包括学者都能够感觉到《呐喊》《彷徨》与《故事新编》的差异，凭直觉也能够感觉《故事新编》很好，艺术上很有创新性，但好在什么地方？创新的理论根据是什么？却说不出来，后现代主义文学理论可以说很好地解决了这些问题。在这一意义上，后现代主义文学理论解决了鲁迅研究中的很多问题，加深了我们对鲁迅的理解，从而推进了鲁迅研究的发展。在后现代主义文学理论视域中，《故事新编》不再是“失败之作”，而是一部超越时代的杰作。《故事新编》的价值在今天已经被学界广泛接受了，但是如果没有西方后现代主义理论的介入，这一现状或局面是难以想象的。

纵观中国现当代文学学科史，我们可以看到，中国现当代文学研究的每一次突破都与文学理论的突破或西方文学理论引入有关。王瑶所编写的《中国新文学史稿》是中国现当代文学学科奠基之作，它从理论、方法、边界和框架上奠定了中国现代文学这一学科和研究体系，其意义非凡，但以今天的学术眼光来看，这本书仍有许多不足和缺憾，譬如沈从文、张爱玲、钱锺书等人都不在其介绍范围之内，这一现象在今天看来似乎难以理解，但这其实反映了不同时代文学观念及文学理论背景的差异。王瑶说：中国新文学史既是中国新民主主义革命史的一部分，新文学的基本性质就不能不由它所担负的社会任务来规定。[3] 从理论上讲，新文学既是新民主主义革命的一部分，它的领导思想当然是无产阶级的马列主义思想。[4] 这实际上是文学政治学或文学社会学的理论模式，在这种模式下，文学史更看重文学在社会进程中的社会作用和政治作用，所以鲁迅、郭沫若、茅盾、巴金、老舍、赵树理及蒋光慈、阿英、左联五烈士等必然有很高的地位，而沈从文、张爱玲、钱锺书这些在政治上“革命”色彩不强的作家自然就没有位置。

文学史从根本上说是历史，而每一种历史叙述的背后都暗含着一种史学思想或者说史学

1　鲁迅．理水 // 鲁迅全集：2 卷 [M]. 北京：人民文学出版社 2005.
2　鲁迅．铸剑 // 鲁迅全集：2 卷 [M]. 北京：人民文学出版社，2005.
3 4　王瑶．中国新文学史稿 // 王瑶全集：3 卷 [M]. 石家庄：河北教育出版社，2000.

理论。早期的中国现代文学史是现代文学内容上的革命史，它以新民主主义革命的性质来界定新文学，将新文学作为新民主主义革命的一部分，所依据的是马克思主义历史学理论。今天的中国现代文学史当然已是另一种面貌，这其实根源于其背后文学理论和史学理论的差异。在中国现当代文学学科史上，夏志清的《中国现代小说史》也是一部具有巨大突破且对后来的文学史研究有很大影响的著作。《中国现代小说史》为沈从文、张爱玲、钱锺书、师陀等人特开专章篇幅，承认他们的文学史地位，这和王瑶的《中国新文学史稿》有很大的不同，这种不同其实根源于历史观、文学观的不同，夏志清在《中国现代小说史》的结论部分说：我所用的批评标准，全以作品的文学价值为原则。[1] 这种观点和理论在当时的美国非常普遍，也即“新批评”和“比较文学”理论，但对20世纪80年代的中国现当代文学研究却具有颠覆性，从而极大地影响了中国现当代文学研究。

20世纪80年代之后，中国现当代文学研究发生了很大的变化，出现了“人文精神”大讨论、“重写文学史”运动、“女性主义”热，提出了“新文学整体观”“二十世纪中国文学”等观念，晚近则出现“语言论转向”“重返80年代”“经典重读”等热点问题。我们可以看到，每一种研究的背后其实都有新的文学理论特别是西方文学理论的支撑，且不止一种文学理论，多数是以一种文学理论为主以多种文学理论为辅的方式。换一种角度我们也可以说，20世纪80年代之后，西方各种文学理论特别是现代主义文学理论输入中国，它们从哲学基础、历史学基础、理论范式、文学观念、研究方法、研究技术等方面全方位地影响中国现当代文学研究及中国文学批评，也推动中国文学创作实践向前发展，因而才有今天中国文学、中国文学研究与批评的繁荣局面。比如女性文学，它一直是中国现当代文学的传统，五四时期周作人就提倡“人的文学”，提倡“妇女解放”，中国现代女权运动特别是男女平等观念与社会实践一直走在世界的前列，这种观念和社会现实也深刻地影响中国现当代文学，所以，中国现当代文学中的“女性文学”特别发达，产生了一大批著名女性作家，比如冰心、丁玲、萧红、张爱玲、草明、茹志鹃、张洁、宗璞、王安忆、舒婷、霍达、残雪、铁凝、迟子建、方方、池莉等，她们书写自己的经验，反映对社会的观察和认识，表达她们自身的女性权力追求和维护，具有浓厚的性别意识。同时，不仅女性作家写女性文学，男作家也书写女性及其问题，也写“女性文学”。但是，在女性主义文学理论输入中国之前，中国现代文学研究对女性作家、女性文学的研究更多地停留在直观的层面上，停留在社会学的层面上，结论多是表面和普通的，女性主义文学理论对性别、权力、女性意识、女性经验等都有深入的研究，它有自己的话语体系和话语方式，这对于中国现当代文学研究具有极大的参考价值，提供了理论基础和方法，从而极大地推动了中国女性文学的研究，至今，女性文学仍然是中国现当代文学研究中的一门“显学”。从学科史角度来看，文学理论特别是西方文学理论不论是对中国现当代文学这一学科的格局，还是对现当代文学研究的视野、范式和具体的研究方法均有推动作用。

历史充分证明，文学理论特别是西方文学理论的引入在很大程度上激发了中国现当代文学研究的突破，反之，文学理论的局限或者西方新文学理论输入被阻隔则会造成学科视野的局限从而导致中国现当代文学研究的相对落后。中国现当代文学研究过去繁荣与当前困境均与文学理论的突破和引入有密切的关系。

1　夏志清．中国现代小说史 [M]. 刘绍铭，等，译．上海：复旦大学出版社，2005.

第三章　新时期文学理论的特征

第一节　传统与现代特征

一、新时期文学理论的民族文化特征

文学理论并不存在标准版本，文学理论会随时间的推移、环境的变化而产生新的变化。现代化、全球化已经发展为新的趋势，如果文学理论不能面对这一趋势，根据时代的要求与时俱进，那么就无法实现新的发展。对此，我们需要客观地面对这一趋势带来的课题，清楚地认识到这一趋势为我国文学理论的发展带来的挑战，并结合实际情况，这样才能凸显中国文学理论的民族文化特征。

（一）中国文学理论的民族文化特征分析

中华民族有专属于自己的文化传统，如果将中华民族文化传统放置在世界民族文化发展的语境中，其也不乏鲜明的个性。在研究中国文学理论的过程中，我们发现受西方文论的影响，人们对中国文学理论的认知逐渐模糊，无法彰显出本民族特色。对此，我们需要转变研究模式，这就需要分析中国文学理论的民族文化特征。

1. 有悠久的历史传统

目前，学者对中国文学史的研究，多会从西方文学史的发展之路出发，去探究与衡量中国文学史的发展，以前就有部分学者将古希腊的长篇史诗作为衡量史诗的标准。有部分学者也提出了相反的观点，认为《长发》《生民》《玄鸟》等诗，均包含构成史诗的关键要素，可以归类为古代史诗。这些史诗尽管不具备古希腊史诗的篇幅，在内容上不如《荷马史诗》那般丰富，但是将这些作为判断中国古代文学发达与否的标准，显然是不客观的，研究者与学者还是会惯性地应用西方文学判断体系，或多或少地受西方文学中心论的限制。[1] 对此现状，笔者认为，中国文学理论的成长环境与西方截然不同，因此，对中国文学理论的民族文化特征的研究，也应该从中国文化传统的实际出发，探索其独特的发展路径，可以将古代史诗视为民族文化的一大特色，比如中国在当时创造出了全面、详尽的、呈现历史变革的全新的文学表现形式。所以，尽管在中国古代，并没有著名的长篇史诗产生，但却拥有悠久的历史传统，这有助于人们立足于世界视角，全方位地挖掘出中国文学理论的内涵以及特色。

2. 有各种形式的理论著作

文学的产生、发展与历史变化息息相关，文学内容、文学形式也与史学紧密关联，可以说亦文亦史。比如先秦时期的《春秋》《左传》等，被后人称为史传文学、历史散文。又比如

1　张子川．中国古代民族文论逻辑体系的建构——评《中国古代文学理论》[J]. 中国教育学刊，2021（3）.

《诗经》，被诸多历史研究者视为是近距离探究历史的重要参考文献。进入汉代，在学术上呈现出了分化趋势，这也拉开了正统史学与文学之间的关系距离，但是从各种文学题材中，我们依旧可以看到历史的身影。[1]从先秦杂史杂传，到汉代蔚为大观的文学样式，再到魏晋南北朝的故事类小说、隋唐以后的历史人物传记、元代的历史戏剧、清代历史题材的说唱、现当代历史回忆录与影视剧作品等，虽然它们是在呈现历史内容，但是在形式上却没有脱离文学，可以说是文学与历史的交融，二者互为补充，这也是一种特殊且弥足珍贵的文化现象。

3. 有自己的产生土壤

中国文学理论融合了文学与历史，通过文学来记录历史，又以历史人物、历史事件为素材创作文学作品。此种文学形式在先秦时期一度发展到了一定的高度，这也客观地彰显出了中国文学理论的民族文化特征。因为早在夏商周时期，中国开始慢慢地向“理性社会”迈进，以往丰富传神的神话故事逐渐消亡，受史官文化的影响，人们开始关注历史，这也是在先秦时期没有产生著名史诗的原因之一，但是却留下了诸多闻名于世的历史著作。甚至可以说，是发达的史官文化，使先秦历史文学成为小说、戏曲的文化源头变成一种必然趋势，中国后世诗词唱曲等多样化文学样式的产生，也在不同程度上受到先秦历史文学的影响[2]，可以此作为切入点，对中国文学理论展开多维度研究，如此，既能够确定中国历史文学理论的本质，编写一部关于中国历史文学史的开创之作，同时，也可以基于全新的视角，揭示出中国文学理论的发展规律，促使世界认识到中国文学理论中蕴含的鲜明的民族文化特征，以及独具特色的内容与形式，彰显出中国文学理论在世界文学领域的重要地位。

4. 有自己特殊的范畴研究

中国文学理论之所以存在意义，是因为其与中国民族文学传统高度契合，是对民族文学传统内涵的总结概括。中国文学理论以民族文化背景为抓手，对中国文化早期特征的起源展开了探究，基于文学、史学之间的联结，找出研究的切入点，在纷杂的中国文化现象中，梳理其发展进程。笔者认为，中国历史文学特质的形成、演变就是中国文学理论发展的中心脉络，牢牢抓住这一点，便可以逐步分析出中国文学理论的发展轨迹。在此基础上，将中国历史文学特质的形成、演变放入中国社会历史背景中，便可以清晰地发现二者的发展与中国文学、文学体裁的演变存在不可分割的关系[3]。在这些理论及历史框架的支撑下，自然就可以将《燕丹子》《山海经》《晏子春秋》等著作归类到传统文学系统中，进而让中国文学理论的范畴更加完整，使之有一个精准的文学史定位。这部分文学理论的研究，展现了中国历史文学的发展进程，找出了中国多种文学样式的发展规律及独特之处。

（二）中国文学理论的民族性体现

1. 中国文学理论本质层面：美、善、中、和

从本质层面分析，中国文学理论的民族性主要体现在传统的文学观念中，即美、善、中、和，即既要突出文学本身的审美特性，又要做到以文载道。美、善、中、和作为中国古代文艺观念的核心，同时，也从侧面彰显出了中国现新时期文学理论在不断发展的进程中，追求

1　高楠．对中国百年文学理论两道褶痕的理论思考 [J]. 中国文学研究，2020（4）.
2　谷鹏飞．中国当代文学理论的传统性问题 [J]. 中国人民大学学报，2019（6）.
3　代迅．中国当代少数民族文学理论的发生——兼谈西方文学理论与中国本土文学的错位 [J]. 社会科学战线，2018（6）.

文艺本质的精神。中国古典文艺美学观念强调将美、善、中、和的功能与审美价值协同起来，比如中国古代遵从的审美规范、追求的审美理想，便是将中与和作为审美点，特别是孔子提出的“尽善尽美”，更是实现了美与善的统一。[1]

此外，《乐记》对诗、乐、礼三者之间关系的处理也是值得研究的，乐强调对立状态下的和谐，本质是“中和”，可以存在于形式、内容，或者事物内部、事物之间，若是将乐体现在艺术活动中，就需要艺术家在对立因素中创造平衡，比如协调好正与变、形与神、情与理之间的关系。

以道家与儒家为例，道家以自然朴素作为基本审美观念，儒家以道德化、政治化作为基本审美观念，二者虽存在差异，却也相辅相成，形成了有益互补的关系，形成了独具特色的中华民族审美心理。

2. 中外文学理论关系层面：中外融通

在研究我国近代文学理论的过程中，研究者无不以“中和”作为研究指导观念，还以此为基础，形成了文学本质的新说，对文学观念的创造做出了突出贡献。此外，在解析中国文学理论发展进程与各种理论资源关系的过程中，也可将“中和”作为解析思维来运用，探寻文学观念的创新思路。在国际文化语境中审视中国文学理论的发展，其民族性又涉及空间比较与国际关系两项问题。[2] 其中，文学理论的民族性需要从文学理论独特性、与其他文学理论关系两个角度展开考量，前者需要找到文学理论凭借什么走向世界、与其他文学理论交流的方式、民族文学理论的立足点，确定各民族文学理论之间存在的异同之处，以便于彰显民族文学理论中的特色与个性；后者需要找出走向世界的路径、与其他文学理论存在的内在关系，以及在世界范围内构建和谐共存的全新文学理论格局的可行方法。

民族性观念具体到民族自我中，就是独特性、个体性、共同性，还有多种民族文学理论交流的关系，此种交流关系在民族性的加持下，更加牢固稳定。对民族自我的理解，需要体现在与他人的关系中，这也刚好贴合“中和”的观念，是其现代价值的体现。“中和”的意义，其一是观念层面，其二是在处理文化之间关系的实践，实现“中”的先决条件是“和”，关键是确认主体性与个体性，强调存在于多元间的平等，将共存作为价值准则，“中和”作为一种理念，在文学理论等领域中均可以看到。相应的，“中和”的核心要义还在于对元素之间关系的处理，所以，若是基于文化发展、民族文化关系等视角来探究“中和”，其体现出的实践价值也是不容忽视的。“中和”理念在文化学、哲学等领域的渗透，是中华民族文化长期繁荣昌盛的根本原因之一，是中华民族精神的深层内涵。

不仅如此，其也为独立元素的平等共存、和谐交流关系的形成提供了基础。因此，在研究中国文学理论民族性的过程中，一方面，要谨记历史教训，防止错误倾向，另一方面，也要学会借鉴历史经验，树立文化开放意识，在保证民族性的条件下，尽量与其他文化进行深度交流，使中国文学理论在互见互补中，更好地融入世界文化格局中。

3. 现代与传统关系层面：中国文学理论传统的现代转换

中国文学理论的民族性，如果基于时间维度进行探究，其涉及的是文学理论创造的当代

1 代云红．论中国文学人类学当代探索中的文学理论建设 [J]. 百色学院学报，2016（5）.
2 南帆．中国文学理论的重建：环境与资源 [J]. 中国社会科学，2015（4）.

性与传统性之间的关系问题。一直以来，人们习惯性地将民族性与传统性混淆，所以在探究中国文学理论发展资源，以及中外文学理论关系的过程中，总是侧重于“传统”层面，将中国文学理论与外来文学理论放在研究的对立面。其实，传统是中国文学理论民族性的文化资源，中国文学理论走向现代化发展之路的历史载体，但是民族性的研究又无法完全脱离传统，因为中国文学理论是依靠传统的变化才能持续不断地彰显出民族性的。文艺理论史对民族性、传统关系解析嬗变轨迹的体现非常明显。

第一，传统具有时间性。不同时期所对应的时代精神不同，决定了不同历史时期的传统也会或多或少地存在差异。

第二，传统是具体的。传统是具体的文化资源，是文化发展进程中面对的，虽然已经过去，但是对于今天而言，也是不能缺少的。对于中国文学理论的研究，需要站在历史视角，明确所继承传统的具体内容是什么。中国文学理论传统的现代转换也是如此，应从民族性的角度观察，根据历史呈现在不同时期、不同依据的价值设定，立足于时代需求，对不同的内涵加以合理改造，确保能够为新时期文学理论所用，这也充分体现出了中国文学理论的民族性追求，客观地展示出了不同侧面的民族性。

总而言之，中国文学理论的研究需要从事实的历史观出发，以民族性视角推进传统的时代性转换，为中国文学理论拓展出全新的发展路径，使之在民族性视角中可以找到合适的定位。

二、现代与传统的冲突与矛盾

改革开放以后，中国文学理论研究获得了一个自由开放的文化氛围，吸收借鉴国外文论资源成为一种时尚，正是因为如此，传统文论“失语”的忧虑在部分文论人士中蔓延开来，传统真的“失语”了吗？面对文学理论的现代化进程，传统真的只能袖手旁观，无法成为这一进程的积极参与者了吗？

（一）新文化与传统文化的关系

一般认为，新文化是在与传统文化的激烈冲突中发生、发展的。在人类思想史上，一种新的思想文化的兴起，总是以激烈的批判为先导，以期激浊扬清，开辟新的发展道路，探讨文化传统在现代学术构成中的作用，实际是确定文化传统在现代学术建构中的话语权的问题。任何一种思想力量总是企图通过它的独特发声来获取“命名”及“通过命名创造世界的权力”。[1]布尔迪厄认为，“社会科学必须在其关于社会世界的理论之中加入一种关于理论影响的理论，因为理论通过强行施加具有或多或少权威性的观察社会的方法，帮助构成了这一世界的现实”。[2]

在文化现代化过程中对传统的批判是必要的，在新的历史条件下，如果对文化传统兼收并蓄，便谈不上对一个已经落后于时代的民族进行现代化的改造，因为这个被全盘继承的文化其实包含了过多的惰性，无法促成该民族跟上时代潮流，融入正在发生巨大变化的世界。但文化的现代化并不能脱离中国的文化传统而“全盘西化”，这也是一个不言自明的道理。历

1　布尔迪厄．言语意味着什么 [M]. 刘晖，诸思真，译．北京：商务印书馆，2005.
2　米歇尔·福柯．知识考古学 [M]. 谢强，马月，译．北京：生活·读书．新知三联书店，2007.

史其实就是继承和创新的双重变奏。

一般认为，福柯是历史断裂论的倡导者，他对意在描述社会发展线索、寻找因果关系的传统历史学提出了质疑，认为这样的历史学无法解释历史现象的非“连续性”“断裂”“偶然性”，而他便要别开生面，创建旨在“对历史重大遗迹作本质的描述”的知识考古学。[1]

但他有时也陷入了深深的矛盾中。他深知在历史理性的语境中该观点的学术风险，意识到就古典形式的历史而言，不连续既是已知的，又是不可想象的。这样的矛盾心态特别表现在下面这段话中：“比如传统这个概念，它是指赋予那些既是连续的又是同一的（或者至少是相似的）的现象的总体以一个特殊的时间状况；它使人们重新思考在同种形式中的历史的播撒；它使人们缩小一切起始特有的差异，以便毫不间断地回溯到对起源模糊的确定中去……它为转让和传递的事实提供一个支点——这个支点奥妙无穷，以致无法对它进行清楚的分析；它把相似或者重复的现象归结于因果变化的程序（这个程序既没有严格的界定，也没有理论的定义）……再如像发展和演进的概念：它们可以把一系列分散的事件重新组合起来，把它们同唯一的和同一的构成原则联系起来，将它们置于生命榜样的力量之下（生命的适应游戏、它的创新能力、它的各种不同成分连续的对应关系、它的同化和交换序列），使人们在每个起始之时，已着手发现一种一致性的原则和某种未来单位的雏形，并通过一直起作用，却从来就不是既定的起源和终结之间的始终的可逆的关联来控制时间……”[2]

英国学者吉登斯和福柯的观点相似，因此在他的《现代性的后果》中也有着与福柯同样的困扰，有时也不得不稍稍修正自己激烈的挑战传统的文化立场，挑战传统，否认社会进化的有序性，“并不是说世界万物都处于混乱之中，或是人们能够任意书写完全特异的‘历史’”[3]。

改革开放以后，国内学者开始克服文学史研究中的单面思维，不断切换透视的视角，以探究文化现代化与传统文化的复杂联系，而文艺理论界也注意到了中国新时期文学理论虽然实现了具有质变性质的话语转换，但仍然保持了民族文化的一些重要特性，现代文论并非无根的学术、纯然舶来的学术；而传统文论也并没有“失语”。我认为，既然古人与我们是对同一个人类生命现象进行观察、发表意见，那么，认识必有所交集，传统文论能够为文学理论的现代化做出自己的贡献，这是一个不容否认的事实，只是因为话语转换，表达的方式多有不同罢了。

（二）新时期文学理论的进步历程

现在回过头来审视中国新时期文学理论的进步历程。现代文论与传统文论虽然分属于不同的话语系统，但一些基本精神与基本概念之间仍然存在着或显或隐的联系。譬如，左翼文论表现出极强的务实特性，文论家社会责任担当的意识高涨，他们的文论反复强调文学应当观照当下，文学家的创作是参与社会变革的武器。而审美立场与政治立场的结合是中国文化历久弥固的传统。曹丕《典论·论文》将文章抬升至“经国大业”的高度，这对后世文人无疑是一个极大的激励。王逸《楚辞章句·序》对志士精神予以热烈的褒扬，说：“人臣之义，以忠正为高，以伏节为贤。故有危言以存国，杀身以成仁。是以伍子胥不恨于浮江，比干不

1 2　米歇尔·福柯．知识考古学 [M]. 谢强，马月，译．北京：生活·读书．新知三联书店，2007.

3　安东尼·吉登斯．现代性的后果 [M]. 田禾，译．南京：译林出版社，2000.

悔于剖心，然后忠立而形成，荣显而名著。”称颂屈原“膺忠贞之质，体清洁之性，自若砥矢，言若丹青，进不隐其谋，退不顾其命，此诚绝世之行，俊彦之英也。”屈原这种忧国忧民、奋不顾身的精神极大地鼓舞、影响了后世士子，使他们时时以天下己任，每临大义绝不惮于前驱。中国的现代知识分子深受古人精神的感召，在目睹了故国的沉寂后觉醒、奋起，义无反顾地担负起了救亡图存的历史责任。《楚辞章句·序》还对“屈原履忠被谮，忧悲愁思，独依诗人之义，而作《离骚》，上以讽谏，下以自慰”的创作立意给予明确的肯定，这样的审美追求也因此相沿成习，成了那些“进也忧，退也忧”的士子寄意篇籍的基本秉持。在叶燮《原诗》中，它被归结为“风人之旨”，叶燮赞扬杜甫：“千古诗人推杜甫，其诗随所遇之人、之境、之事、之物，无处不发其思君王……忧远道，凡欢愉、幽愁、离合、今昔之感，一一触类而起，因遇得题，因题达情，因情敷句，皆因甫有其胸襟以为基。”杜诗也因其执着的“致君尧舜”、胸怀天下的济世精神而饱蕴了震撼人心的力量。白居易强调：“文章合为时而著，歌诗合为事而作”，以此规范文人学士的写作目的，并认定，诗歌文章“可以救济时病，裨补时阙”。在《新乐府·序》中，他更将著作宗旨明定为“为君、为臣、为民、为物、为事”，坚决摒弃纯个人的“为文而作”。新文学运动继轨接武，凸显了新派文人政治化的人格特征。陈独秀将革新政治作为文学革命的主要目的，左翼文论更直白地将文学看作是阶级斗争的工具。审美立场与政治立场结合紧密是中国文论前后一贯的特点。

总体而言，传统文人著书立说的背后，总是可以发现兼济的自觉，刘勰、严羽、叶燮这些人，大多是救世不成而选择了救诗救文，由救诗成名，再转向救世，实现其作为人文知识分子的价值。《沧浪诗话》将江西派、江湖派视为诗歌健康发展的大敌，文字中浸透了诗论者一种舍我其谁的傲气。严羽立志高远，却生不逢时，当时的南宋，已是日薄西山，气息奄奄，时势已不能给严羽提供施展人生抱负的舞台。当严羽明白了入仕之路不通之后，并未表露出任何“不才明主弃”“当路谁相假”的自怨自艾。他在科举之外，寻找施展平生抱负，救世济时的生活道路。将自己的家国之念，转向了“诗而至此，可谓一厄”的病态的诗坛，积极承担起校正诗坛弊病的历史任务。严羽独特的论诗态度、论诗风格，大大改变了诗话的旧观，使后世论诗者不再能视诗话为聊遣余兴的率性而为。诗话因此充满了论诗者昂扬亢奋的理论自觉。特别是严羽以布衣之身而与诗话结缘，由诗话而名垂后世，极大地刺激了后来论诗者，使之以更大的投入，寻找别样的人生辉煌。清人叶燮亦复如是。叶燮于中年之后始得功名，然而居官没几年，便因“细故”落职，失却了仕途兼济的人生机遇。这对于躬行儒家学说的叶燮来说，这遭际确实是悲剧性的。所幸的是叶燮对当时的政治现实本来就有比较清醒的认识，对自己的仕宦前途也并不抱什么幻想，于是，一朝罢官，便浩歌归去，对世俗的侵凌，回以耿介的冷眼，索性特立独行，在诗学领域内，纵横捭阖，开辟自己的生活道路。

（三）现代性启蒙与新时期文学的身份认同

中国现代新文学注重启蒙精神与对国民性的批判，鲁迅谓之为“揭出病苦，引起疗救的注意”。胡风、邵荃麟这些人承五四之余绪，始终关注国民精神的审美改造。我们知道，新文化运动的不少发起者最初是相信科学救国的，但面对麻木的国民，终于意识到，比诸引进现代科技，唤起国人的自觉、完成思想的启蒙更迫切、更重要，并不约而同地选择了文学，赋予文学以启蒙的重任。这与传统文论注重文学的教化作用非常相似。中国古代，风是诗（民歌）的别称，“风以动之，教以化之”；风者，教也，风又与教同义。儒家文学观重视诗教，认定文学审美可以“化性起伪”，教人向善，抑制社会矛盾，使其不致激化，以维持封建社会的正常秩序。现代新文学虽然是要打破现有社会秩序，但它也需要借助文学进行思想启蒙，实现政治动员。因此，总体上看，无论是传统文论还是现代文论，在文学审美问题上均表现出浓浓的工具意识。

此外，中国现当代文坛虽然充斥了虚假浪漫主义，但左翼文论却始终将真实性当作核心概念加以阐发。胡风、冯雪峰这些人，将大量心力用于现实主义文学真实性的阐发，用心良苦。而在传统文论中，人们在重视文学的抒情功能之外，也将文学看作是采风、了解民情、风俗的重要渠道，自然也十分重视文学表现的真实性。譬如，叶燮便是以“触物兴起”“克肖自然”来表述他的诗歌发生论。相较而言，传统文论的相关论述似乎更符合文学审美的实际、更具有学理张力。我们知道，在表意与写实上，文学更倾向于表意，传统文论对文学的真实性的认识侧重于抒情言志的方面，而左翼文论的真实性原则执拗地固守反映论的文学界面，强调写实，要求文学反映达到规律与本质的程度。

因此，进一步说，甚至新文论的某些缺失也可以从传统文论那里寻找到源头，譬如功利意识的问题。中国儒家文论的政治化取向是众所周知的，受其影响，创作具有极强的功利意识，不很重视文学审美的超越品格。左翼文论生成于一个动乱的时代，更将文论政治化的观念发挥到了极致，很少有关于审美的注意。

（四）传统文论的当代价值与民族美学的形成

现代文论对于文论传统的传承关系与中国美学思想在长期发展中形成的一个多元共生的基本格局有很大关系。李天道在《中国美学之雅俗精神》一书中指出：“构成中国美学思想体系主流的是儒、道、释三家”。他对儒、道、释三家所追求的审美理想的异同进行了分析，认为从相同的方面看，三家“最终都归于天人合一的和谐与‘和雅’之境”。从异的方面看，儒家偏重于追求人与社会的和谐，道家偏重于追求人与自然的和谐，而佛教禅宗则偏重于追求人与自我的和谐。[1] 他还认为，中国人生美学以“礼义”节“情”的思想对中国古代美学中的“和雅”论具有极为重要的影响，并突出地表现在人生境界论上。中国传统美学是一种人生美学，以人生论为其确立思想体系的要旨，以传统哲学中的人学为理论基础，儒、道、释概莫能外。可以说，儒、道、释都很重视心灵问题，都建立了各自的心灵哲学。它们都是从“存在”的意义上解释心的，认为心是一种精神存在，是自然生命与精神生命的结合体，境界就是心的存在方式或存在状态。并且，从重视人生出发，他们都热爱生活、热爱生命、热爱社会与自然，无论是“孔颜乐处”“曾点气象”，还是“见素抱朴”“乘物以游心”“清贫自乐”“随缘任远”，都表现出一种珍惜生命、体味生命的审美意趣，其最高人生境界（审美境界）则都是心灵的超越和升华。从儒、道、释所追求的人生与审美境界来看，他们都以天人合一的“和雅”之境为最高目的。[2] 也就是说，在李天道看来，一方面，中国文艺理论与美学的发展格局是多元并存的，另一方面，儒、释、道三家的文学思想在关注人的存在和人性关怀方面又有共通性。

1 2　李天道．中国美学之雅俗精神 [M]. 北京：中华书局，2004.

历史上，儒、释、道三家常常显现为杂糅、互渗的现象，共同对中国文化的发展施加影响。唐代韩愈排佛，但赞成的人不多；柳宗元则主张三教并存。宋代王安石继承柳宗元调和佛老儒道的意见，以儒为主，融合佛老。王安石认为佛理并非全然地消极，在《涟水军淳化院经藏记》中，王安石认为佛之慈悲即儒之性善与仁义，佛老之“不忮似仁，无求似义”，其“超然高超”的高尚行为，与俗儒俗吏“夸漫盗夺”贪位求禄以扰民害政的无耻行径相比较，不知要高明多少！今人严北溟也注意到三家融合的取向，说：汉武帝独尊儒术，儒术独尊，而“罢黜百家”的建议人董仲舒本人却是杂采阴阳五行诸说以附益和歪曲孔子的第一人。此外，从西汉继承老子无为思想的黄老之学到汉末作为农民起义的旗帜的道教，以至东晋葛洪创立的神仙道教，则又离老子远甚；而汉以后外来的佛教思想的广泛流行，魏晋玄风的煽扬与玄佛合流的结局，以至南北朝、隋唐佛教得臻于鼎盛，儒、道反佛固从未一日停止过，而一面激烈斗争，一面又相互融化，请假而三教合一……严氏还认为，“中西”“古今”之争实即关于传统文化怎样和西方文化结合的深刻反思……以哲学思想为前导的中国传统文化，是开放型而非封闭体，它善于批判地融化吸收各派思想……[1] 像这样对中国文化发展别有心得的体会自应引起我们的注意。

现代中国虽然经历了激烈的世变，但入世与出世、独善与普济、积极与消极、乐观与悲观的文化立场都或明或暗、或强或弱地影响了现当代中国文论。自陈独秀开始，中国激进的文人知识分子时常激烈地否定封建载道文学，但他们对于文学作为思想载体的功能一样表达了高度的重视，努力将文学纳入思想启蒙工具范畴的心路了然可见。秉持儒家先哲的入世精神，他们以加倍的热情投入艰难时世中的审美实践。自清初顾炎武激烈抨击士大夫侈谈“危微精一”的学问和专注于“言心言性”的抽象学理以来，中国的学风发生了极大的变化，彰显了务实品格。处于战争动乱中的现代激进的文人知识分子的学术阐发则更多地包含了对社会民生的关切，而他们在理论上的缺失竟也同秉持入世精神的理论前辈一样，较少顾及他人的多样化的文化需求，在有关文学的论述中无暇或不太愿意容纳文学悦情适意的情趣意涵。在文学论争中，他们固执己见，理屈词穷后对引入非学术超思维力量以制裁歧义人士的传统做法也颇为钟情。

总体而言功利意识、工具理性是当时文论界的主流，这是一个酝酿着大变动的时代对于文学的要求，而这种要求也必影响到非主流的文论。在现代文学思潮中左翼文艺界曾经与左翼以外的文学家发生过许多激烈的学术争论，我们注意到，即使在这些不乏意气的争论中，受到左翼文艺界激烈排异的人，也都没有或者无意与文艺为人生的文学主旨争锋，挑战左翼文论的这一核心观点。周作人对此说得最实在，在《新文学的要求》一文中，他指出：我们陈述人生的文学，自己也以为是从学理上立论的，但事实也许还有下意识的作用，背着过去的历史，生在现今的境地，自然与唯美及快乐主义不能多有同情[2]。1935 年周作人写“五十自寿诗”，情绪消极备受诟病，但鲁迅认为诗里其实也还有对时势不落痕迹的讽喻。被鲁迅指责为“看客”的林语堂，虽然其文学主张与“为人生而艺术”的观念相左，“不主张唯有宣传主义的文学，才是文学”，但他也公开承认，不管你存意为人生不为人生，艺术总是跳不出人生

1 夏乃儒，主编 . 中国哲学三百题 [M]. 上海：上海古籍出版社，1988.

2 周作人 . 周作人批评文集 [M]. 杨扬，编 . 珠海：珠海出版社，1998.

的。文学凡是真的，都是反映人生，以人生为题材。[1]周、林学佛学禅，意在高蹈，但都没能走到否认文学与人生的联系这一步。

当然，非主流文论的样态也是十分驳杂的，真正“死抱着文艺不放”的是对那些意气用事的论争不感兴趣，默默在文艺园地中埋头耕耘的人。激进的文化人对中国文学审美传统的漠视，似乎更激发了他们捍卫文学的生命——审美特性的热情，在表达他们的文学主张时，他们坚持维护个人的审美兴趣和艺术至上的观点，给这一时期略显单调的创作园地留下了辛勤劳作的身影和充满人生情趣、凌空蹈虚、独抒性灵的诗心文字。例如上文讲到的周作人，虽然他认为中国的文学难以逾越为人生的框范，但他也非常重视文学的超越性品格——贵族精神，他在讲述其超越现实功利的审美意识的理据时，虽然只谈到了西人尼采，但学识丰厚的周作人当然明白该观点也与庄子对审美的理解相通。庄子那种不是蝴蝶不是庄生，既是蝴蝶又是庄生的体验，无疑属于超越性的审美感受。只有摆脱了现实的束缚才能获得心灵的自由，而文学审美正是帮助人们获得超越性感受的生命活动。我们注意到，同是自由派新月中人，梁实秋的文学思想表现得更多的是用世的执着，受儒家思想影响较深；而闻一多则更倾心于从审美中获得超越性的感受。总体来看，强调文学的超越性品格的观点在战争动乱的时代显得不合时宜也是一目了然的。当然，在这些醉心文学的人中也有因切断了与时代的联系失去了政治良知与民族良心的，有的心独善但结果却反而作恶，与敌为友，最终沦为政治生活中的糊涂虫。时代总是会为生活于那一时期的人们大致确定一个表演的舞台。但从学术层面看，各种学术取向的存在，也证明了艰难的时世并未割断华夏文化的血脉在文艺学、美学领域内的传承。而这些热心于文学审美的作家也以其包含浓浓的审美意识的创作为文学史留下了值得称道的作品。

显然，各派文论都有自己的学术传承，他们在前台“说法”，引经据典，旁征博引，“指点江山，激扬文字”，说了那么多让人感受深刻的道理，足以体现他们各自“渊源有自”的学问。鲁迅早年师从浙东名儒寿镜吾先生读诗诵经，以后虽然东渡日本，“走异路，逃异地，寻求别样的人们”，但也不能忘情旧学，身在异国，仍然可以从并不宽裕的留学生生活费中挤出银钱去听章太炎先生讲学。太炎先生推崇魏晋士风，敢于在强权面前率性地表现自己不与世俗合流的狂狷，而他的学生鲁迅的做派与文章似乎也有魏晋人的机智与犀利。尽管五四新文化运动打出了清扫门户、全盘西化的旗号，但鉴之实际，胡适、陈独秀这些新文化运动的代表人物哪一个不是长期浸润国学，学养深厚的学者？

（五）现代化进程与不同文明关系的重组

现代化的道路并非只有全盘西化这样一种模式。在对现代与传统的冲突与矛盾的观察中，我们总是可以发现，现代化进程与不同文明之间关系重组这个重要的问题始终引起人们的关注。不同的理论家对这些关系进行了不同的描述。福山从他的历史终结论的观点出发，提出了现代化即建构一种“同质化的文明”的观点，福山关于现代文明进步的描述反映了工业化早期社会发展的情景。另一种代表性的观点即亨廷顿的“文明冲突论”，阐述了不同质文明碰撞、冲突的必然性。不过在我看来，福山与亨廷顿的社会发展观也有一些相同的见解，那就

1　林语堂．做文与做人 [J]. 论语，1935（57）．

是认为，世界最终将统一为一种发展类型、一种社会模式。否认不同文明既承认差别，又能够交流沟通、共荣共存的可能性。

艾森斯塔特表达了这样两个重要的观点：

第一，现代文明内含着巨大的经济的、政治的、文化的力量，它无须像历史上曾经出现过的文明扩张那样必须依靠武力、依靠赤裸裸的压迫才能实现这种扩张。而同时，这种文明造成的深刻的影响、它与已有文明的矛盾乃至冲突可能也会更加深刻。

第二，现代社会有足够大的空间来容纳多中心的、异质的文明，换言之，现代文明可以容纳多样化的文明样式。这些文明样式之间相互并不排斥，而是“在其他体系的持续的关联中”“产生了自己的动态和持续的变化”。

撇开历史考证，艾氏对待异质文明的态度是宽容的，比较富有张力。人类应当为实现这样的文明发展前景而努力。

第二节　哲学性

文学理论从哲学走向历史后现代主义的反逻各斯中心主义、反本质主义、反宏大叙事以及对个别、断裂、碎片、边缘、非主流等因素的高度重视，使得传统理论进一步分崩离析。在现代性展开过程中，被人们建构起来的那些辉煌的理论大厦摇摇欲坠了，作为其根基的本体论思维方式与言说方式也行将寿终正寝。在这样的文化语境中，文学理论向何处去的问题就自然而然地凸显出来。

一、新时期文学理论的哲学意识

这里说的理论是指传统的、被称为形而上学的那种思考方式与言说方式。其根本特点是试图用一个概念和逻辑编织起来的世界代替现实世界，并且设定某种精神实体作为世界最本真的存在。在怀特海看来，这是犯了“误置具体性”，即用概念世界来置换现实世界的错误，而导致把概念世界当作现实世界的原因则在于哲学家们总是围绕着“主词与谓词、实体和性质、殊相和共相”这种二元对立的思维模式来解释世界[1]。在西方，这种思维模式从柏拉图以降经历了2000多年的演变，到黑格尔那里达到极致。“理念”“实体”“上帝”“唯一实体”“绝对同一性”“绝对精神”等被设定为世界之本体，人们生活于其中的世界不过是这些本体的派生物或者外在形式。

从黑格尔之后，西方哲学开始了近200年的反思历程。费尔巴哈率先发难，对基督教神学和斯宾诺莎、谢林及黑格尔的“思辨哲学”进行了颠覆性批判，揭示了其“异化”的本质——上帝不过是异化了的人的本质，而“唯一实体”“绝对同一性”“绝对精神”之类不过是异化了的人的思维。费尔巴哈高擎人本主义大旗，呼唤建立“以饱饮人血的理性为基础的”“新哲学”[2]，试图把哲学思考从彼岸拉回此岸，从天上拉向人间。他试图建构的“新哲学”“未来哲学”

1　阿尔弗雷德·诺恩·怀特海．过程与实在 [M]. 杨富斌，译．北京：中国城市出版社，2003.
2　路德维希·费尔巴哈．未来哲学原理 // 费尔巴哈哲学著作选集：上 [M]. 荣震华，李金山，等，译．北京：商务印书馆，1984.

是以活生生的人的感性与理性为对象的“人的哲学”。然而，由于费尔巴哈并未能找到真正回到人本身的思考与言说的路径，仍然未能摆脱传统的抽象思辨的思考方式，因此未能真正建立起以现实的人为核心的哲学系统。

马克思在费尔巴哈的基础上大大前进了一步，他把人放到具体的社会关系中来考察，把各种社会关系维度视为人的本质的各种可能的维度。特别是后来马克思通过观察具体的资本主义的社会状况，发现生产关系在人的各种社会关系中的核心地位，从而建立起一套以社会物质生产为基础的社会结构理论与社会发展理论，从而把人真正放到了具体的社会关系网络之中，也就发现了人所具有的种种社会属性。通过对这些社会属性的考察，马克思发现了在资本主义社会中人的可能性与现实性之间的巨大反差，从而揭示了人的现实的异化状况，并在此基础上形成了为了人的全面发展而不得不进行的社会革命的系统理论。由于马克思发现了传统形而上学思考方式与言说方式的荒谬与无力，于是始终把“实践”置于自己理论的核心位置。对于马克思来说，“实践”既是观察世界的视角，同时也是其理论之旨归，根本之点乃是解决人的异化问题。马克思的后继者们沿着社会革命与社会批判的道路前行，根据不同历史语境不断调整行动策略与言说策略，但关注社会层面上人的现实境遇始终是他们的基本观点。

尼采走的却是另外一条反思之路。他深刻意识到西方哲学传统的本体论思维方式对人的感性、人的生命存在的压制，认识到试图通过建立概念王国来把握世界的努力的虚妄。于是他试图通过高扬感性与生命的价值来矫正西方哲学之弊。在活生生的人的生命面前，那些宏伟的理论大厦就显得那样虚伪和不堪一击。尼采开启了西方生命哲学之先河，在逻各斯中心主义、理性中心主义的思想传统中具有别开生面的伟大意义。从尼采开始，人们开始意识到，人的生命力、感觉、情欲也可以成为哲学思考的问题。海德格尔对人的思考可以说是沿着尼采的路子而不是马克思的路子进行的。他关注的是个体生命存在所应具有的哲学本体论意义。只不过他是在更深刻的层次上展开自己的思考的。如果说马克思主要是在社会关系层面上思考人，对人的个体性存在，特别是生命存在缺乏关注，那么海德格尔刚好弥补了马克思的空白，他正是在人的具体当下存在的层面上观察人与世界的构成性关联的。在海德格尔存在论视域中，人的各种非理性的情绪，包括日常行为在内的任何有意识的活动都具有本体论意义，都是世界构成过程不可或缺的重要因素。而在他的老师胡塞尔的现象学那里，则只有人的意识的意向性活动具有这种功能。后现代主义的反逻各斯中心主义、反本质主义、反宏大叙事及对个别、断裂、碎片、边缘、非主流等因素的高度重视，使得传统理论进一步分崩离析。在现代性展开过程中被人们建构起来的那些辉煌的理论大厦是摇摇欲坠了，作为其根基的本体论思维方式与言说方式也行将寿终正寝，在这样的文化语境中，文学理论向何处去的问题就自然而然地凸显出来。

而文学理论是一种很特殊的理论言说方式，这种特殊性首先来自其言说对象——文学现象的特殊性。没有文学就没有文学理论，这是一个简单的道理。因此对于文学理论来说，文学现象具有先在性。但是文学又不是现实世界本身，而是一种精神创造，是人们对世界的一种理解、体验和呈现的方式。这样一来，文学理论就是关于世界的理解、体验与呈现的言说。

另外，文学理论的言说是一种“继发性”言说，而非“原发性”言说，就是说，文学理论总是依托于某种更具有原发性的言说而言说。它的背后总会有一个更具有原发性的话语系统。所谓“原发性”是指一种理论话语是直接面对事实的言说，是人们对社会现实的理解、归纳、综合、分析的产物。所谓“继发性”，是指一种理论是依据于另外一种话语系统而进行的言说。面对作为人的精神创造的文学现象，各种社会的、哲学的、伦理道德的乃至自然科学的立场、观点、方法论都试图通过言说来予以解释和干预，这种言说也就构成形形色色的文学理论话语。这就意味着文学理论具有中介性——它处于两种言说（如果我们把文学也视为一种特殊的言说）之间。这种中介性赋予文学理论变动不居、多元共存的特点。由于文学理论需要某种强有力的支撑，而各种话语系统又都试图介入对文学现象的解释、干预与掌控，于是文学理论必然成为各种话语形态的角逐之地。文学理论的言说者为了增强其言说的有效性与权威性，也会自觉地借助于某种更强势的话语系统作为自己建构文学理论话语的资源。于是任何一种文学理论都不可避免地成为某种或某几种原发性理论的特殊表现形式。在诸多可以影响文学理论的原发性理论话语之中，哲学与历史有着特殊的位置，事实上，文学理论自产生之日起，就始终徘徊于哲学与历史之间。

文学理论的中介性使它总是处于某种原发性理论的制约之下，但是在不同的历史语境中，又总是有某种特定的理论形态对文学理论具有主导性制约作用。例如在中国某个历史时期，政治话语处于绝对的强势地位，此时的文学理论就自然而然地成为政治话语的演绎。从西方历史上看，则传统哲学曾经主宰着文学理论的主要理论话语。在“概念形而上学”或本体论思维方式主宰下的西方传统哲学语境中，文学理论确立了对文学“真相”的探寻之路，诸如文学的本质、文学创作与发展的规律、文学是什么、文学的基本特征等问题，都是这种探寻的产物。这种以追问真相为旨归的文学理论有一种来自其哲学背景的期待：试图通过理论话语建构对全部复杂多变的文学现象予以把握，从而一劳永逸地掌控文学现象。概念形而上学或本体论哲学所具有的一切妄自尊大和谵妄，在文学理论这里都得到了充分的展示。在这种情况下，文学理论也就无可避免地成了哲学确证自己合理性、普适性的场所。

在中国古代文论研究中，文学理论的这一追问方式也有充分的表现。自现代以来，古代文论学科的建设者们或者用来自西方的文学观念重构中国古代文学与文论传统，或者用西方文学理论的概念和术语来解释古代文论原有的语词和提法。这就使得那些原本产生于完全不同的语境中的古代文论话语，被强行戴上了现代标签。诸如“气”“风”“韵”“骨”“味”之类的语词及“气韵生动”“味外之旨”“韵外之致”“境生象外”之类的提法，都是中国传统固有的对世界认知方式和言说方式的产物，与产生于概念形而上学语境的西方文学理论术语不可同日而语，因此研究者尽管绞尽脑汁地利用西方文论概念、术语进行解释，结果却总是给人隔靴搔痒或者圆凿方枘之感。一般来说，经过这样解释的古代文论已经不再是古代文论了。当然，我们指出古代文论研究中存在的此类问题，并不意味着产生于两大文化系统的文学理论不能沟通、对话，而是说一定注意到各自的巨大差异性，不能随意地用一种理论话语强行解释另一种。

当前我们的文学理论，无论中外，似乎都遭遇到空前的危机，这种危机实际上正是来自文学理论背后依托的哲学理论和思维方式的危机。也就是说，在概念形而上学或本体论哲学思维方式受到普遍质疑的当下后现代文化语境中，文学理论一时间找不到自己的依托，处于徘徊与惶惑之中了。

二、新时期文学理论的历史哲学

我们这里说的“哲学”和“历史”是指人类把握世界的两种基本思维方式，而不是指两个不同的学科。在这个意义上，哲学是人类的思考，历史是人类的记忆，二者同样古老，都是直接面对世界的原发性言说。与哲学对文学理论的巨大影响一样，历史同样是文学理论所依托的主要话语资源。历史对文学理论具有强大的召唤作用，它要求文学理论成为对于文学现象的记录。事实上，最初的文学理论总是和文学史揉在一起的。古人关于文学的言说总是伴随着对某种文学史事件和文学知识的记录。亚里士多德的《涛学》记载着关于古希腊悲剧的大量知识，先秦诗学记载了大量关于《诗经》作品的事件与知识。《文心雕龙》既是一部关于诗文创作、文体和风格的理论总结，同时也是一部诗文观念演变史、文体演变史、风格演变史，总之它就是一部理论著作与文学史的综合体。因此，古代的文学理论总是摇摆于哲学与历史之间，哲学要求它走向一般性、超越具体文学事件，建立起某种宏大叙事；历史则要求它走向事件本身，保留具体性，记录和梳理文学现象形成演变的过程。古代没有专门的文学史，也没有文学概论之类的纯文学理论，有的就是结合着理论与文学史的综合性言说。历史使文学理论保留着鲜活的具体性特征。

当然，我们说的“历史”并不是指那种在本体论哲学思维方式影响下的传统历史叙事，而是指那种面对具体事件、尊重事实、记录事实的朴素的历史意识。这种历史意识要求把文学现象看作是一个事件，力求描述出这一事件的整体面貌，并进而寻求其发生发展的前因后果，梳理其与其他各种社会文化门类的复杂关联。传统哲学思维要求把复杂鲜活的文学现象概括为某个言简意赅的定义，或者某些原理、概念、范畴，从而在想象中完成了对文学现象的把握。在这一过程中，个别性、具体性、差异性是被遮蔽了，剩下的就只是那些可以通约的一般性了。满足于对一般性的把握是人类在特定历史时期里的心理特征，而且这种对一般性的把握也具有其社会与文化的实际功用。从后现代思想家的视角来看，现代性的确制造了许多神话，积累了严重的问题，需要进行彻底清理，这当然是不错的，但是现代性对于人类社会的重要意义，其不可或缺性，也应该得到足够的重视。

传统意义上的哲学或者理论似乎已经完成了自己的历史使命。它原本是精英阶层的精神象征：抽象、玄奥、高雅。无论是古希腊的智者还是中世纪的教士，抑或是近代以来的知识分子，都是属于精英阶层——在只有少数人可以受教育的时代承担着主流文化发展传承重任的社会阶层。他们曾经是人类的良心与导师。传统哲学或理论的合法性正是来自这种少数人掌控着精神文化，充当人类导师的历史条件。然而20世纪中叶以来，至少在发达国家，随着教育的普及及大众文化的迅猛发展，社会大众阶层的文化水平与自我意识水平不断提升，与之相应，精英阶层也呈现出大众化趋势，于是那个承担着为人类指方向、定规则的特殊社会阶层就完成了自己的历史使命，而集中体现着这种历史使命的传统哲学也就渐渐失去了合法性。因此，从属于哲学的文学理论也就同样失去了合法性。古希腊的本体论哲学、中世纪的作为神学的哲学或经院哲学、近代以来的认识论哲学都代表着不同时期的精英阶层的精神旨趣，同时也确证着精英阶层的特殊文化身份。而20世纪六七十年代产生的后现代主义思想，则不再是精英阶层的专利，它代表着获得新的社会地位的社会大众对传统精英文化的批判性审视与反思。后现代主义破除了无数现代性神话，但最根本的之处就是使人们清楚认识到少数人可以掌控大多数人的头脑是一个巨型神话，尽管这一神话在某一历史时期，甚至现在还依然具有某种现实性。

走向历史就是走向事实，也就是面向事件本身，对于文学理论来说，就是面对文学现象有所言说，使理论言说从依靠逻辑的话语建构变为一种面对事实的阐释行为。理论的话语建构与面对事实的阐释行为有根本性差异。

首先，理论建构所操练的是那套概念形而上学所惯用的工具与思路——以概念和范畴为砖瓦，以逻辑为筋骨，建构起富丽堂皇的理论大厦。用中国古人的话说，这叫作空中楼阁，或者“水中之月，镜中之花”，看上去炫人眼目，仔细审视却与实际事物本身相去甚远。而走向阐释的文学理论则不同，它是以事实为依据，运用归纳、推理、分析、综合的方法，对作为研究对象的文学现象及其各种关联性因素进行阐发，从而揭示出某些被遮蔽的固有含义与意蕴，或者呈现出人们尚未发现的某些价值与意义。

其次，理论建构的目的是确立话语的权威性，或者打造权威话语，为文学世界制定评价的规则与标准，从而掌控文学现象。走向阐释的文学理论则是采取对话的态度，充分尊重作为研究对象的文学现象自身的特点与意义；阐释的目的不是掌控文学现象，而是给已然存在着的文学现象一个合理的解释与定位，从而给以后的文学活动以参考与借鉴。

再次，由于理论建构不是面对事件本身而是根据其作为基础的元理论的话语逻辑来进行，故而不能提供关于文学现象的真正有用的知识和观点，其言说的意义只是在特定语境中作为与其他声音的一种合奏才暂时存在着。时过境迁，这种理论建构就必然失去其合理性。作为阐释的文学理论则不同，由于它时时处处以作为事件的文学现象本身为关注点，故而能够梳理并保存大量相关知识，能够提供只有面对具体文学现象才会产生的独特的文学观点，这就使得这种理论言说能够历久弥新，获得永久价值。

走向历史的文学理论有两大基本路径：第一条路径是语境化，即把作为研究对象的文学问题置于具体文化语境中，考察其形成与展开的具体过程，揭示其复杂的具体关联。什么是语境化？如何才能真正做到语境化？这并不是一个很简单的问题。人们常常以为，只要一般地了解研究对象所具有的社会历史条件与文化环境就可以是语境化研究了，其实不然。以往那种“时代背景”“历史背景”式的研究是远远够的。所谓语境化，根本之点有二：一是把研究的对象看作是在具体社会关系网络和文化网络中的生成之物，而不是现成之物。通过考察其生成过程来深化对它的理解与认识。语境其实就是由各种相关因素构成的网络，任何作为研究对象的文学现象都处于这种网络之中，与那些相关因素构成复杂关联。二是在研究过程中充分注意到研究对象在其产生的具体语境中所具有的独特意义与价值，而不是仅仅看到其在研究者所处的言说语境中所具有的意义价值。对一种研究对象如果脱离其生成语境来理解，它就已经不是我们所要研究的那个对象了。清儒皮锡瑞在谈到后人的诗解读时曾言："后世说经有二弊：一以世俗之见测古圣贤；一以民间之事律古天子诸侯。各经皆有然，而《诗》为尤甚。……后儒不知诗人作诗之意、圣人编诗之旨，每以后世委巷之见，推测古事，妄议古人。故于近人情而实非者，误信所不当信；不近人情而实是者，误疑所不当疑"[1]。

这里批评的正是那种脱离具体语境的文学研究。语境化就是在语境中进行研究，也就是把研究对象当作语境的组成部分来审视，语境决定着某一现象的生成与特征，这一现象也参与着语境构成与变化，二者永远处于互动之中。所谓语境化研究实际上就是对这一"互动"的过程进行考察与梳理。文学理论走向历史的第二条路径是学科史视野，也就是把文学理论的研究置于学科史的内在关联与流变中，并从中发现问题、提出问题，解决问题。任何一种学术都有自己的统序，有发生发展的历史演变，这就构成一个学科的历史。对于一种当下的理论研究来说，学科史的意义绝不仅仅表现在提供一些过去的知识和观点，而且更在于学科史的研究本身就是一种理论研究，人们可以通过学科史的深入探讨与梳理，建构起能够解决当下问题的理论话语。换言之，在破除了传统概念形而上学或本体论思维方式与言说方式之后，通过对学科史的问题进行评价、梳理、阐述或许就成为一种基本的理论话语形态。要使学科史的研究成为一种理论话语形态当然需要做出相应的努力，也即不能仅仅罗列材料，必须在大量掌握材料，尽可能做到客观分析的基础上力求从自己的言说立场出发给出恰当的判断与评价。

回到学科史之中，把理论话语建构和学科史的梳理与阐释结合起来，这应该是当前文学理论摆脱困境的可行出路之一。回到学科史的文学理论并不是使自己成为文学理论史，并不意味着放弃文学理论这一学科，它与文学理论史的区别有二：其一，文学理论史或文学批评史只要求梳理、呈现文学理论发生、发展的脉络，给人以系统的知识，并不要求展开深入挖掘与辨析。文学理论研究的目的则不在于给人以学科史的完整知识，而在于引导人们去深入思考。其二，文学理论史或批评史要求系统、全面、完整，对任何一种重要概念、范畴、观点都要有前勾后连的学术史考察；文学理论研究则只要求问题意识，由问题引领研究的深入。在学科史的缝隙中发现问题，然后通过大量占有相关材料，进行有效的分析，得出恰当的结论，这也就是语境化的文学理论研究。

三、新时期文学理论的历史哲学任务

走向历史的文学理论放弃了建构关于文学的宏大叙事之企图，也不再为创作和接受制定规则，那么它还能干什么？

（一）揭示真相

任何真正意义上的学术研究从根本上说都是一种"揭示真相"的行为。但是，这里的"真相"却有着很大区别。传统文学理论所要揭示的"真相"是关于研究对象本身的，其代表性问题就是"文学是什么"和"文学的本质是什么"。在今天的学术语境中看，这些"问题"都是伪问题，就是说，是无解的问题。这类问题没有"真相"可言。那么什么是文学理论研究能够追问的"真相"呢？这就是作为研究对象的特定文学现象的复杂关联性，即隐含在现象

1　皮锡瑞. 经学通论：诗经通论 [M]. 北京：中华书局，1954.

背后的种种制约着它的那些因素，诸如意识形态、权力、文化逻辑、意义生成模式等。

（二）恰当地进行价值判断

在历史阐释过程中表达价值立场，是其所是，非其所非。走向历史的文学理论并不是要坚持所谓“价值中立”的研究立场，这在人文学科的研究中实际上是不可能做到了。这就要求研究者必须寻求适当的价值评判标准。那么这一标准从何而来呢？在这里，哈贝马斯的“共识真理论”应该引起特别的重视——在后现代语境中，人文知识分子不应该再试图充当“立法者”去向社会大众发号施令，但这并不意味着他们不再有所作为，人文知识分子新的使命应该是设法推动不同族群、阶层、性别、年龄的人之间的对话，并在这种对话中寻求共识真理，予以弘扬之，而这种“共识真理”也就是文学理论进行价值评判时所应依据的基本标准。

（三）应该使文学理论成为人类自我理解、自我提升的一个独特的维度

文学理论不应该是对文学的“立法”——告诉人们什么才是文学，什么不是文学，文学就应该如何，不能如何如何。文学理论能够做的是通过阐释活动让人们看到那些从文学现象表面上看不到的东西，从而启人之知，发人之思，使文学呈现更加丰富的意义与价值。此外，从更深远的意义上看，文学理论可以被看作人类自我意识的一种独特的形式，是人类从文学的角度对自身精神世界的一种理解方式——事实上，文学理论自诞生之日起就始终具有这样一种功能。只此一项，就足以使文学理论获得存在的合法性了。

第三节　文学本体性

文学理论是一门具有自身本体论价值的学科，它不等同于单纯的社会意识形态，不可以局限于退回孤立的文本。它是基于文化价值大体系中的有着严谨科学理性和社会价值的独立学科。它不仅仅是文学的理论，更是文化的理论。它具有自身的本体论理论特性。

一、文学理论从审美诗学到文化诗学

（一）审美艺术的独立与救赎

巴赫金在向人谈到自己的学术生涯的时候，认为自己是一个哲学家，而非一个文学理论家。他无奈而又有些幽默地承认，自己之所以以文学理论家的面目呈现在学界面前，是因为当时苏联的政治形势只允许他以文学理论的方式来进行言说。这是一种迂回曲折的表达自己政治主张的手段。无独有偶，中国的知识分子们在20世纪80年代初似乎也采取了同样的文化策略。从审美上来为文学定位，实际上是强调文学要以特殊的方式来进行——以审美的艺术的方式来进行。

对“形象思维”的多方论述与小心展开，是这种努力的第一个时期。这种努力虽然没有脱离文学的反映论，但在强调反映方式的不同。这意在暗示人们，文学绝不等同于宣传，它哪怕是参与政治，也是以自己独特的方式来进行的。这从那一时期的相关文章常常引用毛泽东《给陈毅的信》中的“诗歌要用形象思维”和对别林斯基那段著名的关于形象思维的话的反复引用中可以看出。

对文学主体性的强调是这种文化策略运用的第二个时期。新时期文学创作中出现的以个体为本位进行的叙事与抒情，恰好与西方20世纪初的表现主义美学观念相一致，为理论工作者提供了一个进行新的理论阐述的基础。而马克思早期的一些著作中对文学风格的观点也为这种主体性的张扬提供了理论上的庇护。20世纪80年代中期的文学研究方法论热，多种文学观念的引进与宣扬，构成了这种声势。

而从心理学角度对创作主体的深入探讨，则为主体性的探讨的进一步深入。一系列的关于创作动机、创作过程、灵感等等的深入发掘，对无意识理论的借鉴，创作方法上“开放的现实主义”的主张及多种创作方法的兼容并包，都使原来居于一统地位的意识形态文学理论在不知不觉中趋向于瓦解，于是以新的面目——个人主义的面目对主流的反抗竟然悄悄地完成了。

文学的审美意识形态论，实际上是当代中国知识分子对政治与文化进行参与的一种手段与方式。它是在不打破原有的理论框架的原则下，在内容上进行的一次悄悄的颠覆——唯其如此，它取得的成果也只能是“孤乃大汉丞相”式的不可为人言说的胜利，给予不解内情者的感受或者会如放开了缠足的小脚女人一样，不那么令人舒服。

（二）从文化到文化诗学

受西方20世纪后期兴起的后现代文化思潮的影响，中国的知识分子不仅找到了重新参与社会政治生活的勇气，同时似乎也找到了新的文学理论的定位。于是走出文本，走向具有宏观意义的“文化诗学”，就既有名正言顺的解决现实困扰、重新找回知识分子自尊的理由，也有足够的西方的实践作为借鉴，同时，还有着现实文化参与的支撑。

“文化诗学”是在美国兴起的，是继新批评后，以对新批评的反驳和突破方式出现的。这种理论的立论大旨有三：

一是一种新的历史观的确立。他们从对新批评的历史观的批判入手，对以往的历史观念进行了一次大清算。在新批评理论中，关注的重心是文本，而历史是作为客观存在的语境而出现的，同时也是阐述文本对象的一个背景。抛开新批评对客观世界的忽略不提，新批评对历史的态度显然是客观论的——与以往的19世纪文学批评中的历史观相一致。而新历史主义，或者说文化诗学，却认为历史不过是一种主观的文本而已。

二是认为文本（不仅仅是文学，同时包括各种各样的文本）是个体从现实的复杂关系中，通过符号方式来进行文化参与的工具。而文化诗学要做的就是对各种文本的阐释，通过这种阐释来完成自己的文化参与——也就是在文本与文本、文本与读者间的对话。这意味着作为文学理论的文化诗学，与历史文本和文学文本一样，通过符号方式来完成自己的文化参与职能，其标的不是对文学自身进行解说，而是以自身来实现现实的政治文化功能。

三是打破了文学理论研究的范围，把所有的各种可能的言说都作为文学理论的研究对象。于是一切皆是文本，文学自身反倒被边缘化了。影视、广告、摇滚乐、MTV、体育、玩具娃娃、购物中心、城市等都成了文化诗学的对象，于是文化诗学作为文学理论的身份也就在不知不觉中被取消了。

它打破了文学与非文学的界限，把所有的文本，包括历史和现实中的一切文本当作文学理论的研究对象，同时强调任何一种文本都是一种主观的言说，是一种以主观方式参与社会文化的手段。这不仅仅取消了文学自身与其他言说方式的区划，而且把历史也主观化了。这显然是一种否定客观真理的可能性的理论。它表面上张扬对现实政治和文化的参与，其实却是对一切都采取了取消主义的态度：没有客观的真理，没有客观的历史，那当然也不会有一种科学的文学理论。由此可以得出的结论是，文化诗学当然也只能是一种主观的文本，而非科学的文学理论。它不过是各种势力均衡下的一种言说方式而已。

二、新时期文学理论的本体论定位

（一）文学理论是文学的理论

文学理论既要从历时的方向上考察文学的流变规律，也要在共识的方向上研究文学的存在现状，更要在文学的本体意义上来寻找文学之成为文学的根本特点。因此文学理论要求于自身的，就不仅仅是所谓的“外部研究”或者“内部研究”，而是两者的合一。

文学是什么？这个追问应从紧密关涉在一起的两个方面来加以回答：一是文学在人类生存和整个社会文化体系中占据什么样的位置，二是文学自身的存在样态与其他的精神文化存在有何不同，由此才可以解决“人类为什么需要文学”“人类需要怎样的文学”“人类怎样用文学满足自己的需要”等问题。这是一个本体性的追问。文学理论的学科建设必然要首先解决这个问题。

从宏观上考察文学，它是人类文化的有机组成部分之一。我们可以把它归结为社会意识形态的一种——无论有多少人对这一点进行否定，也不可抹杀这种历史形成的客观事实——这是从外部，从文化整体意义上对它的坐标的定位。但仅仅停留在这种定位上，文学理论就远未完成对文学的真正解说。从美学角度回答，文学似乎是一种人类审美的意识形态，但文学现象与创作实践告诉我们，文学创作的动因绝非审美可以完全涵盖得了的。它并不是一种有意为之的社会意识形态，也并非单纯地以审美作为自己的目的。由它的生产的个体性可以明确地看出，文学是一种个人内心诉求的外化，是人类生存需要的言说。这种言说的无数个体存在的整合，可能客观上形成了社会意识形态大潮中的一个支流，却不容我们将之与其他的有意为之的意识形态建设混为一谈。与诸如哲学、历史、科学等相比，这种言说与其他方式的言说的不同在于，它虽然来自现实的苦恼和触发，但却是以一种虚拟的方式来完成自己的言说的。因此文学理论在对文学进行本体定位时，要对之进行明确的界划。

文学理论是关于文学的理论。在把文学当作文化现象之一考察的同时，我们不能忽略把它作为文学来考察。文学是一种历史性的存在，在不同的时代、不同的民族，人们对文学的观念也呈现出多元的发展态势。但这并不能改变文学之为文学的共性特点。人类的科学之所以成为可能，就在于它并不拘执于个别现象的一隅，而是从个别走向概括与综合，因而文学理论从处于发展中的文学出发进行理论概括，也并不是不可能的。基于这样的信念，文学理论的学科独立性与科学性才成为可能。从俄国形式主义文论开始，对文学之为文学的理论探讨（也就是对文学性的思考）使文学理论的元问题走上了文学理论的核心位置。而艾布拉姆斯的文学四要素说，也为我们展开文学理论研究的具体思路提供了一个可资借鉴的参考。科学的文学理论体系，在不抛弃对文学的社会本质的追问的同时，通过对西方形式主义文学理论成果（包括俄国形式主义与美国的新批评）的吸收和对接受理论的借鉴，同时排除形式主义文论中对外部世界的忽视及读者理论对文本进行阐释时的相对主义态度，当会使科学的文学理论逐步走向完成。

在这个过程中，应努力避免者有四：一是用泛化的意识形态理论代替文学理论自身的探讨。二是用美学的观念与方法代替对文学自身的思考与研究。三是把文学理论等同于单纯的文本理论，从而割断文学与社会生活和人类文化间的联系。四是把文学理论当作参与当代政治生活的一种文化策略，因而取消了文学理论自身的独立性。

把文学理论看成是对文学的意识形态属性的一种解说，必然导致一系列的机械主义的偏失——从而使文学丧失了自身的文学本色，而只成为宣传的图解和政治的工具，这是新时期的文学理论反思中早已完成了的批判对象。文学参与社会生活，也会对政治产生影响，但它并不以此为自己的出发点。文学存在是以个人性言说为出发点，以独特的言说方式为根基的。

美学的对象不局限于文学，还涵盖了对人与自然、社会生活和其他艺术门类的审美关系的规律的探讨，文学理论则只以文学作为自己的对象。美学在方法论上更接近于哲学，它要寻求的是哲学层面上对审美关系的总体把握，而文学理论则更注重于对文学现象、文学实践的基本形态的具体规律进行深入的解说。因此，我们对文学进行总体定位时虽然可以把意识形态理论、美学分析运用到文学理论当中，但绝不可以以偏概全，从而取消文学理论自身的独立地位。

文学理论是关于文学的理论。取一种泛文化主义的姿态，把研究对象由文学扩展到各种非文学的文本，无疑是在不知不觉中对文学作为独立的精神现象的取消，而文化诗学的文学理论把文学理论看成是一种参与当前政治的迂回言说，也就回避了对文学自身问题的探讨。

（二）文学理论是科学的理论

作为一门理论性学科，其科学性取决于其理论色彩的鲜明与否。文学理论的对象是文学，而文学理论自身因其为理论，则要尽量获得其理论的严谨与明晰，而避免简单的感受式描述。它应以自身的范畴的科学性、理论整体的完整性及原理的明晰性和可操作性来实现其作为元理论的科学定位和实践品格。

科学的文学理论，应把文学——古今中外的文学现象与文学实践的考察作为出发点，来建立自己的严整体系。具体言之，从人类文化的角度对文学的社会本质进行形而上的定位，这是对文学的一种功能性考察，这种考察是科学的文学理论体系的题中应有之义。这种探讨可以以对中国古代文学理论的继承、对马克思主义的社会学批评理论的扬弃来拓出自己的新路。另外是从文学文本出发，来寻找文学之为文学的具体要求与内部规律，把形式主义文论与新批评理论中对文学性的研究成果吸收过来，而剔除其割裂文学与生活联系的一面，当不失为可以攻玉的他山之石。再之是把心理学的研究成果（包括精神分析心理学及需要心理学等）纳入对文学创作与文学欣赏的基本理论当中，来为文学文本的创造与接受找到应遵循的基本原则。简单地说，文学理论要回答的是“文学是什么”“文学写什么”“文学怎么写”“文学写成什么样”“文学有什么用”这样一些基本问题。理清了这些，文学理论自身的思路也就清晰了。

文学理论作为一门理论性学科，它的存在本身也是一种言说方式。它的言说方式要求具有鲜明的理论色彩，而非在感受经验罗列的基础上得出结论。以往的文学理论读本中常常以这种表面的丰富来结构自身的言说方式，看上去内容够生动具体，却失掉了理论自身的逻辑严谨性。这也是建立合理的科学的文学理论体系时所应努力避免的。因此，要加强文学理论学科的科学性，就要尽可能避免经验性描述，而寻求内在逻辑的严谨。

理论的目的不仅在于帮助人们获得对研究对象的明晰的认识，更重要的是使理论具有切实的可操作性，获得强大的实践品格。因此文学理论应该成为当代文学批评的基础和有效的工具。传统的社会历史批评在文学实践乃至社会生活中曾担当过重要的角色，而新批评的细读原则帮助人们强化对文学作品的理解也功不可没。西方后现代主义的各种文学理论流派虽然有以泛文化的社会政治立场取代文学批评自身的倾向，但他们的文化分析也不可一概否定。将这些已有的成果加以合理吸收，来使科学的文学理论获得批评品格，是科学文学理论难以回避的问题，也是建立科学的文学理论的题内应有之旨。

文学理论是以文学现象和文学实践的总体为研究对象的理论，它的对象的独特性决定了它的学科的独特角色——它的理论是关于文学的；文学理论又是理论性的学科，它应该给文学提供的不应是感受式的含混不清的漫评，而应是逻辑严谨的科学原理。同时由于文学是一种历史性的存在，文学理论因此相应地也就获得了它的实践性品格。相信在不久的将来，科学的文学理论体系一定会成熟起来。这并不是一个遥远的梦想。

第四章　新时期文学的发展走向

第一节　文学理论结构化

文学理论的范畴，应当大致包括以下几个方面：文学的判断标准（什么是文学）、文学的思维方式（作家的思维如何运作）、文学与世界的关系（文学如何在世界中存在）、文学的语言（语言如何在文学中运作）、文学的阐释（如何解读文学）、文学的体裁与风格（文学的种类区分与风貌）、文学的通变（传统与创新的关系）、文学与文化、道德、意识形态等（文学与社会文化现象、道德伦理、意识形态等的关系）及近年来持续受到关注的——文学与身份认同、文学与市场、文学与媒介等。

体系建构模式大致有以下几种：

一、意识形态本体论的文学理论

即坚持文学是反映社会存在的社会意识形式之一，突出文学的社会本质和社会认识功能——我国文学理论传统教科书最为流行的模式。

（一）“意识形态”概念的产生

1. 培根的“假象说”

大多数学者都认为，现代意识形态学说的源头要追溯到培根的“假象说”。在《新工具》中，培根指出，人类之所以无法达到科学真理的殿堂，根本症结在于人性本身的假象和错误的概念劫持了人的理解力，并且困扰着人的心灵。具体言之，围困人们心灵的假象有四种：“种族假象”“洞穴假象”“市场假象”“剧场假象”。培根的“四假象说”对于“意识形态”学说具有十分重要的意义：就意识形态的内容而言，它成了启蒙哲学家们批判各种非理性现象以为科学和理性开路的重要武器。培根的“假象理论”几乎被法国启蒙运动时期每一个哲学家所引用。就意识形态的来源而言，它表征了一种重要的唯物主义思想，是马克思的“社会存在决定社会意识”的历史唯物主义论断的重要前兆。

2. 特拉西提出“意识形态”（ideology）的概念

“意识形态”（ideology）这个词是法国哲学家德斯蒂·德·特拉西首先使用的。1795 年，在法国大革命的第一浪退潮后不久，一个旨在向官方提供指导革命的思想的研究所成立了。其负责人特拉西，倡议研究“思想科学”，并使用了一个名词“意识形态”。19 世纪初期，他出版了《意识形态原理》一书，系统地解释了这个概念。他把意识形态定义为“思想的科学”。意识形态并不仅仅是一种描述，而是对何为真何为假的有决定意义的探究。拥护他的学说的人们不久就被称为“意识学派”（ideologues）。“意识学派”受到了拿破仑的攻击，拿破仑认为他们的理想与自己的目标是对立的，意识形态专家们是成事不足败事有余的“空想家”，他们的思想是危险的，拿破仑用意识形态这个词指不切实际的空想。从此，意识形态获得了双重烙印，其一是意识形态被当作一个贬义词来使用，其二是意识形态与政治实践联系在一起。

（二）从文学是意识形态到文学是审美意识形态

马克思主义经典作家及西方马克思主义的意识形态理论是一笔丰富的遗产，是新时期文学理论研究文学与意识形态关系的思想资源。在20世纪，马克思主义文论最有影响的形态，除了上述的西方马克思主义文论以外，还有苏联的列宁主义文论和中国化的马克思主义文论。苏联的列宁主义文论，经过普列汉诺夫、列宁、卢那察尔斯基等人的发展，强调了无产阶级意识形态是理论与实践的统一，主张无产阶级文学要表达无产阶级和社会主义的意识形态。20世纪初期，马克思主义文艺理论传播到中国，之后经由瞿秋白、毛泽东、朱光潜、钱中文等众多学者的阐释和发展，逐渐形成了一种中国化的马克思主义文论：从文学的意识形态论到文学审美意识形态论。意识形态是系统地、自觉地、直接地反映社会经济形态和政治制度的思想体系，是社会意识形态诸形式中构成观念上层建筑的部分。马克思把意识形态放在社会整体结构中作辩证的探讨，“物质生活的生产方式制约着整个社会生活、政治生活和精神生活的过程。不是人们的意识决定人们的存在，相反，是人们的社会存在决定人们的意识。”[1]这个论述深刻地揭示了文学与意识形态的辩证关系。首先，在社会整体结构中，生产力与生产关系构成的社会下层结构是上层建筑的基础，它制约着法律、哲学、文学艺术等意识形态的发展。毫无疑问，作为人的精神生活方式的文学，它属于意识形态范畴，也必然受到物质生活的生产方式的制约。意识形态对文学的制约是多方面的，其中最明显的强制性制约来自意识形态国家机器的监控，其典型的方式就是书刊检查制度。其次，作为意识形态之一的文学一经产生，就具有自身的发展规律，它能够对经济基础、对政治产生积极的影响，会发挥意识的指导作用，指导人们的社会实践，并通过人们的社会实践对社会生活的发展起到促进或阻碍的作用。特里尔·伊格尔顿甚至认为“文学是意识形态的再生产”，还发明了一个特别的术语—“形式的意识形态”[2]，这个概念突出了文学生产意识形态的特殊方式——审美生产意识形态。

从20世纪20年代到70年代末，主导中国马克思主义文论的文学本质观是文学是意识形态论。1980年代初，朱立元提出，艺术固然是一种反映现实生活的社会意识形态，但它不仅仅是认识，作为一种实践，它主要的是人们运用形象思维、饱含感情、有目的的感性创作活动。[3]这已经提出了一个全新的观点，即文学艺术既是意识形态，又是审美活动。在20世纪80年代中后期，钱中文把中国新时期文论界的上述见识概括为“文学是审美意识形态”的文学本质观。1987年，钱中文说，文学作为审美的意识形态，以情感为中心，但它是感情和思想认识的结合；它是一种自由想象的虚构，但又具有特殊形态的多样的真实性；它是有目的的，但又具有不以实利为目的的无目的性，它具有社会性，但又是一种具有广泛的全人类性的审美的意识形态。[4]钱中文这一理论观点在文论界产生了巨大的影响。童庆炳主编的《文学理论

1　马克思恩格斯选集：2卷[M].北京：人民出版社，1995.

2　特里尔·伊格尔顿.马克思主义文学理论//南帆，主编.文学理论新读本[M].杭州：浙江文艺出版社，2002.

3　陆梅林，盛同，主编.新时期文艺论争辑要[M].重庆：重庆出版社，1991.

4　钱中文.论文学观念的系统性特征[J].文艺研究，1987（6）.

教程》(1992 年)，刘安海、孙文宪主编的《文学理论》(1999 年)，陈传才、周文柏主编的《文学理论新编》(1999 年)，以及王元骧著的《文学原理》(2002 年)等教材和著作，都是运用这一理论进行研究的出色成果。“文学是审美意识形态”论，获得了中国学界的广泛接受，虽然也不乏质疑者，但是已经被中国文论界所肯定和认同。这一理论既是马克思主义文学理论中国化的重要成果，也是中国学者对世界文学理论的杰出贡献。

二、形式主义的文学理论

将文学作为一个独立审美和语言活动的领域加以考察，认为文学理论是一种方法论上的工具。

（一）形式的内涵及其对于艺术的意义

形式是事物进入人的感知范围的第一媒介，无论是戏剧、绘画还是雕塑，首先映入眼帘的都是事物的外形。即使是小说、诗歌这种文本性质的艺术，也是以形式呈现在人们眼前的。形式作为第一媒介物，作为认识事物的第一步，早在古希腊时期就引起先哲们的关注。形式作为本体，承载着作品的内容。音乐、绘画及文学创作这些艺术，看似都是在模仿自然——音乐模仿大自然的声音，绘画模仿自然的颜色，文学艺术模仿现实社会生活，但是艺术带给人的内心感触却起源于形式对事物的模仿。艺术通过自身的形式把所有内涵囊括其中，它比现实生活更加广阔、深刻地反映真理。德国伟大的艺术家歌德曾经说过：艺术在自然的深度与广度之上不具有竞争性。艺术在形式上是自然事物的模仿，虽然它停留在自然现象的表面，但是它具有自己的深度和力量。艺术借助于自然表面现象中合规律性的性格、尽善尽美的和谐一致、登峰造极的美、雍容华贵的气氛、达到顶点的激情，从而将这些现象的最强烈的瞬间定型化[1]。歌德所说的艺术是将“现象的最强烈瞬间”的定型，这种定型不是对自然事物的简单模仿，也不只是艺术家强烈感情的外化。艺术是靠人的直观，以感性形式为媒介，通过形式对现实存在的深度解释。我国学者王一川在《审美体验论》一书中也提到形式是体验的生成形态，形式在体验的召唤下生成。体验带来的是内在的妙不可言的瞬间感受，人们渴望这种内在的体验“形式化”。在这种意义上，艺术就是瞬间体验“形式化”的产物，艺术意味着把瞬间体验显现为永恒形式。

正如卡西尔说的：伟大的画家向我们显示外部事物的各种形式，伟大的戏剧家则向我们显示我们内部生活的各种形式。”[2] 可见，从感知的一瞬间开始，艺术进入欣赏者的内心，形式是不可缺少的因素，艺术的本质是通过形式来揭示事物的本质。

欣赏者只有通过形式才能进入艺术的本质，这并不代表艺术的审美是不需要情感的漠然，而是正好相反，艺术形式的变化之所以引起欣赏者的注意，是由于现实生活中我们的情感生活达到了艺术形式所能承受的最大强度，正因为如此，艺术就必须在强大的压力下改变它的形式。只有这样，我们才能从艺术那里得到心灵的慰藉，感受到她的魅力。艺术与心灵共鸣的这一刻，与事物直接相关的现实生活离我们远去，我们置身于纯粹的感性形式的世界当中，享受形式带给我们的快感。

1　谢冬冰．“符号”还是“象征”——卡西尔学说中“symbol”的词义辨析 [J]. 南京师范大学文学院学报，2003（1）.
2　恩斯特·卡西尔．人论 [M]. 甘阳，译．北京：西苑出版社，2003.

艺术家是使社会生活成为艺术的中介，大自然的各种现象都只有通过艺术家的雕琢才能进入艺术的殿堂。在使生活成为艺术的过程中，艺术家需要做的不仅是感受事物，使事物拟人化，通过内在的生命体验来丰富事物，当感情达到一定程度时，还必须给予这种感情一种恰当的形式，使之外化。外化不是指简单的媒介物质如青铜、黏土、大理石等，而是指艺术的形式，这种形式可以激发美感，其中包含韵律、色调、线条、布局及具有立体感的造型。艺术品正是通过这些构造形式打动和感染了我们的内心世界。当我们说艺术是模仿自然的时候，我们不能否认，但是当艺术家对自然事物进行形式化的系统构造之后，艺术就超越了自然界的原有事物，进入真正的艺术殿堂。艺术的形式不是自然界给予的，是艺术家的才能赋予，这种表现艺术的形式一旦确定下来，就不能轻易改变，这种形式只属于此种艺术，具有唯一性。比如一块大理石，要想使它成为雕塑艺术，那就必须有一位伟大的艺术家对它进行雕刻，在雕刻的过程中，最重要的就是雕塑的外形。我们说拉奥孔的雕塑之所以令人感到震惊，主要原因是它的外形所承载的那种痛苦是常人无法承受的，这种内在的痛苦只有通过这样一种形式才能表达得淋漓尽致。换言之，形式在这里就是拉奥孔这具雕塑的本质，没有这种形式，艺术便达不到这种效果，形式本体在这里是不可缺少的。

形式作为艺术的本体具有唯一性，一件事物当且仅当拥有这种形式的时候，它才能被称之为艺术。艺术品一旦进入了我们的世界，我们就会以这种形式来看待它，此时事物的形式不再是转瞬即逝的，而是由艺术品的存在变成经久不变的。卡西尔认为一旦实在以这种特殊的方式呈现在我们面前以后，我们就一直以这种形态来看待它了。当然我们肯定不同的艺术之间是存在联系的，但是艺术形式互换之后，艺术效果便减弱了。拿拉奥孔这具雕塑来说，当世人站在它的眼前和它对视时，它给人们带来设身处地的痛感，做出这一选择的无奈和痛苦表情淋漓尽致地呈现在人们面前。如果我们去读《拉奥孔》这部悲剧，痛感将会是间接的，往往不如雕塑来得强烈。将一首抒情诗和一幅画置换，带给人的审美又将是另一番滋味。

卡西尔在谈论艺术的形式时指出，艺术早在其成为美国之前，就已经是构形的了，原始人的艺术虽然是简单的、粗鄙的，没有一定规则，甚至各部分缺乏明确的比例，但是它们仍然是艺术，因为它们有一个完整的外形。他认为艺术确实是表现的，但是如果没有形式它就不可能表现，无论是何种艺术，首先呈现在欣赏者眼前的都是它的构形。卡西尔与克罗齐的观点不同，克罗齐强调的是直觉，他认为艺术是直觉的表现，直觉一旦形成艺术创造的过程也就相应结束了，至于如何让艺术呈现出来，他不考虑，他认为采取何种形式都是对艺术直觉外在的复写，外在形式的作用只在于传递艺术直觉，形式本身是没有意义的，因此他把所有的精力都用在研究直觉的形成上。卡西尔认为韵律、语词、线条、色彩，不是毫无意义的技术手段的一部分，而是伟大的音乐家、卓越的诗人、优秀的雕塑家和杰出的画家创造艺术过程中的必要因素。马拉美写道："诗不是用思想写的，而是用语言写的。"[1]它是以形象、声音、韵律写成的，而这些形象、声音、韵律结合成为一个不可分割的整体，那就是诗的形式。卡西尔不仅肯定艺术形式的重要性，而且他认为之所以存在艺术家，就是因为他们是艺术形式的发现者。他把艺术家看成是艺术形式的发现者，就像科学家是自然现象和自然规律的发现

1　恩斯特·卡西尔．人论 [M]. 甘阳，译．北京：西苑出版社，2003.

者一样，但是如果要求我们描述事物的纯粹的形象化的结构和形态，而不是它的物理性质和形态，我们就不知所措，即使是重复遇见一个普通感觉经验的对象。显然，不是每个人都具有认识事物纯粹形式的天赋和才能。正是艺术家创造的艺术弥补了人类这一缺陷。艺术把自身置于社会生活之外，让我们享受审美的过程。

（二）新时期文学形式本体论的内涵

王一川在《审美体验论》一书中，把形式与体验归为一对有机的范畴。在他看来西方新时期文学理论中的形式与体验之间就是此消彼长的关系，他认为对文学艺术的体验的不断追求正是文学形式革新的动力。他在书中谈到波德莱尔的诗歌是使用“象征”的手法，以新的体验渴求新的形式。诗人马拉美把诗歌语言与其他语言区分开来，寻找诗歌语言的特性，是新形式渴望自身的表现。他说“人们不是用念头来写诗的，而是用词语来写的”。诗歌语言是新的活的生成性语言，以新的节奏、韵律、意象、音响去打乱、突破、毁坏传统的固有的语言模式，直指体验的深层，并在传统语言的废墟上建立起新的语言“神殿”。象征主义和俄国形式主义的目的都是通过文学创作的技巧，用新奇而含混的意象，造成文学语言与日常语言之间的疏离效果，最终把体验的最深层次转化为形式，并且作为文学的本体固定下来。王一川先生认为，俄国形式主义对形式探讨的最终目的是生成新的体验。从总体上来说，形式主义把这种体验与艺术家的内心体验区分开来，与符号学美学的主张一致。他对审美体验与形式的关系作了具体的论述，其中谈到形式本体论的出现正是审美体验的深层次需要，他在《体验与形式——西方体验美学论体验的艺术世界》一文中这样写道：

“现代美学对形式的偏爱可以归纳出两点基本缘由：第一，这是探测内心神秘体验（尼采、狄尔泰、柏格森等）最终导致绝境，转而向外在永恒之域寻求出路的结果……。第二，换个角度看，这是新体验渴求新形式的结果。各种形式主义虽然竭力拒斥体验而独尊形式，但在根底里实在是出于表达新体验的渴望。象征主义推出‘象征’为的是表达美丑交融的新体验，俄国形式主义拈出‘陌生化’正是要激活‘新感觉’，新批评所‘发现’的作品‘肌质’其实正是现代人对艺术的独特体验。至于以重返体验为己任的现象学美学、解释学美学等，更是渴望以新的形式把现代人指引更纯净、更本真的内在体验世界去。因而非同一般的突出形式实在是隐伏着一种意图——去创造与发现足以与日常语言、日常感觉从而也就是与此在相‘疏离’的强有力的、新奇的形式，以满足现代人愈益滋长的体验绝对、无限和永恒的生存意义的强烈渴求。可见，现代形式浪潮虽然大反体验，但它的兴起本身其实就与寻求体验有关。”[1]

由上可见，无论是在西方还是在新时期，审美体验的转变都会引发关于形式问题的讨论。因此，新时期文学形式本体论的出场无疑与当时文学创作与社会生活中审美体验的转变有关。

新时期文学形式本体论认为，形式作为一种本体，具有它独立存在的意义。形式是衡量文学的重要尺度。正如赵宪章在《西方形式美学关于形式的美学研究》中强调指出：形式概念是关涉艺术和美的本质或本体意义的重要概念，而不是文艺学和美学的一般概念。它的重要性体现在：多少年来，人类在不断追问和探寻“什么是艺术？”“什么是美？”“艺术和美的本质是什么？”的历史过程中，“形式”就是众多答案中的一种，认为美和艺术的本质或本

1　王一川．体验与形式——西方体验美学论体验的艺术世界 [J]. 文学评论，1988（3）.

体存在方式就是形式。只有在本体意义上肯定形式，这样才能使我们尽快从以前过分重视内容的狭隘圈子走出来，用新的眼光和视角来研究文学形式的意味。

新时期文学形式本体论的出场不是偶然的，除了前面提到的向内转的讨论及西方形式主义文论的推介以外，创作的挑战是直接的诱因。新时期文学创作上出现的一系列变化，促使文学研究者关注文学自身的发展变化，寻求新的理论解读这种变化。新时期文学受西方现代派小说的影响，以王蒙为代表，采用意识流手法进行小说创作，是新时期早期文学自觉对文学形式创新的试验。他在小说的叙述方式上进行了革新，不以人物的物理活动为线索，而是直接指向人物的内心世界，而且是人的意识。小说情节的安排打破了以往的套路，而是以人物的意识为主要情节，人物的意识想到哪里，作者的笔触就写到哪里。没有中心，构成小说的是一段一段的意识流。王蒙的意识流小说最初是受到批评家指责的，但是他的小说，对于形式的探索，引起了广大理论家的兴趣。把形式当作文学创作的本体，影响最大的是以马原、格非、残雪、余华、洪峰等人为代表的先锋小说创作，他们把文学形式中的因素如叙述、情节、语言、结构等推到了巅峰的位置，马原的“叙事圈套”制造的就是情节上的混乱，人物的自言自语，空间时间和历史时间的置换，但是这些看似不相关的东西，却内在有一条线索紧紧相连。虽然我们也能看出先锋小说有明显的玩弄技巧之嫌，但是他们在新时期对文学形式创新的实验上还是做出了巨大贡献——使人们意识到，除了内容，小说还有更重要的东西，那就是形式。中国当代作家王安忆说：“事实上小说的形式是单独谈的，可以说小说本身就是形式。对我来讲小说就是人和人，人和自己，人和世界之间关系的形式。”[1]

格非写到 1986 年开始写作时的动力：“我所向往的自由并不是社会学意义上争取某种权利的空洞口号，而是写作过程中随心所欲，不受任何陈规陋习局限的可能性。主要的问题是‘语言’和‘形式’。”[2] 他们创作的这些新的小说形式让人们通过形式寻找小说的意味，此时小说的内容退居第二位，形式就是一切。

较之于此时展开的其他方面的文学论争，文学形式本体论并没有理论上的优势。当时在我国占据主导地位的是“文学是人学”命题，形式本体论在引进之初，受到了极大的阻碍。一些老先生始终坚持，文学应以内容为重，如果过分注重形式，将陷入形式主义的窠臼，从而对文学的发展不利。在研究文学的方法上，形式本体论要求研究者从文学的形式入手，关注文学形式自身的发展，从形式本体上赋予文学全新的意义，形式不再是内容的附庸，成为独立的本体存在。文学形式本体论的这些理论观点虽然遭到反对，但却产生了不容忽视的影响。

其实对于中国理论界来说，我国并未形成真正意义上的“形式本体论”。虽然我国文学理论界引进了各种关于形式的理论著作，但是在形式问题讨论之初，对形式其实是按照英美新批评的理论去理解的。国人在引进西方理论时，只看到形式本体论是反对“政治一元化”理论的有力工具，并未考虑真正的“形式”是什么。理论界存在的问题，在创作上也有表现，中国当代作家在模仿西方大师的时候，也忽略了对真正意义上的“形式”的关注，仅仅觉得形式新颖，语言另类就是形式探索了。

1　林舟．王安忆——更行更远更深 // 生命的摆渡——中国当代作家访谈录 [M]. 深圳：海天出版社，1998.
2　贺桂梅．先锋小说的知识谱系与意识形态 [J]. 文艺研究，2005（10）.

新时期发生的文学形式本体论，使得我们以前过分重视内容，而相对忽视形式问题的倾向得到纠正，形成了比较符合艺术规律的形式观。姚文放认为，对艺术形式的强调，建立了一种不同于以往的理论经验，它使人远离现实生活，站在现实生活的对立面，以超现实的方式把握现实。艺术形式以特殊的组合方式把线条、色彩、声音、语言、形式等因素组合起来，构成一种不同于现实生活的审美世界，从而将艺术与现实生活区分开来，拉开它们之间的距离，使之具有假定性、距离感和超越感。新时期文学形式本体论对形式的强调，正是把文学艺术从现实生活中剥离出来，使人们能够清晰地审视文学艺术自身的审美特征。

三、受传播学影响的文学理论

研究受众、研究读者心理，如接受美学、读者反映批评。研究媒介，如安德森《想象的共同体》、本雅明《讲故事的人》一类。

当今时代，大众传播对人类社会和人们的生活产生日益深刻的影响，身处这样一种社会环境和传播环境，文学的存在现状和发展趋向受其制约影响是不言而喻的，这构成了当代“文学场”，在如此时空关系里，文学的生态环境和价值取向都具有新的特点。一种适应市场经济时代特点、多元并存的新的文学格局正在构建之中。

传播是人类赖以存在和发展的机制，是一切智能的象征，且是通过空间传达它们和通过时间保存它们的手段。[1] 就传播学的核心概念而言，它是人们的一种信息交流和分享。那么，从文学传播的角度着眼，什么样的信息拿出来让大家分享？是谁拿出来这些信息？通过什么渠道或载体？谁在分享？信息制造者是谁？为什么在这样的时刻和场合以这种方式显示出来？能产生什么效果？等。对这些从传播学原理出发所提出的问题的探究，使我们自然把注意力集中在当前的文学传播语境上。人们常常用“后现代”或“后新时期”等概念来为当今社会转型命名。这是一个政治、经济、科技、文化一体化的时代，伴随着资本的流通及商业广告与大众传播媒介的鼓噪，人们的消费欲望被点燃起来，在市场流通过程中逐渐衍生成一种“消费主义文化”。那些以守护灵魂家园为文化使命的文人敏锐地意识到“今天时代的热点不在精神而在物质，不在追求完善而在追求舒适。形而上的道远水救不了近火。形而下的器则有益于生存……我们面临的将是一个世俗的、浅表的、消费文化繁荣的时期”。[2] 这正是当代文学生存的处境和传播语境，一切都在消费当中，物质的欲求、观念的更新、信息的分享等，最终都可以视为某种物质的或精神的，或两者兼而有之的消费现象。大众传播媒介多声道、立体声地传播，不仅刺激起消费的欲望，而且正是通过媒体消费的欲望在一定程度上得以实现。

与这种“后现代”的消费主义与文化相联系的另一个特征就是消解一切。在消费过程中，同时也在进行着消解原有的政治、经济、文化的价值，消解着传统的中心意识。社会的文化结构发生了重大的改变，当今中国文学已从结构的中心地带向边缘地带滑落。身处这样一个消费与消解的时代，正如马尔库塞所洞察的那样，它们“限制着升华的领域，同时它也降低

1　威尔伯·施拉姆，威廉·波特．传播学概论 [M]. 陈克，周立万，李启，译．北京：新华出版社 1984.
2　宋遂良．漂流的文学 [J]. 当代作家评论，1992（6）.

了对升华的需要”。[1]受制于时代的语境的变迁，文学的价值被重新定位，现今中国文学发生了许多重大变化，文稿竞卖、作家签约、媒体炒作、自由撰稿人、快餐读物、小说百强等，一一印证了这种文学生态环境和价值趋向正在发生改变。

既然有新的要素注入文学领域，对文学的认识把握就需要有新的视角、新的理论和新的方法与之相适应。现代社会是传播业发达的信息化社会，文学不仅不可能置身于传播环境之外，其反映社会生活的内在规定性还促使其积极参与其中，文学要满足社会对它的需要首先得表明自己的存在，需要有媒介来负载它们，使其能往来穿梭于社会大众之间。尤其是在市场经济下，文学与大众媒介传播之间有着精神文化和物质利益双重密切联系。进入市场后的文学，同样也被市场这只看不见的手所操纵着。其实只要我们掌握媒介的特点和运行规律，对已经出现和将要出现的种种文学现象是能够把握其脉络并加以解读的。由于大众传播媒介在市场化背景下的运作，一种新的文学关系出现了，即“作家——传播者——受众”，以及与之对应耦合的“文本生产——媒介传播——文本消费”这样一种结构功能关系。

这一文学关系的最大特点是引入了一个中介层，而不同于以往作家与作品、读者与作品那么一种简单的、封闭的文学联系。作家思考什么、写什么，读者观看什么、希望得到什么，犹如一堵墙分隔开来，彼此互不相扰，显得非常陌生。作家作为主体只是根据自己的生活感受、兴趣爱好和内心的使命感自发地创作，当然，有时也会结合政策背景来写作。相对而言，读者只是被动选择，他们的要求、愿望，还没有找到一种合适的渠道表达出来。作家对此不了解，似乎也不太关心，即使作家与读者之间存在着某些联系，也是非常松散的、可有可无的，对文学的影响无关大局。所谓纯文学多少与这种文学关系有关，是其关系下的产物。而在“文本生产——传播者（媒介传播）——受众（文本消费）”的结构中，三者之间存在自变量和因变量的动态协调整合过程，是三方的有机结合，彼此互动参与文学活动的三方主体地位都能得到充分尊重。读者市场的因素进入文学活动中，作家的写作发生了根本性的改变，必须充分考虑到读者的阅读需求，一旦失去了读者市场，作家、作品就失去了生存的基础。那么读者市场如何产生？如何把握？媒介和传播者起了关键性的作用，媒介直接与受众发生联系，对其接受的品位、爱好、注意力等及其变化因素，不断进行收集、分析、整理，并且通过供给运作（有时是炒作）的方式来制造市场需求。同时，把读者市场信息反馈给作家，作家们又根据这些信息创作出新的作品，再由媒介推向读者市场。这是一个不断循环的双向运动过程。文学的生成机制、生存状态、影响方式、反馈原理、运行规则等都在这种结构功能关系中得到实现。在市场经济的环境中，在信息时代的背景下，它为我们考察文学及其变化，提供了一个新的视角和便于操作的方法。

四、作为文化理论的文学理论

把文学看作一个随一定时代文化观念的改变而不断改变的过程，认为文学是一定文化、一定社会、一定时代的产物，文学应当与其他文化领域相联系，文学研究可以成为一项跨学科跨领域的研究。

1　郝伯特·马尔库塞．单向度的人——发达工业社会意识形态研究 [M]. 刘继，译．上海：上海译文出版社，1989.

（一）反映论

唯物史观的文学论是伴随着西方各种思潮在中国的传播而形成的一种文学思潮。其中，苏联理论界的观点对唯物史观文学论的传播起到了重要作用。唯物史观文学论强调在社会科学框架内重新定义文学。沈雁冰在 1925 年前后发表的《论无产阶级艺术》《文学与人生》《文学与政治社会》《自然主义与中国现代小说》等文章里，对文学持一种鲜明的反映论观点。他的文学反映论的主张甚至可以追溯到 1921 年发表的《社会背景与创作》里。这篇文章明确提出“真的文学也只是反映时代的文学”的观点。“文学是时代的反映”是文学研究会的多数成员例如郑振铎、耿济之、朱自清、叶圣陶等共同坚持的观点。他们从文学反映生活的真实性出发，讨论文学与社会、文学与人生的关系问题。

反映论进入文学理论体现了早期文学理论知识生产对于哲学方法论的依赖。思考文学的问题必得借助于业已形成的哲学观念。而早期唯物主义哲学无一例外均是围绕思维与存在、物质与精神的关系而展开，这就决定了建立在唯物主义哲学基础之上的反映论的文学观念的特点。这主要表现在两个方面：一是僭越性，认识论僭越于文学，把文学理解为对于社会生活形象的认识。文学通过形象反映社会生活，并达到对于社会生活本质的认识。二是二元性，将文学与生活的关系置换成思维与存在、物质与精神的关系，强调社会生活第一性质，文学艺术第二性质，由此制造了生活与文学的二元对立。在特殊情况下,“反映论”成了“工具论”。在政治正确的前提下，反映论得以在文学领域盛行起来。

新中国成立以来，文学理论占据主导地位的文学解释模式是认识论的和政治功利论的。无论是认识论还是政治功利论的文学解释模式，均强调文学是对社会生活的反映，而对反映论的前提及可能性的批判从未发生过。这中间虽然经历了与文学理论苏联模式的分道扬镳，但是反映论的哲学基础并没有动摇。经由以群、蔡仪主编的文学理论教材的讲述，反映论成了文学理论知识生产的“基本原理”，具有基石的作用。

新时期之初关于形象思维的讨论，实际是在认识论框架下完成的一次关于文学的提问。形象思维论旨在反驳“从概念到形象”的文学解释论，从而确立文学思维的独立意义。然而，在认识论的框架里，文学的性质是难以得到有效说明的。这是因为，文学包含认识，但却不是认识活动。文学包含着极其复杂的生成机制。本来，从形象思维的讨论入手，是可以推演出类似符号学或叙述学之类的文学形式研究的，然而，我们的知识体系里是没有这类语言的。因此，形象思维在提出了“文学是形象的认识”这一观点以后于 1985 年戛而终止，再也提不出推进文学思考的富有阐释效力的命题了。道理很简单，在认识论的框架里，文学不过是思维的一种特殊形式而已，并没有上升到对作为独有的形式而存在的文学的理解。文学的情感特征和超越性质都没有体现出来。

审美反映论在其最初的理论言说中，遵循着与形象思维相同的认知路线，即把审美看作是对美的事物的“认识和欣赏”[1]，后来这句话改写为“所谓审美，就是对美的对象的情感评价”。[2]这反映出审美反映论倡导者早期文艺思想的认识论痕迹。把审美归结为对美的认识和欣赏，是典型的认识论观点。童庆炳先生在新时期之初，不遗余力地批评“文学是社会生活形

1　童庆炳．文学概论：上册 [M]. 北京：红旗出版社，1984.
2　童庆炳．文学审美论的自觉———文学特征问题新探索 [M]. 北京：北京师范大学出版社，2011.

象的认识”这一观点，并发表了系列文章，力图超越文学是一种认识论的观点。这说明，审美反映论是在反映论文学观念内部的一次理论爆破，但并没有完全动摇文学反映论的哲学根基。钱中文先生在1986年发表的《最具体的和最主观的是最丰富的———审美反映的创造性本质》认为:“文学的反应是一种特殊的反映———审美反映，由于其自身的特殊性，它较之反映论原理的内涵，丰富得不可比拟。反映论所说的反映，是一种二重的、曲折的反映，是一种可以使幻想脱离现实的反映，是一种有关主体能动性原则的说明。审美反映则涉及具体的人的精神心理的各个方面，他的潜在的动力，隐伏意识的种种形态，能动的主体在这里复杂多样，这是一个无所不能的精灵。……我以为在文学理论中，要以审美反映代替反映论。”[1]这篇文章明确提出要用“审美反映论替代反映论”。这个观点，对于纠正认识论和政治功利论的文学理论问题，发挥了十分重要的作用，在当时产生了很大的影响。但是，客观而论，钱先生审美反映论并没有超越反映论无法解决的思维难题———主客二分。在审美反映论的理论体系里，对象与主体仍然是二分的。审美反映论认识到了文学创作的奥秘在于发挥创作主体的能动作用，因此对于审美反映主客体关系的主体一极做了创造性的发挥，强调了文学活动中的反映较之一般的反映具有特殊性，但就其思维方式看，仍然是本体（本原）论、二元论的，文学创作的实践性质并没有得到有效的解释。

审美反映论对于反映论的批判和超越，是20世纪80年代文学理论最动人的景观。从审美反映论出发，文学的“审美”性质得到充分的说明。自此，文学研究开始关注主体的情感力量及作品的形式意味，也对心理学的成果进行了有效的借鉴和整合，形成了各具特色的文学解释模式。至今，审美反映论仍然保持着其他文学解释模式无法替代的地位。

但是，必须强调的是，审美反映论在知识学模式上是单一的、贫乏的，其对文学的认知还只是停留在本体论（本原论）、经验论的层面。面对不断发展变化的文学艺术事实，面对全球化语境下文化多元互动引发的问题，审美反映论显得有些隔膜与被动。因为文学的生态环境发生了变化，相应地研究文学的理论也应该发生变化。美国解构主义文论家卡西勒甚至认为，文学，究竟什么是文学，全在于言说文学的人怎样看待文学。文学作为对象“是什么”与“如何是”，不只是取决于文学自身的特性，也取决于人们对于文学的解释。文学的知识并不是“实然的”存在于文学身上的有待认知的客观知识，而是一种体现人们知识背景和理论筹划意识的有待建构的知识。不仅要历史地看待文学，也要观念地生成文学。文学是历史描述和逻辑分析、事实判断和价值期待、“实然”与“应然”的有机结合或辩证统一。

文学研究者不仅要总体性地回答文学的性质，更要历史性、地方性地理解文学。文学认知上的这些变化，实际是知识学模式或知识学背景作用于文学理论的结果。在那种以本体论观念为基础，以“总体性话语”为特征的文学理论系统里，知识的角色意义是不明显的。这种文学理论只需一个未经检验的逻辑前提或“元叙述”就可以展开文学理论的知识生产了，从而建构出符合言说者意图的文学理论体系。正因为如此，反本质主义者把反映论和审美反映论一概指责为本质主义。20世纪90年代以来，新的文学生态和历史语境吁求新的文论解释模式，理论作为“批判的武器”亟须转换自己的形式，从审美反映论走向文化研究论的呼声

1　钱中文.最具体的和最主观的是最丰富的——审美反映的创造性本质[J].文艺理论研究，1986（4）.

日益高涨。

（二）文化研究论

文化研究论只是一个笼统的说法，表征着这样一个从不同知识学模式进入文学的研究思潮，主要表现为两个向度的努力：一是文化研究的兴起，二是文化诗学的出场。

严格讲，西方文化研究并不是逻辑地由文学的解释危机所引发的。文化研究作为“知识活动富有魅力和令人激动的领域”，实际与全球化语境下知识生产的跨学科性质的凸显有关。文化研究的倡导者，无论是雷蒙·威廉斯、还是斯图亚特·霍尔，他们的身份都具有明显的跨学科性质，是英国新左派的代表人物而不仅仅是文学理论家。雷蒙·威廉斯从对“日常的文化”的关注而引发了文化研究观念的转变。他关注的焦点是“文化和社会”及文化政治中的“漫长的革命”。斯图亚特·霍尔，也是一位知识分子和政治活动家，是《新左派评论》的第一个编辑。在与帕迪·惠奈特合作的《流行艺术》里，霍尔试图将流行艺术与种族问题关联起来，从而揭示意识形态与身份之间、文化和政治之间的相互作用。另一位文化研究的倡导者霍加特则致力于对工人阶级文化的研究。对文化研究产生重要影响的另一位人物安东尼奥·葛兰西，因提出“文化的领导权”而广为人知，作为意大利的政治活动家，其关注的问题也是在文化、种族和权力等方面。可见，文化研究的主体，是一批由不同学科门类、不同文化背景和不同文化身份的人构成的。身份的跨界性质，带来了文化研究的跨学科特点。

目前国内理论界一些人夸大文化研究与审美反映论的对立，认为文化研究的出场之日是审美反映论的消亡之时。其实这是罔顾事实的学术口号。文化研究的初衷是扩大研究的领域，使长期被压抑、被忽视、被边缘的大众文化等置于学术的前台，而改变精英文化、经典文化一枝独秀的局面。文化研究与审美文论的差异，主要是知识学模式的差异，这体现在：一是将关注的焦点从经典文本转向了大众文本；二是致力于揭示凝聚在文本上的阶级、权力、种族和身份的政治因素；三是在方法上，使用了带有明显后现代主义因素的解构的方法、后殖民的方法、文化人类学的方法等。同时也接受了“语言论转向”的积极成果。视语言为实践性的物质活动和生产方式，也是实践的现实意识和有意义的社会创造。对表意实践的关注，是文化研究最典型体现其知识学模式特色之所在。文化研究视野中的语言，不再是表征的工具、再现的手段，而就是意义的生产本身。

文化研究的上述旨趣和特征都是审美反映论的知识体系无法解释的。面对 20 世纪 90 年代以后文学艺术的新变，文化研究显示出了巨大的解释能力，提供了对于审美反映论由于恪守“审美”而无法发现的“非审美”文化的说明。文化研究推动了文学研究的“扩容”，使各种具有“文学性”的文本敞开了意义世界。在一定意义上说，文化研究打开了一个与传统的文学研究并不相同的知识探求领域，在改变了人文学术兴趣焦点的同时，也带来了文学知识的分化和重组。文化研究强烈地反本质主义，把任何一种关于文学本质的神话（包括审美反映论）置于被解构的前台，从而使得文学研究以更加开放、包容的姿态发现差异，尊重多样。

文化诗学是从文学审美反映论内部生长出来，为了回应文化研究的挑战而出现的一个理论主张。同文化研究一样，文化诗学不承认有什么确定的文学本质，更加关注文本的修辞策略。文化诗学接受了审美反映论的理论成果，强调文学是以审美为特征的意义生产，但又扩大了关注的面，强调对于构成社会文化组成部分的各种文本的关注，更加注重对文本的“症候式阅读”。文化诗学视野中的文学，既是审美的，又是文化的，是有审美特征的文化文本，张扬从细读文本中来，融入文化中去。

作为审美反映论的代表人物，童庆炳先生对“审美”二字情有独钟。所谓“审美反映”，落脚点实际是在“审美”方面。正因为有对“审美”的限定和强调,“审美反映论”才有了与“反映论”相区别言说的内容，审美从艺术的形式特征方面上升为艺术的本体和规定，而“反映”才有了属于文学的特征。而文化研究的着力点却并不在文本的审美方面，与其说不在文本的审美方面，毋宁说更在于文本的身份、种族、性别、权力等方面。这是西方文化研究在进入中国文论系统以后与中国文论发生矛盾、龃龉的地方。正因为这样，文化研究遭到了以童庆炳先生为代表的审美反映论者的抵制和反对。童庆炳先生一方面肯定文化研究在回应现实挑战方面所做的努力，肯定其对大众文化研究所做出的富有启发性的阐释。但是，面对文学研究审美性的弱化，文学理论学科地盘的缩小，以及文化研究从对大众文化的阐释转向对于广告、时装模特的迷恋等，童先生还是给予明确的批评和反对。他认为，这种文化研究了文化的一切方面，唯独远离了文学、远离了艺术。在对“日常生活审美化的”鼓吹中，实际滑向了消费主义泥淖，结果导致一种“无诗意的和反诗意的社会学的批评”[1]的流行。基于对文化研究的不满，童先生提出了文化诗学的设想。

文化诗学的核心，在于承认“文学的诗情画意”。从确证文学的诗情画意出发，文化诗学强调首先确定对象在美学上的优点，如果对象经不住美学的检验，所谓历史文化的批评也就没有必要了。童先生试图打通“文学是诗情画意的”与“文学是文化的”两者之间的关联，确立有“诗情画意的”文学本身包含的神话、历史、科学、伦理、道德、哲学等文化含蕴。他倡导文化研究放开视野，从文学的诗情画意和文化含蕴的结合来开拓文学理论的园地。这样，“文化诗学”就是“文学理论发展的一个重要趋势”。[2]

文化诗学视野中的文本，是具有“文学性”的文本，而不是一切文本。这是文化诗学与文化研究在对象上的一个区别。文化诗学认为,“审美”是20世纪80年代的美学热的“遗产”，是要作为“中心”保留在“文化诗学”的结构中的。应用于文学文本的解读，文化诗学要求在深入体悟历史语境的前提下，对文学进行细致的文本分析，关键是要抓住作家与作品的“症兆性”特点。同时，童先生强调文化诗学的“关怀现实”的精神，要求文化诗学从文本批评走向现实干预。[3]

可以看出，文化诗学是在继承审美反映论的传统，回应文化研究的挑战中提出的一种理论主张，核心是坚持了20世纪80年代以来形成的文学审美论传统，且又有了新的发展。文化诗学不再纠缠于文学审美反映论或审美意识形态论的主张，也不再提出新的文学本质的命题。作为一种批评实践活动，充分体认文学的审美特性，坚守文本细读和语境分析的策略，呼吁从文本批评走向现实干预，是具有问题意识的理论创新。这种思路，体现了审美反映论者在新的知识学模式下，立足于全球化的背景而对既有理论的丰富、补充和超越的一种努力。

1 卡尔·波普尔．猜想与反驳——科学知识的增长[M].傅季重，等，译．上海：上海译文出版社，1986.
2 赵毅衡，编选．“新批评”文集[M].北京：中国社会科学出版社，1988.
3 迈克尔·吉本斯，等．知识生产的新模式——当代社会科学与研究的动力学[M].陈洪捷，沈文领，等，译．北京：北京大学出版社，2011.

第二节　文学理论方向多元化

通过对中国近代文学转型中的传统文学观念及其新变的梳理，探讨了近代转型期的传统文学观念及在新形势之下的传统文学观念的变革，这是文学理论中古代文学理论与近代文学理论研究的主要方式，也是文学理论研究的重要方向之一。研究者认为，近代新文学概念既旧中有新，又新中有旧，是一种“杂糅”文学理论。厘清近代新文学概念中杂糅的新旧成分，对于理解和把握文学观念发展演进的曲折性与复杂性都极有意义。还有的研究者将现代文学发展中的古代文化因素作为研究方向，例如对“国学”热潮背后的文化背景及在此基础上构建中国古代诗学进行解释，研究者认为国学的发扬将为“失语症”的解决和古代文论的现代转型建立一个有效的根据地和出发点。

一、学科专业化的悖论性

文学理论的跨学科性主要是指文学理论的自主性始终是在与多学科知识体系的交锋、交叉和融合中建构的。从文学理论的建构史来考察，无论是西方的古希腊时期，还是中国的先秦时期，都没有独立的美学和文学学科，美学和文学从来都存在于哲学、伦理学、社会学等诸多学科融为一体的知识体系之中，是其中不可分割、不能分解的一部分，就如同氧元素与氢元素存在于它们化合而生的水中一样。学者在研究这个时期的美学和文学问题时，必须在哲学、伦理学、社会学等融为一体的知识体系中去寻幽探微、窥其概略。但是后世的学术研究，基本上都是采用 17 世纪笛卡儿建构的简单还原论和牛顿创建的机械还原论的思维方法，强行将美学和文学艺术从各种知识一体化的有机整体中分离出来，企图建构独立的美学和文艺学学科。在这种建构专门知识体系的情结之下，为独立的美学和文学理论的形成提供的方法论（即简单还原论和机械决定论）常常令人感到语焉不详、牵强附会，甚至还不着边际、玄奥莫测。人类的童年时期，知识是一体化、整体化的，后世的学术研究却偏偏要人为地强行对一体化的知识进行所谓的“现代性分化”，最终势必易陷入“无根的漂浮”和“能指的表层游走”的知识游戏中去。

现代性的分化是从 17 世纪的西方开始的，由自然哲学细分出物理、化学、植物学、动物学等自然科学门类；到了 19 世纪，思辨哲学又细分出社会学、心理学、数理逻辑、符号逻辑、分析哲学等众多学科。现代性的分化，致使学科越分越细，越分越专门化，似乎其划分可以从一级学科、二级学科到三级学科，以至无穷。美学、文学艺术的分化也是从 17 世纪开始的。文艺复兴时期出现了美的范畴和美的对象的概念；18 世纪的文学艺术彻底从信仰中独立出来；19 世纪中期，出现了唯美主义的艺术概念，艺术的自主性被确立。但是，此时艺术的自主性始终都被艺术的社会性尤其是意识形态性所裹挟和压抑。直到 20 世纪初，在学术研究整体发生语言学转向和内部研究转向的大语境下，西方的文学理论，历经俄国形式主义、新批评、结构主义才真正成为一门具有独立的研究对象、方法和内容的独立学科。但好景不长，到了20世纪60年代，随着西方后现代主义的兴起和文化转向，文学理论走向了“大理论”。“大理论”实质上是多学科综合、交融的结果。从百年来西方文艺理论生产的发展轨迹看，理论上总是存在自主性与社会性两条线分分合合、纠缠不清、难舍难分的态势。其实，即使强调文学理论的自主性，也并不意味着文学理论生产会滑向知识的孤岛，相反，这种自主性是在不同学科的交叉融合中建构起来的。20世纪西方兴起的各种文学理论流派的建构莫不如此：俄国形式主义的诞生直接受益于当时整个学术界学术研究方向由外向内转向、向语言学转向和科学方法的移植。新批评一方面进一步深化和具体化了俄国形式主义对文学诗学语言的建构，提出诸如反讽、悖论、自否、含混等诗学语言原则，在文学与语言学相融合方面为文学理论提供了至今仍闪烁着光芒的理论成果，另一方面还建构了历史、传统、艺术的知识功能、文本结构的有机性等理论。所以，新批评建构的文学自主性其实是借鉴了多学科的知识、研究视角和方法。再如结构主义它从来都不是一个统一的哲学流派，也不是个别学科的独立研究方法，而是一种由结构方法连接起来的文化思潮和探讨人类学、文化学、哲学、心理学、文学等人文学科的总的思想方法。结构主义本身就是索绪尔的语言学、传统哲学的深度模式、系统论的相干系统理论、皮亚杰的发生心理学、人类学的思维规律与外部世界规律具有同一性理论、乔姆斯基的“通用语法”及苏珊·朗格的符号学等学科理论交叉融合的产物。神话原型批评则得益于心理学、人类学、医学和神话学等学科的交叉融合。

通过上面的介绍，我们可以看到20世纪初至60年代西方文学思潮或流派形成的一个看似悖论性的路径，即一方面在颠覆传统文学理论的社会历史批评方法、传记方法、心理学方法的同时，确立起文学理论学科的独特研究对象和方法，建构了文学理论学科的独立自主性，而另一方面这种自主性构建的又是一条跨学科的交叉融合之路。与传统泛社会学的文学理论相区别的是，这些流派是通过跨学科的交叉融合确立文学理论的独特研究对象和方法，是由外向内转、由内生外而又由外生内。而传统的泛社会学的文学理论则是由内转外、由外主内、内外分离、外消内灭。鉴于此，20世纪初至60年代产生的文学理论流派所确立的自主性始终是在与多学科知识体系的交锋、交叉和融合中建构的。从发生学角度审视，这符合我们所说的跨学科性，所以文学理论的跨学科性并不是空穴来风，而是其固有的学术品格。

二、建构一种开放的审美性

文学理论的本体性品格是审美性，这是学界的共识，亦是确立文学理论自主性的关键所在。但是，如何看待文学理论的审美性，却是一个使新时期文学理论摆脱面临的困境、重新焕发生命力的关键性问题。是孤立地、封闭地、过度地强调审美性，还是开放地、发展地、适度地认识审美性？

将审美性看作文学理论唯一的、永恒的、凝固不变的普遍性本质，将会把文学理论学科建制引向一条从自足到自恋的死胡同。这是因为“美”是一个具有无限包容的事物。从其存在形态看，文学、艺术、自然、社会、科学中都存在美，美是无所不包、无处不在的，它并不是文学独有的品格。就这层意义而言，美也具有跨学科的特点。从过程哲学角度审视，世界上万事万物——当然美也不例外——都是处在不断发展变化的过程之中，任何事物既是动态发展着的，又与其他事物构成有机统一的整体，世界上不存在永恒不变的、独立的事物。基于此，美也是具有差异性、多元性和相对性的。不仅不同的历史时代有不同内涵的美，而且不同的地域、民族、人群乃至个人也有不同的美的标准和样态；美不仅在同一时段和空间有共识性的内涵和标准，而且随着时间之流的涌动、空间的位移，美也会像能指一样不停地滑动。所以，美就是难以说清、只能意会不可言传的东西。

自古以来，关于美的每一种阐释都只是揭示美的某一方面的合理性，从来不可能穷尽美的本质（如果美也有本质的话），美也成为一道哥德巴赫猜想。如果非要去阐释美的本质的话，只能立足于过程哲学的基础之上，采用跨学科的方法，从发生学的角度给予某种合理性的阐释。可惜的是，我们的本质主义情结总是挥之不去，并牢牢禁锢着我们的学术头脑，好像编写教材，不设一个本质论，不把本质论放在首章，就彰显不出教材的形而上的学术品格和价值。其实任何事物都不是由单一因素构成的，它总是由多种因素交互构成不同的子系统，子系统与子系统交互构成系统。就系统内部而言，它是多维多向多体的交互作用构筑的整体。就系统的外部而言，它又与外界的各种系统相互联系、相互作用、相互生成。量子纠缠理论指出，很遥远的、表面看似不相干的量子，它们之间也存在相互影响的关系。可见事物之间的相互联系，是宇宙万物包括人类精神生活在内的规律和原则。学术研究的跨学科性，正体现了这一原则。

在世界格局全球化、资本跨国化、科学技术一体化与综合化及文化多元化的大趋势下，任何故步自封、偏于一隅的学术研究都不可能有较大的学术创新。文学理论的生产，概莫能外。英国学者拉曼·塞尔登等人编著的《当代文学理论导读》在 1985 年出版第一版时，作者曾信心百倍地肯定文学理论和文学批评的合法性和权威性，认为无论是读者还是文学批评家“都没有任何理由为文学理论的发展忧虑”[1]。然而，20 年后，他们回头反思时才发现，从 20 世纪 60 年代到 90 年代这段时间其实是“理论时期”，或者称为“理论转向时期”，文学理论的面貌已经发生了“惊天动地的变化”。[2] 一个个被称为包容各个学科知识、突破专一学科限制的理论如雨后春笋般涌现出来，像德里达、福柯、拉康、阿尔图塞、克里斯蒂娃等大家，都无法冠之以学科概念，只能尊称为思想家。

理论不断分裂和重组，传统的概念失效，加之消费社会、传媒社会的挤压，文学理论出路在何方？拉曼·塞尔登等人重新修订《当代文学理论导读》时，清醒而又深刻地估量了文学理论所面临的困境，提出了实践理论化和新审美主义两个重要的思想。实践理论化和新审美主义的提出，既坚守文学理论的学科自主性，又以一种开放的、跨学科的视野重组文学理论。实践理论化命题，一是重申文学理论化的必要性和生命力：没有任何文学话语是没有理论的，甚至对文学文本明显的“自发性的”讨论也离不开老一代事实上的（也许不是很自觉的）理论化[3]；二是提倡理论的多样化：展示文学理论化的效果的一个简单方式是考察不同的理论从不同的兴趣点出发对文学的不同拷问[4]；三是主张不能把文学理论再定性为传统的那一系列著作思想的汇集，而是要建构“新的学术主体”[5]；四是肯定大量的、多样的实践部落，或者说理论

1—5 拉曼·塞尔登，彼得·威德森，彼得·布鲁克．当代文学理论导读 [M]. 刘象愚，译．北京：北京大学出版社，2006.

化的实践存在的合法性，主张突破单数的、大写的理论建构小写的、众多的“理论”[1]；五是在肯定文化理论“在全球范围内促进了对一切话语形式的重新阐释和调整，成了激进的文化的一部分”的前提下，特别强调要始终注意在广阔多变的文化史进程中保持一个文学的焦点[2]。这与法国著名理论家马舍雷的理论不谋而合。马舍雷在强调文学理论生产是一种意识形态生产时，也提出过“聚焦文学”的主张。从上述五个方面的内容看，在确立文学理论自主性的前提下，实践理论化既是一种跨学科性的建构，又是一种与时俱进的开放式的建构。拉曼·塞尔登在《当代文学理论导读》的后记中，提出了新审美主义的主张。虽然，新审美主义目前在学术界还只是一个新趋向，并没有吸引更多的关注，更没有形成新的热潮，但它顺应了“理论之后”文学理论生产向审美回归的学术潮流，是给当下“文学理论何为”开出的一剂良方，也试图通过审美主义的命题，将审美性引向跨学科性的路径。新审美主义最初是朱夫林和马尔帕斯针对“批评理论的兴起将美学扫地出门”的反感提出来的。[3]哈罗德·布鲁姆在《西方正典》一书中，也将美学作为批评的标准。在拉曼·塞尔登看来，将审美作为“衡量艺术自主性的重要标志”，这是科学的，但要避免回归传统，走纯唯美主义的道路。

新审美主义应该是一种社会的关怀：“转向”审美暗含着一种激进的重新定向，甚至审美转向是文学教育中民主的基础[4]。新审美主义强调的“民主审美”概念，比艺术概念要宽泛得多。它将日常生活中的“玩耍、梦想、思考、情感”等都纳入审美生活的内容，体现出一种既是艺术的又比一般艺术更宽泛的艺术观。[5]在这期间，文学研究中还出现了一种发生学研究，它类似于版本目录学考察一个文本从手稿到成书的演化过程[6]，注重实证考据，关注文本之外的一些与创作有关的问题，重视科学方法，具有跨学科性。对于新审美主义和发生学研究，拉曼·塞尔登认为，它们都是对当前世界、当前理论状况的回应，都强调对审美要持一种开放的态度。但同时，拉曼·塞尔登也清醒地认识到存在的诸多问题，如“文学怎样才能同社会相关”、新审美主义如何改编被商业化的艺术、如何面对“审美化的幻想世界和符号自由嬉戏”的艺术现实，等等，这些问题都需要新审美主义去理论化。其实上述这些问题可归结为文学理论与跨学科间的关系问题。

文学理论只有走向跨学科发展的路径，才能进入一个更大的时代语境，借鉴多学科不断涌现的新知识，开辟出一个新的学术生长空间，使文学理论生产和文学艺术焕发出更大的创造力。

三、交叉视野与学术无人区

强调文学理论的跨学科性，其创造性主要在于开阔一种交叉视野和一片学术无人区。交叉视野主要指跨学科研究带来的一种多学科交叉融合的那间性学术立场和学术视角。交叉视野有多种多样的交叉，除了文学与哲学、社会学、人类学等人文学科的交叉，还有一种更大跨度的交叉，即突破人文学科的边界，与各门自然科学的交叉。比如，文学与物理学、化学、数学、系统论、信息论、控制论、分形学、混沌学、电子媒介学等学科的交叉。从理论上研究跨学科性，主要还是从宏观视野角度看科学文化与人文文化的交叉互融。交叉视野的创造

1—6 拉曼·塞尔登，彼得·威德森，彼得·布鲁克．当代文学理论导读 [M]. 刘象愚，译．北京：北京大学出版社，2006.

性潜能是开发出新的学术生长空间，即学术无人区。学术无人区既是多学科交叉融合的那间性学术平台，蕴藏着巨大的创造性潜能，又是一个之前尚无人涉猎的学术领域，能实现跨越式的创新。

从文学艺术与人文学科的交叉融合来看，许多文学艺术流派、思潮和方法的兴起都是跨学科的结晶。就文学而言，“意识流”得益于弗洛伊德的精神分析理论，神话原型批评得益于荣格的“集体无意识”和弗雷泽的神话理论，形式主义和新批评得益于语言学，结构主义得益于贝塔朗菲创立的系统论，复调小说得益于巴赫金的复调理论，日内瓦学派的文学批评得益于胡塞尔的现象学，历史诗学是历史与诗学的融合，叙事学直接源于结构主义而又迅速被很多学科所借鉴从而成为一种跨学科的方法，德勒泽的文学理论则是哲学的文学化或文学的哲学化。

如果说，上述所列举的文学流派和方法是跨学科的产物，那么其跨越的边界大多数还限定在人文学科之内。自 20 世纪以来，自然科学日新月异的发展，尤其是带有人工智能的高科技如网络媒介的兴起，强力推进了文学理论跨学科交叉融合的步伐。20 世纪 70 年代以降，文学艺术与自然科学的交叉融合，不仅是世界学术发展的总趋势，而且是学术领域中最绚丽的一道彩虹。从科技艺术的创造实践看，科学与艺术的融合主要体现在三个方面：

（一）科学技术提供新的艺术媒介

在艺术上，早在文艺复兴时期，即出现过科学与艺术的交叉融合，如绘画就受惠于透视学和几何学。19 世纪印象派绘画的产生，更是直接源于现代光学的发展和新颜料的发现。到了 20 世纪，科学技术对文学艺术的影响力急剧扩张，可以说，无论是艺术生产方式、艺术媒介、艺术品的质性、艺术的接受还是艺术的生产关系都发生了革命性的异变。图像技术成为摄影和电视的基本手段，乃至电影胶片都转变成艺术创作媒介，颠覆了传统艺术语言的概念，不仅使艺术走进机械复制的时代，而且改变了艺术的叙述方式，催生出许多艺术流派。如摄影使艺术家将蒙太奇手法演化为摆拍和拼贴的技术手法，为超现实主义艺术创作提供了技术手段；录像运用到艺术活动中，艺术家们结合电视的电子媒介特性，创造出一种“艺术性电视节目”，如白南准的“电视电子画”、道格拉斯的“延长电影”艺术，等等。科学技术提供新的艺术媒介，不仅极大地扩展了艺术的表现力、丰富了艺术语言的内涵，而且促进了艺术流派的更迭和发展。

（二）科技手段对传统艺术的改造

现在网上常常流行动态的清明上河图、3D 画、动态照片等新媒介艺术。新媒介艺术的表现形式很多，但它们有一个共同点，那就是通过各种高科技的媒介手段引发作品的转化，将原本限制在二维空间景致中的艺术画面，通过触摸、空间移动、发声等技术手段，使原有的艺术品从静态转向动态、从虚构转向真实、从二维空间扩展为三维四维空间，改变了作品的影像、造型甚至意义，给观赏者一种虚拟的真实感、动态感。所以，科技手段对传统艺术的改造既呈现并维护了传统艺术的庐山真面目，又扩大了传统艺术的表现力，使传统艺术以一种新的表现形式重新焕发出艺术生命力。

（三）科技艺术品的兴起

科学技术不仅仅充当艺术的媒介和手段，科学和艺术跨越式的融合，还导致了科技艺术的产生和发展。我国学者张燕翔撰写的《当代科技艺术》一书，将新兴起的科技艺术尽收其中，让人目不暇接、幻觉迭现。这些科技艺术有：多面体艺术、拓扑艺术、数学雕塑艺术、分形艺术、混沌艺术、全息与光效艺术、纳米艺术、太空艺术、晶体艺术、解剖艺术、衍生艺术、网络艺术、人工智能艺术、遗传艺术、动力雕塑艺术、机器人艺术，等等，应有尽有，不一而足，不胜枚举。

科技艺术是自然科学与人文科学融合的结晶，是当代人类智慧的象征，更是大自然的恩惠，它标志着人类文明跨越到一个新的时期。[1]

四、新形态的特色文学理论

在新世纪以来，不论在中国还是海外，文学理论的发展空前繁荣，系统性的文学理论作品的产出如雨后春笋，接着是各个分支理论的研究和著述大量出版。当然，这可能只是流于表面的一种文学理论发展的现状。但是，真正实现文学理论的系统化、严谨化及完备化，还任重道远。如何在新的历史时代语境中，构建当代形态的中国特色文学理论，探寻文学理论建设的逻辑之根和发展道路是我们必须首先思考的问题。

（一）直面大众文化崛起

大众文化是在当前可以接触到的公众媒体基础上产生的，这些公众媒体诸如纸质媒介、线下视频媒介、网络媒介等，这些的大众文化是与市场经济发展相适应并为大众广泛信奉的具有现代气息的市民文化。平面化和批量生产是其显著特征，商业性、通俗性、时尚性和娱乐性是其主要的文学特征。[2]由此，大众文化一些特质的存在，注定大众文化的发展一旦脱离轨道，即会向相反的方向发展，与社会正确价值观背道而驰。关于这一点罗森贝格认为大众文化的不足之处是单调、平淡、庸俗，以及容易在富裕生活中产生诱惑和孤独感。

国内的大众文化在20世纪后期，借助改革开放的政策优势得以繁荣发展的，在市场经济的春风沐浴下，在短时期内迅速发展为公众视野比较认可的主流文化。在学术界，诸多精英文化齐头并进，形成社会主干文化的支柱。国内大众文化的发展在根本上让中国文化的传统结构发生变动，影响并改造了国民人格和社会风象，但也因此带来了诸多的社会效应和多种评论，推动人们开始思考其价值、效应及发展的管控等问题。在大众文化的冲击背景下，以前的文学艺术已经缺乏生存的环境，在一定程度上遭到了无情的排挤，可以接纳其内容的受众越来越少，另外，为了继续存留于世间，其不得不采取媚俗的方式去引起大众的注意，大众文化的审美功效的强大，决定了其教化功能的削弱。

构建当代形态的中国文化理论对此当然不能坐视不管。大众文化迅速弥漫，要求人们紧追社会发展的节奏，关注当代公众的具体情况和精神需求，掌控文学艺术本身的发展趋势并且注重人们审美取向的变动，于大众文化的经典作品中，发掘当代价值，整合文化理论的有益成分，向人文化、科学化、国际化、民族化的方向迈步。

1　冯毓云，刘文波．科学视野中的文艺学 [M]. 北京：商务印书馆，2013.
2　彭松乔．“当代性”——建构当代形态马克思主义文艺学的核心命题 [J]. 学术论坛，2010（8）.

（二）面对消费心理改变

当前，消费逐渐掌控了社会的动向，产生了一种新的生活形式，并形成了一个会受到市场因素调配和制约的特殊文化范畴。生产性社会中人们对于产品物质特征的关注提升方面，越来越关注产品的物质性、使用价值和实用性，在消费社会中人们更多关注商品的表面价值、文化特性及形象素质。在这种消费心理引导下，随着社会主义市场经济的建立和完善，商品化、消费化的迅速发展，卢政、曹然霞两位学者发表看法，全方位向人们宣示消费时代国内文学的宏伟景象。在当代消费法则的控制下，当代中国文学的趋向更为明显，文学的中心也逐渐从乡村转向城市；文学的写作方式发生了较大的变动，互联网形式的文学得到了较为显著的发展；文学价值的取向也产生较大的改变，满足一时私欲和愿望的写作方式开始流行，文学创作队伍也逐渐趋于年轻化。新生代写作者崭露头角；文学与影视的联姻成为当代文学新气象[1]。

时代变化需要人们以当代文学发展情况的研究为基础，将当代社会主义文学实践经验进行概括表述，阐释出当代社会文学中相关问题的答案详解。对于消费时代，大众的精神诉求如何满足，精神心理如何正确把握和引导，也是当代中国文化理论建设的使命所在。童庆炳对当代文学理论建设如是说，另外一个范畴的人，可以去研究文学性在多个领域的发展，研究日常生活中的美感审读，参与并影响当前的文化创作，其他人可以利用电视媒介，我们也可以，用带有批判性的眼光和精神，去谈论人们的研究成果，推动精神文明的发展，这里的研究成果的讨论，代表的是面对这些新的问题和情况及新的因素的时候，不是简单地讨论想法，而是通过深入的研究和调查之后的想法，其实，在我的想法中，日常生活的审美问题，是文化社会学范畴，并非我们探讨的文学理论范畴，但是由于当前一些从事文化理论专业的教学工作者将其重视起来并且有一定的建树，而且产生了十分深远的影响，那么对其进行研究也无伤大雅，其中跨越学科的研究也应当予以倡导”[2]。

（三）传播媒介日新月异

在大众传媒的新阶段下，我们可以看到文学理论内容发生了巨大变化，首先数字媒体让文学理论从严肃变为多样，从整体发展扩展到多元化发展；其次，新媒体规范的时代文学领域的转换改变了理论的构造系统；另外这次的转向培养的学理含义转向给文艺学逻辑的基本点的移动提供了加速度。[3] 这是中南大学欧阳友权在研讨会上对于媒介革命与中国文艺学历史性转向关系的观点。

不难看出，随着时代变化，文学理论不断变化，注入时鲜内容，这决定着文学理论建设必然具有当代性，有着一个时代的烙印，而不是孤立的、隔绝的，而需要伴随着时代发展传播媒介的改变而做出相应的变化。据此，童庆炳认为中国当代文学理论建设要以马克思主义为指导，以马克思主义理论为基础，吸引中华民族优秀的文化传统，吸引和借鉴各种哲学美学文艺学流派的合理成分，吸引和借鉴其他学科的新成果，结合现实，面向未来，这样才能建立具有中国特色的当代形态的文学理论。

1　卢政，曹然霞．消费时代中国文学的新趋向 [J]. 哈尔滨学院学报，2007（7）.

2　童庆炳．反本质主义与当代文学理论建设 [J]. 文艺争鸣，2009（7）.

3　张冬梅．文学理论的现实关怀与创造性建构——“中国文艺理论学会第十一届年会暨中国当代文艺理论建设学术研讨会”综述 [J]. 文艺理论研究，2013（4）.

（四）全球化大语境

全球化是当今世界不可回避、不可遏制、不可逆转的趋势，也是当今文学所处的一个总体语境。全球化作为世界发展的历史进程，通过改革开放国策已不容回避地在中国展开，形成无所不在的语境并无所不在地规定各种社会实践活动与理论活动。在这一语境中，中国的文学理论建设注定不能在孤立的环境下研究，应与世界接轨。

历经长时间的大规模的社会转型，在更为开阔的理论视野中，在转型的社会实践中，以及在中国特色的时代强调中，马克思主义文论在一些重要理论问题上取得进展，为中国特色文学理论进一步的系统建构奠定基础。

首先，在大的发展趋势下，我们要积极主动地接受这一过程，将之作为发展契机。很显然，当代中国文学不只是表现出中国民族的生存境遇，文学也以它自身的矛盾性显现出一种文化的历史境遇，尤其是文学，它以语言形式传承的传统性，它经受着的世界文学的挑战，它承受着当下汇集的矛盾和压力，中国文学何去何从，它想怎么做，它能做什么——所有这些，都表明了它处于一种历史境遇中，它只有意识到这个境遇，深刻领悟了现实的命运和未来的召唤，它才能走出自己的道路。[1]道路从境遇中生长，在当下艰难开掘，向未来坚韧延展，从中国文学映射到中国文化理论建设，中国文学因此才有力量，中国文学理论建设才有实效性，才能超越“当代性”。

其次，要意识到其中的危机，保证国家和民族的自主发展文学，即继承与发扬民族传统，在全球化进程中形成中国特色。当代文学理论建设需要对中西方思想文化及文论进行全新的审视、超越、批判与创造，在中国语境下创造性地借鉴并合理利用西方文论资源，建立具有自主精神的当代中国文学理论。而如何建构具有当代中国精神气象的文学理论，则必须超越现在的“马克思主义文论”固有模式，摒弃粗浅的理论模仿与理论拼凑，以更加开放的民族情怀和世界眼光整合理论资源，以深刻的理论思维揭示当代文艺活动的规律，去创造性地开展马克思主义文艺理论研究。

文学理论的空间转向成为文学理论当代发展的一个重要组成要素，也是文学理论建设的当代性不断拓展内涵的一个重要表现。“文学理论进入一个富于学理和建设的历史时期，空间转向以开放性姿态攫取文艺学领域繁复多元的文学形态和文学现象，因此有必要加强理论反思，强化文学理论研究的理性自觉，以期在空间多维度的探赜中拓展文学理论研究的深度和广度。”[2]相信空间转向的新观点的提出，不仅会给新时期文学理论建设当代性概念的理解和思维的阐发注入全新活力，而且有助于构建当代形态中国文学理论，提供开拓性的理论视角和解决之道。

1　陈晓明．论文学的“当代性”[J]．中国现代文学研究丛刊，2016.
2　谢欣然．空间转向下的当代文学理论建构研究 [J]．兰州学刊，2016（10）.

第五章　新时期文学理论研究的前沿

第一节　文学理论的文艺价值

文学作品源于生活又高于生活。因此，文学作品具有明显的时代特征，而这些时代特征又被文学理论研究上升到不同社会阶段的文艺价值层面。因此，探讨不同文学理论的文艺价值，始终是文学理论研究的热门话题之一。

一、文化与艺术概念的界定

历来学界关于文化的定义有很多种。广义的文化是指人类创造的一切物质产品和精神产品的总和，或“人类生活多方面的一个综合体”[1]，一个民族或国家的整体的生活精神，狭义的文化指专注于包括文史哲、艺术等在内的人类精神创造及其成果，指学术思想等社会的精神面而言。从逻辑上，后者从属于前者，相当于广义文化的深层结构——精神层面。一般而言，不同学科、不同语境下的研究会选取适合自己及需要的内涵作为文化的定义。

本文从价值层面出发，更看重由其决定的文化的民族性、系统性、整体性与历史性。从民族性看，人类起源地不同，地理、气候等因素造就了不同地域的不同种族，因之文化的形成及演变在一定意义上具有种族区隔的天性，这一点越来越被学界认可、看重。如陈炎所说：文化是指人在改造客观世界、在协调群体关系、在调节自身情感的过程中所表现出来的时代特征、地域风格和民族样式。由于人类文明是由不同的民族在不同的时代和不同的地域中分别发展起来的，因而必然会表现出不同的特征、风格和样式[2]，且民族性非常牢固，一定意义上讲是不受时间影响，在一切形势一切气候中始终存在的特征。[3]从系统性、整体性、历史性看，尽管文化无贵贱之分，确有高低之实。较高层级的文化，受其影响的民族群体总量往往较大，生存区域较广，具有较完善的价值体系，以及围绕此价值体系建立衍生的政治、经济、艺术、风俗、信仰等，且各具体文化形式均能发展到较高层级、较完备成熟，能够经得住历史兴衰的考验，具有较强的生命力、延续力、影响力。较低层级的文化，核心价值体系模糊，围绕价值体系建立的相关文化要素较少，且大多数存在持续时间短，即使部分较低层次的文化得以延续很长时间，亦多由于这一民族所处地理位置偏僻、较少受到外来侵扰、冲击等特殊原因所致。从文化高低的角度看，中国文化无疑是较高层级的文化，具体表征有：延续时间长，连绵 5000 余年；生命力旺盛，至今仍在深刻影响着全球华人的思维模式及处世习俗；文化体系质量高，在政治、经济、历史、文学等各方面均达到了相当的高度，许多文化留存至今仍

1　钱穆．中国文学论丛 [M]．北京：生活·读书·新知三联书店，2002.
2　陈炎．文明与文化 [M]．济南：山东大学出版社，2006.
3　丹纳．艺术哲学 [M]．傅雷，译．天津：天津社会科学出版社，2004.

然在发挥作用。

对于中国文化的定位，梁漱溟在《中国文化要义》中说："历史上与中国若先若后之古代文化，如埃及、巴比伦、印度、波斯、希腊等，或已夭折，或已转易，或失其独立自主之民族生命。唯中国能以其自创之文化绵永其独立之民族生命，至于今日岿然独存。"[1]钱穆也把中国文化与其他文化进行对比，重点与今日尚存的欧洲文化作了对比，他认为从时间上看，中国是由一个人自始至终老在作长距离的跑，而欧洲是由多人接力跑；从空间上看，欧洲文化的中心是随着欧洲的分裂不断变换，甚至有文化中断的现象，中国文化则始终在相对稳定的中国版图内发展，没有地域性存在。[2]

当今中国在经济科技方面对西方的赶超，以及传统文化日益受到重视、复苏的事实，正在证明中国文化生命力的持久。或者说，中国的巨大进步恰恰说明其文化传统在经过调整，适应了源于西方的现代科技、经济的发展模式之后，在推动国家建设方面正日渐显现出更大的作用。概之，在以科技、经济发展为标志的现代社会，评判文化的高低自然唯物质为上，但就人与自然的关系、人的精神创造、社会的永续发展等方面而言，这一标准在中西文化比较评判中是否合适有待论证，尤其对中国文化的判断，更需要历史实践来检验。

如果说文化概念的来源中西并重，关于艺术的认识则主要来自西方，充满了现代性气息。中国古代没有形成把诗、歌、画等统一在一起的艺术概念，尽管也用过"艺术"一词，但完全是在另一种意义上使用的，即泛指各种技能，所谓"艺谓书、数、射、御，术谓医、方、卜、筮。"[3]如刘熙载认为"艺者，道之行也。"[4]在西方，对于艺术的认识也经历了一个从"技艺"到"美"的深化过程，并产生了游戏说、深层心理说等较有影响的学说。丹纳在《艺术哲学》中认为艺术来自模仿，对其本质的规定为"特征说"：可见艺术品的本质在于把一个对象的基本特征，至少是重要的特征，表现得越占主导地位越好，越明显越好；艺术家为此特别删节那些遮盖特征的东西，挑出那些表明特征的东西，对于特征变质的部分都加以修正，对于特征消失的部分都加以改造。[5]今天学界对艺术的一般界定是：艺术是一种特殊的社会意识形态和特殊的精神生产形态，其通过生产实践活动，反映从物质世界到精神世界，从生产关系到思想关系的人类的全面的社会生活，创造美的精神产品，满足人类精神上的审美需要。《辞海》给出的定义是："人类以情感和想象为特征的把握世界的一种特殊方式。即通过审美创造活动再现现实和表现情感理想，在想象中实现审美主体和审美客体的互相对象化。"[6]通俗讲，艺术即人的知识、情感、理想、意念等综合心理活动通过一定介质的形象表现，是有意味的形式，具体包括文学、绘画、雕塑、建筑、音乐、舞蹈、戏剧等。关于艺术本质的争论，亦伴随了中国文学理论与美学发展的近百年历程，尤其新中国建立后，关于艺术本质的探讨成为美学争鸣与研究的重要内容。其中，比较具有代表性、对艺术的认识较为深刻的是李泽厚，他在《美学四讲》中从自然的人化一、"积淀说""情本体"出发，对艺术给出自己的理解："艺术作

1 梁漱溟．中国文化要义 [M]. 上海：上海人民出版社，2005.
2 钱穆．国史新论 [M]. 北京：生活·读书·新知三联书店，2001.
3 范晔．后汉书：伏湛传 [M]. 北京：中华书局，1988.
4 刘熙载．艺概 [M]. 上海：上海古籍出版社，1978.
5 丹纳．艺术哲学 [M]. 傅雷，译．天津：天津社会科学出版社，2004.
6 辞海 [M]. 上海：上海辞书出版社，2002.

为各种艺术作品的总和，它不应看作只是各个个体的创作堆积，它更是一个真实性的人类心理—情感本体的历史的建造……所谓三层面即艺术作品的形式层、形象层和意味层。”[1] 这一论断至今仍然具有重要价值及现实意义。

艺术首先是狭义文化的一个部分，又是文化体系中相对独立的一个特殊部分，代表着文化中涉及精神创造活动的较高层级。关于艺术的来源虽众说纷纭，但万变不离文化发展之宗。艺术是在人类文化演化、进步过程中，随着人们对世界认知能力的提高不断形成并发展的，受文化规约，艺术亦因民族不同而有所不同。不同民族的艺术形式、艺术表现方式、艺术内涵均有差异。与其烦琐地探讨艺术为何，为艺术下出终极普适的定义，不如从对艺术品具体分析的角度考察艺术本质更有实际意义。杜夫海纳从整个艺术出发考察艺术品结构，把其分为三层：艺术质料、主题、表现性（审美经验现象学）。

广义上看，具体的艺术品应由以下几个要素组成：

物理载体。艺术是人在改造自然的过程中发生的，任何一种艺术均需要有物理载体呈现，即便是音乐，也需要乐器、声音等载体实现，现实中没有无载体的艺术。

形成艺术品的技巧技法。任何一种艺术均非随意编排，亦不是一般的生活行为，而是属于较高文化层面的创造。艺术的创造源于生活，但必须经过艰苦的技巧磨炼，是对生活的加工性反映，并与个人的禀赋、悟性等有密切关系。

情感是艺术的灵魂。艺术创作是情感的具体表现，情感是在主客体审美交互过程中体现艺术品生命力的重要联系纽带。

艺术品皆具有审美的特征。审美品质由艺术家的情感、对世界的理解加技巧创作而成，这一特征在与欣赏者交融时发生，此亦艺术的主要特征。审美是美学学科的核心范畴，论者无数，结论无数。

艺术通过审美过程传导文化价值。在被主导文化体系深度影响的同时，艺术能通过其特有的方式将社会、伦理、哲学方面的认识内化在艺术品中，并在审美过程发生时作为价值承载物传导这一对文化的反作用。

文学作为艺术的重要形式之一，除拥有艺术品以上共有特征之外，还以其语言构成的特殊性，具有相对独立的表征。茵加登在仅以文学来考察作为艺术的文学作品时，将其分为四个基本层次：字音层、意义单位、图式化方面、被再现客体[2]，虽然其更侧重文学因语言而具有的特性，但无疑突出了文学自身在艺术大类中的独特性。文学在具备艺术共有属性外比较突出的表征主要有两方面：

意识形态性。马克思把整个社会“大厦”区分为经济基础和上层建筑两个部分。其中经济基础是指同一定的社会生产力发展水平相适应的社会生产关系的总和，上层建筑是指与经济基础相适应的社会意识形态，而在社会意识形态中又包括政治的、法律的、道德的观点及哲学、艺术等形式。文学作为艺术的一种，属于上层建筑，是与哲学等相并列为社会意识形态的一种。

对文化的反作用。文学作为文化的具体形态之一，具有其特殊性，是文化的自我意识、

1　李泽厚．美学三书 [M]. 天津：天津社会科学院出版社，2003.
2　罗曼·英加登．对文学的艺术作品的认识 [M]. 陈燕谷，晓未，译．北京：中国文联出版公司，1988.

直观写照，是审美文化和实用文化的统一，同时对文化亦有较强的反作用，通过文学作品中的道德、价值、伦理等方面的导向，对读者、论者产生影响，并最终通过读者、论者影响到文化的演进。

二、新时期文学理论与现代艺术实践

（一）现代文学特征与现代艺术特征的相关性

文学特征可以总结为两点：强调情感自然流露主张艺术形式自由和多种写作手法运用主张艺术创新结合。研究者通过调查现代艺术设计，发现两者的特征存在着一定的相关性。新时期文学理论引导着社会人群的主观思想和艺术审美，而现代艺术设计是为了满足人们的艺术审美，从而获得一定的利益。因此，现代文学特征与现代艺术特征有相关性。例如新时期文学理论特征中强调情感自然流露这一特征，在现代艺术设计实践中表现为环保这一理念。绿色出版理念它是一种生态设计理念，受新时期文学理论的影响，从 20 世纪 90 年代开始席卷全球，将绿色生态融入现代艺术设计实现对生态资源的保护。它从行动和概念上来诠释绿色生产的概念。这是目前我国现代艺术设计原理中的基础概念，中国是人口大国其资源消耗迅速，全球变暖给世界一个警告，也给中国敲响了警钟。我们需要将绿色融入包装、设计、生产，从而影响更多的人。这是新时期文学理论中提出的核心观点，也是新时期文学理论在现代艺术实践中的具体表现。

（二）新时期文学理论与现代艺术实践对应的历史性

新时期文学理论所提出的观点与现代艺术设计所呈现的概念具有同步性。例如，新时期文学理论中提出的创新发展，多种艺术写作手法相结合。而现代艺术设计的概念也发生了相应的变化。例如：中国最有代表性的创新艺术设计作品“鸟巢”，鸟巢的设计中包含了中国瓷文化，在装饰材料图案的选择上，采用了西方美学图案“冰裂纹哥窑鼎”，以中国传统文学理论为基础，融合新时期文学理论元素，两者产生的化学反应，给人们带来不一样的视觉美感。在现代艺术实践中，新时期文学理论的运用除了体现在图案文化理论的选择这一方面之外，同时还表现为色彩文化理论的搭配。中国人的性格特征偏于含蓄、优雅。所以在颜色的选择上，采用的都是中性柔和的颜色，而西方国家的人群性格热情开放，他们在颜色的选择上会采用厚重夸张的颜色。因此要实现现代艺术设计的创新，需要结合新时期文学理论，以最新思想作为现代艺术设计核心。

（三）新时期文学理论与现代艺术实践互文性线索

在现代艺术实践过程中，大多数现代艺术实践都能与现代文学的理论内容相呼应。因此，笔者分析了新时期文学理论与现代艺术实践的历史线索。

1. 形式本体论

当现代艺术从 20 世纪初流传到中世纪的三大思潮时，它成为西方国家的主流艺术。而这三个思潮在历史发展过程中主要表现为两个发展趋势：一是探索现代艺术自律的发展，二是追求现代艺术的非理性。作为主要载体的现代艺术的自主性往往需要实践的探索，然后艺术的非理性是艺术的超现实主义的载体。艺术的特点可以概括如下：现代艺术学校的实践，以抽象的艺术形式的立体表现，为生活实践的艺术形式的艺术符号所替代；另一个是主要的表现主义的艺术形式，这种表达特别提到凡·高的艺术表达方式，在其发展过程中，对文学理论的现代艺术实践的相应性能：直观的表演理论、直觉表现论还有从艺术实践发源的幻觉主义进行研究。

2. 观念本体论

现代艺术实践的发展集中在二战后，在20世纪后半期的发展过程中，现代艺术改变了实践的原始概念，在传统的理念之上发展了新兴的思想潮派：例如，行为艺术、极简主义、超现实主义艺术和其他艺术形式。而这种艺术实践表现形式主要有以下特点：颠覆传统艺术观念，消除艺术隔阂；实现多元化的艺术实践模式。这种模式主要分为两种类型：

一是现代艺术的过渡形式的主要阶段，在艺术的过渡过程中，纽约学派的抽象艺术形式的主要代表人物，如西方国家著名的抽象表现主义画家康定斯基。艺术家的艺术形式主要是对艺术的主色描写，对各种学者艺术的理论回应。

二是后现代艺术实践的进步阶段，“达达波普”艺术实践的发展过程被称为后现代艺术实践。从达达主义阶段发展现代艺术，形成了一种艺术追求方式，体现了艺术发展过程中对广义艺术的具体理解。上述历史的艺术发展了相应的新时期文学理论的回应，这是现代主义理论家哈桑、斯潘诺斯有力地代表奥尔塔等众多学者的文学理论。在新时期文学理论和现代艺术与互文性的课程，不是两者之间可以被观察，也不是一个观察另一个的发展，新时期文学理论也可以看作是现代艺术的实践支持发展观。

三、文学作品在影视剧中的艺术价值

基本每个民族在发展过程中都会形成自己的文字，而多种极其生动的文学作品又借助文字展现出来。为使文学作品更加直观，近现代又出现了一种新的表现形式，即影视剧，许多著名的文学作品都被改编成影视剧。由于展现方式的变化，两种艺术形态具有较大区别。无论是文学作品还是影视剧，《简·爱》都极为成功，都展现出了文化内涵与艺术特色。

（一）文学作品与影视剧的区别

作为艺术文化的不同媒介，影视剧与文学作品存在一些区别。二者主要区别体现在形态上。具体来说，文字是人类文明的产物，其代表了人类的精神世界。借助文字，许多文学家写出了经典的文学作品。我国文学作品的集大成时期在明清，这一时期出现了四大名著；而欧美也诞生了一大批文学家，如马克·吐温、夏洛蒂·勃朗特等，文学作品也颇为丰富，以《简·爱》《哈姆雷特》《基督山伯爵》为典型代表。随着科技的进步，电灯与电视被相继发明，因而又衍生出了一种新的艺术形态，即影视剧。影视剧的出现极大地刺激着人们的视觉与听觉，其艺术形象也更为直观。文学作品由于传播的范围广、受众多被广泛应用到影视剧中。二者虽然形态不同，但都展现出了一定的文化价值。

文学作品更加注重故事的叙述性与艺术性，对文字的要求较高。但影视剧在改编过程中更看重文学作品的某一方面，如现实主义、戏剧性与娱乐性等。影视剧更为注意人物的面部特征，而文学作品更多呈现人物的心理活动，给人以较强的想象空间。

（二）文学作品与影视剧的具体形态

文学作品代表了一个国家或民族的文化与开拓精神，通常来讲，经典的文学作品借助文字表达出了更深的文化内涵。比如在作品中作者会向读者展示其崇高的理想，并将该文化传递给读者。读者能体会文学作者极具深度与广度的文化价值。文学作品会对现实生活进行客观而精准的描写，在作品中不但人物真实，其情感与内心活动也都被作家描绘出来。通过细致入微的描写，读者可以感受到作家的精神内核，进而理解作品的文化价值。

文学作品的重组与解构依靠文字的刺激与大脑的想象，但影视剧的思维模式则有所不同，其思维形象源于现实的画面，思维形式的不同是二者的最大差别。影视剧带给人们的感受较为真切、客观与具体，但文学作品中的文化内涵与更深层次的心理感觉影视剧则较难以展现。文学作品在表达文化内涵时大多依靠作者与读者的想象，这是影视剧难以企及的。影视剧与文学作品虽然形式不同、传递载体不同，但其文化态度与热情则颇为一致。在摄像技术与电视机出现后，多部影视剧源于经典的文学作品，体现出了艺术的相通性。

（三）《简·爱》在影视剧中的艺术价值

1. 主要人物性格与精神内核

《简·爱》为英国小说家夏洛蒂·勃朗特的著名作品，到目前为止，该作品已被改编为多部影视剧，受到人们的广泛欢迎。该小说属现实主义，具有自传色彩，其描写的故事大多源自作者的真实经历，因而尤为动人。从小说主题上看，这是一部爱情小说，女主角简·爱虽然贫穷，但独立而坚强。读者在阅读小说时，能从女主角的悲惨遭遇中感受到她的独立与坚强从而产生钦佩之情。该小说的主线为爱情故事，但暗线则为其与现实不同的爱情观。女主人公的爱情观为精神平等，而社会地位、金钱与外貌则为次要，只有二人彼此相爱才能步入婚姻的殿堂。这种超出社会思维的爱情观使得男女主角相爱，并将女主角与其他女性区别开。小说以爱情故事为主线，简述了书中主要人物的性格特点，赞扬了简·爱反抗命运的精神。

2. 在影视剧中的展现方式

由于《简·爱》这部文学作品太过出众，当它以影视剧形式出现后，便成了诸多编剧与导演的改编目标。1983年朱里安导演首次将《简·爱》搬到荧幕上，并获得好评。在对《简·爱》改编的过程中，由于影视剧更直观，因而该导演将小说的主线———爱情故事保留，而小说中的诸多分支则被舍弃。在选择演员时，导演非常注重演员的面部表情。由于影视剧不能直观地展现人物的心理活动，丰富的面部表情就极为重要。道尔顿演出了男主角的傲慢与孤独，他虽然外表冷漠孤傲，但内心却极为热情。演员的表现力将男主角性格中的矛盾较好地展现出来。具体来说，道尔顿饰演的罗切斯特在情感发生变化时，其每一幕的眼神也会带有细小的变化。演员细致入微的表演使人物形象更加立体，观众也会产生较强的代入感。而简·爱的扮演者为克拉克，导演在选择女主角时颇费周章，不仅要形似更要神似，他对克拉克也提出了诸多要求。由于克拉克在外形上酷似书中原型，会快速将观众拉入影视剧中。在性格塑造上，她凭借自身高超的演技与真诚的态度，准确地把握简·爱的性格———善良、沉静与独立，并将整部作品的情感变化较好地诠释出来。男女主角的精彩演绎，使该部作品一经播出便广受好评。《简·爱》影视剧将此类艺术形式的多种优点全都表现了出来。

3. 文学作品的艺术特色

在经典文学作品中，其艺术特色极为重要，而在文学作品《简・爱》中，其带有四种较明显的艺术特色。

其一，该小说是具有自传色彩的作品，小说中的主要故事都源自作者的真实经历。同时，整部小说的结构安排也源于主人公不同阶段的性格变化，所有的事件评价、人物介绍与故事叙述都为第一人称，该方式不仅便于展现人物的内心世界，读者在阅读过程中也会产生与书中人距离缩短的感觉，进而使小说艺术效果更显亲切感人。

其二，《简・爱》小说整体的艺术构架仿照了《神曲》，女主角简・爱在经过了地狱与炼狱的双重考验后，其内心得到了净化，而后进入了大彻大悟般的理想境界。

其三，全书心理描写较多。由于该书的情节极为波澜起伏，再加上构思精巧，渲染出了较强的恐怖气氛，但书中背景又与中产家庭的状况相吻合。在描绘自然风景时，作者从鉴赏审美角度，并借助准确的描写将影与光和谐一致的画面呈现出来。描写其作品中的景物，既用词准确，又细致生动。

其四，《简・爱》作品最为直接的特点是富有诗意与激情，如在展现男女主人公相互爱慕时借用了较为诗意的话语，因此，其艺术价值极高。

4. 影视剧的艺术特征

文学作品由于带有大量的心理描写，读者在阅读时会跟随男女主人公一起经历煎熬与解脱。但在影视剧中，人物的心理活动则较难直接体现出来，需借助某些道具或场景的渲染等。

在诠释人物的"孤独"时，《简・爱》导演选择了一个独特的视角，即声音、画面与场景的渲染，影视剧由一声较为沉闷的开门声作为开篇，画面中的简・爱一语不发，离开庄园，这样的剧情对观众有较强的吸引力，环境渲染也较为理想。而在整部剧集的中间部分，漆黑的夜色、呼啸的冷风、荒无人烟的郊野与泥泞的路面都展现出简・爱的悲伤情绪。小提琴、钢琴的伴奏更是将人物的悲伤渲染到极致，观众为简・爱的遭遇而流泪。整部电视剧大多在渲染简・爱孤独无助的情绪，观众的情绪会随着简・爱命运的变化而发生改变，一会儿纠结，一会儿又舒心。孤独感的展现更加反映出简・爱坚强勇敢、不屈不挠的性格，观众也会更加赞赏其展现出的人格魅力。在 20 世纪前，人们更喜欢阅读文学作品，但其传播的渠道较为单一，虽给人以无限想象力，但难以获得。而随着电视机的发明，新型艺术形式产生，影视剧开始带给人极强的直观感，不同的艺术体验。多部名著经过影视剧的改编，作品的传播范围更广。《简・爱》是两种形态的集大成者，展现出了极高的艺术价值。

第二节　文学理论的本土化

目前，文学理论的研究方向不仅限于我国文学，还包括我国文学与其他国家文学的交流，随着国际政治和经济交流的极大发展，文化交流也不止于文学作品的交流，更上升到了文学理论交流的层面，因此，文学理论本土化问题逐渐成为文学理论研究的热点问题。研究者们分析了西方文学及文论在"本土化"过程中存在的问题和症候，认为我国文学理论"走出去"

主要是借由中国古代文化的对外传播，而我国目前文学作品的发展，大有与西方国家雷同的趋势，因此导致了许多批评与反批评的理论诞生。对待西方文学理论的态度及究竟该如何学习西方文学理论，取其精华，是研究者对文学理论本土化问题研究的主要议题，另外，研究者还对中国古代文论的对外输出进行了集中深入探讨。

一、文化与民族性

20 世纪 80 年代，西方文化又一次大面积进入中国。如同大半个世纪之前的“五四”时期一样，文化与民族性关系的争议重新泛起。从语言、历史、艺术到各种风俗民情，文化是构造民族共同体的黏合剂。由于文化的存在，一个民族的众多成员拥有相近的生活模式和观念体系。

20 世纪 80 年代以来，众多西方文学批评学派络绎不绝地造访中国。从主体论、存在主义、黑色幽默、意识流、现代主义、后现代主义到新批评、俄国形式主义、结构主义、解构主义、文化研究，所谓的“理论旅行”盛极一时。中国的许多批评家纷纷表示质疑：怎么能让我们的理论领地成为众多西方批评学派的跑马场？中国的文学理论哪去了？他们用“失语”形容本土文学理论的缺席：哑然无言，发不出自己的声音。

事实上，或许必须将这种质疑的时限提前到“五四”时期。西方文学理论的全面冲击在那个时候就开始了。先秦至晚清两千多年的时间里，中国的古代文学理论积累成了一个庞大的系统。人们可以发现一套风格独异的概念术语和理论命题，例如温柔敦厚、思无邪、意象、兴象、文与质、志、道、气、赋、比、兴、风骨、韵味、滋味、象外之象、境、趣、格调、性灵、天籁、形与神、巧与拙、虚与实、情与景、自然天成、兴寄、知人论世、以意逆志、草蛇灰线、唱念做打、诗言志、诗缘情、美刺、文以气为主、文以载道，如此等等。然而，20 世纪之初的二三十年的时间，这一套概念术语和理论命题迅速地消失，另一套来自西方文学理论的概念术语全面地取而代之，不仅主宰文学批评，并且占领了大学——诸如京师大学堂——的文学教育，例如时代、国民性、道德、意识形态、文学批评、思想、风格、古典主义、现实主义、浪漫主义、个性、内容、形式、题材、主题、游戏说、劳动说、大众、人民性、党性、经济基础、上层建筑、美学、典型、个性与共性、个别与一般、偶然与必然、作品、现实、文本、叙事、抒情、民族性、人道主义、人性、美感、真实性、虚构、想象、结构、无意识、文本间性。显而易见，两套概念术语和理论命题的文化根系迥然不同。尽管某些概念术语的语义存在互译的可能，但是，文化根系的改变无疑必须追溯到历史的转型。两种知识之间的转换如此之快，很大程度上暗示了历史转型的剧烈节奏。

当然，并非没有人出面抵制西方文化的扩张，20 世纪 20 年代著名的“学衡派”即代表。但是，在“五四”时期高涨的启蒙气氛之中，他们的主张并没有赢得足够的积极响应。“新儒家”是另一个倡扬“国粹”的学术派别，他们对于民族文化传统的顽强维护也没有成为主流。20 世纪三四十年代开始至六七十年代，抗日战争与阶级之间的大搏斗晋升为头等大事，西方文化被打上资产阶级的烙印逐渐销声匿迹，文化与民族性关系的争议失去了实际的意义而仅仅剩下若干表态性的空洞大口号。事实上，具有理论意义的辩论重新出现已经是 20 世纪八九十年代之后的事情了。

当然，20 世纪八九十年代的重新辩论已经拥有非常不同的时代背景。全球化是时代背景之中最为重要的一幕。“全球化”这个概念出现的时间不长，但是，这种现实迅速地到来了。目前看来，经济领域是促成全球化的主要动力。市场的开拓与扩张，商品在世界各地的流通，各个国家之间频繁地经贸往来，资本没有祖国——那些货币资本正在全球范围四处游弋，巨大的经济红利驱使人们将全球联结为同一个网络。许多文化内容跟随商品的流通越过国界，进入另一个文化空间，例如麦当劳文化的全球普及，再如汽车的输入同时伴随汽车文化的输入，如此等等。交通工具的发达和完善极大地满足了全球化所需要的条件。远洋轮船、铁路与火车、大型喷气式客机组成的立体交通体系正在覆盖全球的每一块热土。

高度发达的大众传媒体系构成了全球化的另一种形式。如果说，海外留学和越境的印刷品——近现代开始的大规模翻译无疑为文化的“越境”提供了必要条件——曾经是传播异域信息的重要渠道，那么，如今的卫星电视和互联网令人惊异地制造出新型的文化交流方式。异国他乡的文化制作为影像符号、电波和信息之流轻而易举地跨越遥远的空间距离和森严的海关从而移植到另一块土地上。从美国的股市、欧洲足球联赛到中东战争、拉美地震，大众传媒可以在第一时间将新闻事件传遍全球各地。由于前所未有的频繁交流，各民族之间多元文化的对话、沟通与隔阂、冲突成为全球化的另一种景象。这当然也是 20 世纪八九十年代重新辩论的语境：重新洗牌已经开始，中国文化将扮演什么角色？

必须承认，很长一段时间，中国对于全球化这个事实相当陌生。20 世纪 80 年代以来的中国文学不断地传颂一个众所周知的口号：文学走向世界。这显然是一个有些缺陷的口号。不言而喻，世界并非哪一个国家独立经营的俱乐部，进入世界并不需要购买特殊的门票。换一句话说，我们始终就在世界之中。然而，长时间的闭关锁国让人觉得，世界是另一块有待熟悉的大陆，我们尚徘徊于世界之外。20 世纪 90 年代之后，这种状况有所改善。中国开始从各个方面融入全球化图景，中国作家与世界文学的交往日益密切。这时，毋宁说另一个事实愈来愈多地引起中国文学的关注：在各个民族众声喧哗的文学对话之中，中国文学什么时候登台表演？一些发言者占据了中心位置，振臂一呼，应者云集；另一些发言者音量很小，听众寥寥——这甚至并非民族人口的数量所决定的。许多人喜欢说，越是民族的就越是世界的，可是，只有为世界贡献独特主题的文学才能真正令人瞩目。如果中国文学将西方文学作为未来的生产配方，如果中国文学仅仅演变为佐证西方文化的某些案例，那么，世界的文化舞台不会为之腾出尽情展现的空间。许多人同时观察到，某些同质文化——例如美国文化——正在急速扩张与大面积复制，而且，由于科技与经济的掩护和支援，这种扩张与复制甚至带有侵略性。在这个意义上，中国文学会不会甚至在本土陷入萎缩？

很大程度上，这即“失语”之说背后隐含的焦虑。

二、文学理论与民族性的联系

考察文学理论与民族性问题的争议还要与现代性话语联系起来。

现代性话语是一个松散的理论体系，为现代社会的诞生和成熟保驾护航。现代性话语发源于西方文化，这个理论体系包含了启蒙主义、工业主义、进步主义、历史目的论等内容，强调普遍性与理性。现代性话语之中，全球／本土、现代／传统是一些褒贬分明的二元对立。“本土”或者“传统”这些概念时常被看作“保守”“落后”的同义语，它们仿佛代表了蒙昧与未开化。现代性意味的是先进、发达、开放和一个标准化的文明社会，这种社会即全球化网络的组成。正如安东尼·吉登斯所言，现代社会的一个重要特征是“脱域”。[1]“脱域”表明脱离一个具体的地点和空间，将某种知识或者规范推广到世界范围，例如货币、交通规则的红绿灯信号，或者各种商品的认证体系。这首先是来自经济领域的追求。无论是重量单位、空间计量单位、各国之间的货币结算还是商品品牌的互认，“脱域”形成的统一标准带来的经济活动效率是现代经济全球化不可或缺的条件。

相当长的时间里，中国社会似乎与现代性话语格格不入。漫长的农耕社会拥有自给自足的传统，相对落后的生产力及闭关锁国的意识形态和行政政策都是中国社会远离现代世界的原因。20 世纪 80 年代之后，中国的改革开放开始接受现代性话语的基本前提，接受市场经济和全球化这种形式。许多人觉得，“脱域”及与国际接轨意味着一个新型空间的到来。

人们逐渐意识到，所谓的现代世界并非一个温情脉脉的所在。相反，这里充满了激烈的竞争，充满了支配与被支配、主宰与被主宰的角逐。资本与市场并非以平等为目标，利益最大化的企图背后存在各种意义上的争夺与反抗。较之封建社会的人身依附，市场许诺了更多的个人自由，但是，人们没有理由天真地想象，权力关系及压迫和剥削从此消失。国家、民族、企业、行业、阶级、阶层和个人都将作为利益主体形成各种复杂的关系网络。换言之，尽管现代社会具有丰裕的物质财富和令人向往的生活质量，但是，现代性话语并不能掩盖另一个事实——现代历史没有划定一个公平的起跑线，以使各个国家可以齐头并进。更多的情况是，那些占据优势的利益主体时常把持有利位置，排挤和倾轧相对落后的弱者。在全球化的意义上，国家与民族将作为利益主体产生强大的作用，文化交流也是如此。

全球化与现代性话语共同促成了世界范围内众多文化体系的相互交汇。各种跨国的文化盛会接踵而至。然而，人们可以迅速发现，各种文化体系的交流并不平衡。对于中国来说，好莱坞、可口可乐、西装、英语及情人节或者圣诞节的输入远远超过了京剧、太极拳、儒家学说与茶文化的输出。即使在互联网这个虚拟空间，英语文化无疑拥有更为强大的势力。正如许多批评家犀利地指出的那样，各种程度的文化殖民观念隐藏在跨国的文化交流之中，西方中心主义时常成为一个挥之不去的幻影。许多时候，文化交流之间的竞争与经济利益紧密地捆绑在一起，例如电影工业。每一块银幕上的悲欢离合无疑是传统的“文化”内容，然而，电影公司、影院或者院线的业绩直接体现于票房和经济收入的账本之上。当文化与经济联袂出演的时候，竞争的激烈程度将会成倍地增加。

众多发展中国家的知识分子已经在各种场合表示出对文化殖民观念和西方中心主义的反感。尽管如此，二者的清除远非易事。各种文化不平等夹杂于经济活动或者文化交流的游戏规则之中，甚至构成了现代性平台本身。退出各种经济文化的衔接系统，不再接受业已展开的各种现代运作方式，这多半意味着退出现代性平台。对于众多发展中国家来说，这是一个

1　安东尼·吉登斯．现代性的后果 [M]. 田禾，译．南京：译林出版社，2000.

难以承受的代价。

那些发达国家的知识分子早已察觉这些反感及种种批评。塞缪尔·亨廷顿的《文明的冲突与世界秩序的重建》可以被视为一种特殊的回应。他的研究认为，未来世界的冲突将是源于西方文明、伊斯兰文明与儒家文明之间的根本分歧。[1]未来的世界必将是多种文化并存的世界。这些文化之间的关系如何？如果说，现代性话语带给人们的初步想象是世界范围的文化交流意味着取长补短，构建一个彼此认同的文化图景，那么，亨廷顿转向了问题的另一面：彼此冲突。军事或者经济的争端之外，文化并非一个团圆与和睦的领域，而是另一种形式的斗争。作为一个强大的利益单位，文化竞争之中的民族和国家充当的是守护者乃至捍卫者的角色。所谓的"世界文化"或者"世界文学"仅仅是一个虚幻的称号，这种称号的实际内容往往被某些发达的民族国家所劫持，成为它们的代言者，推销它们的标准和型号。因此，没有哪一个民族国家会天真地放弃自己的文化传统，相反，未来的世界甚至不惜为此开战。不要认为，只有经济利益值得洒下热血，文化亦然。

将军事、经济、文化合并到同一个逻辑之上，将民族国家作为毋庸置疑的前提，所有的问题仿佛已经一清二楚。因此，许多批评家主张，尽快恢复中国古代文学理论的主导地位，将文学的阐释权从西方文学理论那里夺回来。民族文化的大旗必须插在文学理论的城堡之上，大声对"全盘西化"说"不"。相当长的时间里，争论似乎一直在"复古主义"与"全盘西化"之间钟摆式地摇晃。如今回顾起来，大部分争论的理论水平乏善可陈，文化交流之中存在的某些相对复杂的情况一直未曾进入视野，得到深入的辨析。如果试图提高争论的思想质量，我们必须开放视野，正视文化交流之中各种复杂的情况，继而提出相应的理论判断。

三、外来文化对民族文化发展的利弊分析

尽管科学精神与普遍主义之间存在密切联系，"五四新文化运动"主将激烈地反对中国传统和大胆引进西方文化并不能简单地解释为向文化殖民投降。各种史料证明，他们是一批富有责任心的知识分子，对于历史具有自己的判断。这些知识分子将古老中国的衰败很大程度地归咎于中国传统文化——尤其是儒家文化，因此，抨击传统文化成为他们的锋芒所向。另一方面，他们在相同的意义上引进西方文化。鲁迅自称是"盗火者"，他们力图以西方文化矫正中国传统文化的缺陷。他们试图以抛弃传统文化的方式认同民族国家，以援引西方文化资源的方式抵抗西方的文化殖民。我们很容易发现这种策略之中隐藏的悲愤和孤注一掷的情绪；这种情绪背后的拳拳之心来自他们的历史责任感——这种责任感远远超出了许多"子曰诗云"的背诵者和几个热衷于为自己学科争取蝇头小利的教授。

当然，迄今为止，我们必须充分地意识到历史背景的巨大转换。这一批知识分子的策略是否奏效？他们的历史判断是否已经过时？一个世纪之后，中国传统文化与西方文化之间的关系是否出现了另一种倾斜？如此等等。这是文学理论与民族性的争议面对的新问题、新局面和新条件。显而易见，"五四新文化运动"倡导的"德先生"与"赛先生"是我们民族崛起的重要原因。晚清之际的历史事实证明，如果亦步亦趋地延续封建帝国古老的文化逻辑，我们的民族无法阻止帝国主义列强的扩张野心。我们的民族必须拥有生产各种"物质力量"的

1　塞缪尔·亨廷顿．文明的冲突与世界秩序的重建 [M]. 周琪，等，译．北京：新华出版社，2010.

工业、社会机制及相应的意识形态，这同时是进入现代社会的基本前提；然而，现今的问题已经转移到另一个层面之上：在“物质力量”相对具备的情况之下，我们是否要重新思考古老的中国传统文化资源？这种思考至少包含了两方面的目的：首先，传承我们民族的文化基因，这种文化基因在世界文化谱系之中具有独一无二的意义；其次，现代性话语正在遭遇一系列问题和瓶颈，中国传统文化的某些理念有助于设计各种解决方案。

文学理论在很大程度上控制了一个民族的审美和想象力，负责解释文学作品的各种意义。一个庞大的意识形态体系之中，各种微妙的、动人心魄的或者激情澎湃、热血偾张的审美愉悦可能带来什么？这也是文学理论不懈地关注的话题。相对于西方文学，抒情文学是中国传统文学的源头，因此，中国古代文学理论对于抒情主体及主体与客观世界之间的情景关系做出了深刻而细腻的考察。“温柔敦厚”与抒情主体的节制或者“以禅喻诗”与抒情主体的顿悟等都是古代批评家极具特色的美学命题。至于风骨、神韵、形与神或者虚与实均是西方文学理论未曾涉猎的美学范畴。保持及阐发这种美学范畴是中国文学理论的重要职责，理解这些美学范畴对于体会中国古典文学至关重要；世界文学范围内，这些美学命题或者美学范畴隐含了特殊的价值。如果说，精神分析学之所以对文学批评产生了如此之大的影响，显然是因为“无意识”开拓的主体研究打开了巨大空间，那么，中国古代文学理论对于抒情主体的研究显示了另一种不同的方向。也许，这个方向展示的空间将在未来开启另一个研究空间。

文学理论与民族性问题的历史背景之中存在一个特殊的节点：“民族”这个概念的浮现与“阶级”这个概念的退隐密切相关。从反对帝国主义列强的侵略到抗日战争，“民族”这个概念始终是凝聚人心和号召、动员的旗帜，“中华民族到了最危险的时候”，必须“万众一心冒着敌人的炮火前进”；然而，20 世纪初期，“五四新文化运动”的另一个理论后果开始显现：由于马克思主义学说的传播，“阶级”的观念进入中国，阶级斗争成为历史解释的一种最为重要的学说。抗日战争结束之后，民族矛盾退居次要，“阶级”的观念迅速上升为首要的标准，并且在数十年的时间里成为衡量一切问题的首要尺度。无产阶级必须战胜资产阶级赢得文化领导权，文学理论显然是这个战役的一个局部。

20 世纪 50 年代至 70 年代，中国出版了许多文学理论教材。这些教材多半以季摩菲耶夫——毕达可夫的老师——的《文学原理》和毕达可夫的《文艺学引论》为范本。事实上，中国现代文学理论之中，相当一部分“西方”的文学概念来自苏联，例如文学的阶级性、倾向性、党性、人民性、典型，等等，诸如现实主义、浪漫主义或者现代主义的含义也在很大程度上接受了苏联理论家的解释。不论是社会制度、经济模式还是文化观念、审美想象，苏联的各个方面无不成为中国的范本。

四、阐释的限度和有效性

如何评价阶级学说的引进是另一个事关重大的理论问题和历史问题。现今的事实是，阶级学说不再作为最高的纲领凌驾于一切工作之上。恰恰由于“阶级”这个概念的后撤，“民族”概念逐渐进入理论的聚光灯圈。当然，从阶级对立到民族差异，这是性质不同的文化竞争。事实上，后者所包含的内容似乎远比前者更为复杂。

这个意义上，必须进一步讨论阐释的有效性问题。

通常，文学理论乃是一套阐释文学的知识系统。文学理论利用一系列概念、范畴、命题分析和概括文学，阐释文学的内涵和功能，从中发现和提炼出各种普适性的命题。因此，评价一种理论的成功与否，知识的有效程度构成了一个重要的标准。当“民族”成为文学与文学理论的定语时，知识的有效程度也不得不加入“民族”的内容：哪一个“民族”的文学理论？阐释哪一个“民族”的文学？有效程度如何？

抱怨中国文学理论“失语”的许多批评家往往忽略了这个问题。这些批评家的不满之处多半在于，众多理论命题或者概念术语的背后找不到中国的作者。然而，这种状况可能存在不同的原因：或者由于身为中国作者从而遭到了不公平的排挤或者压抑，或者由于中国作者的文学理论丧失了阐释的有效性。如今，至少在公开的学术舆论之中，没有哪一个民族的作者拥有天然的学术优势。一种成功的理论问世，理论的作者可能为自己的民族国家赢得荣誉；但是，这种程度无法颠倒——我们不可能仅仅因为作者的族裔而不假思索地接受他的理论。现代知识体系内部业已形成的共识是：无论生物学、物理学、化学还是史料的考订、水流量的测算、鳄鱼习性的描述，一种结论得到接受的理由是严格审定的学术价值，而不是作者的民族出身。换一句话说，在严格的学术标准面前，作者的出身只有微弱的参考价值。这就是说，本土的文学理论不能免除文学阐释是否有效的检验。

当然，这是一个头绪复杂的问题——上述的检验至少可以逻辑地区分为四个项目之间的交叉关系：本土的文学理论与西方的文学理论；本土的文学与西方的文学。我们常常忽略的另一个问题是，异域的理论可能可以阐释本土的现实——自然科学如此，社会政治如此，文学也是如此。生物学、物理学或者数学结论的有效性显然不受国界的限制。作为一种社会科学，马克思主义学说也突破了不同的文化圈和不同民族国家的隔阂。必须看到，本土的文学理论与本土文学存在相同的根系，前者对于后者的描述和解读可能相对熨帖、准确；但是，所谓的阐释同时包含了某种评判。

评判所依据的价值标准并非本土文化的必然产物。这种标准毋宁说凝结了美学理想与文学现状之间的张力。没有任何张力的标准仅仅是一种自我循环式的重复。然而，美学理想拥有不同的来源——除了本土的现实和传统文化，人们还可以发现异域文化的作用。不同的历史条件下，异域文化可能某种程度的介入乃至参与本土的历史，提供各种参照系。这个意义上，异域文化某种程度地构成美学理想的组成部分并不奇怪。

许多文学理论家往往简单地强调，西方的文学理论与本土文学格格不入，理论阐释与研究对象之间的沟通必须由民族的血缘作为担保。然而，这远非事实的全部。

五、文学理论基础的广泛性与本土性

中国古代文学理论更为擅长阐释中国的古典诗文。然而，对于中国的现代和当代文学，道、气、境、形象、气韵、滋味这些概念显然不够用。许多时候，典型、情节、结构、无意识、意识形态这些概念更能说明问题。“五四新文化运动”之后，一种新型的现代文学迅速成熟——中国的当代文学迄今仍然沿袭现代文学的基本框架。这是对于新型生活的文学回应。

无论是大工业生产、发达的交通系统、大众传播媒介还是瞬息万变的城市生活、汹涌的流动人口、铺天盖地的符号信息，现代社会制造了前所未有的复杂经验。大型叙事文学的崛起显然与这种复杂的经验息息相关。梁启超的《论小说与群治之关系》虽然不无夸张之辞，但是，他对于小说的青睐具有历史的敏感性。中国古典诗文的审美通常停留于农耕时代的意象，抒情主体与这些意象之间的隐秘呼应构成了独特的情趣，引而不发的节制和妙悟天开的禅意表现出宁静之中的天人合一。中国古代文学理论的气、韵、境、味及“脱以形似，握手已违”“羚羊挂角，无迹可求”等均是这些情趣表现的精微描述。然而，面对现代社会的复杂经验，精致的古典诗文已经力不从心；叙事文学兴盛之后，以“诗文评”为主要内容的中国古代文学理论只能做出相当有限的反应。

无论是全球化还是现代性话语，二者无不表明一个共有的特征：现代社会的复杂经验既具有纷杂的层面，同时又构成一个相互联系的整体。如前所述，科学精神正在成为愈来愈强大的观念，科学判断被视为生活之中的普遍准则。自然科学所研究的自然现象不依人的意志为转移，民族、阶级、国家所形成的意识形态无法干扰自然现象的形态、变化和运动。俄罗斯、美国、中国或者澳大利亚无疑拥有相同的水分子式，重力加速度可以在地球的每一个角落获得证实。在这个意义上，正确的科学结论是跨民族的。科学精神是普遍主义的最大支持者。相对而言，现代性话语对于普遍准则的热衷具有强大的人为因素。这些普遍准则是降低经济活动成本的必要措施。这不仅形成了普遍主义的意识形态，而且，这些准则对于后进地区的格式化已经大面积涉及普通人的日常生活。我们可以从现代汉语之中找到许多证据，众多来自英语和日语的外来词汇证明了西方文化愈来愈明显的影响力。当科学精神和现代性话语本身业已构成中国现实的组成部分时，异域文化——当然主要是西方文化——对于中国本土的阐释得到了愈来愈多的成功验证。这种状况显然是历史情境的产物。然而，许多思想家往往倾向于抽掉历史情景的条件依据，借用科学精神和现代性话语论证形而上的普遍主义原则。当然，这个基础之上的普遍主义必定是以西方文化为中心。

文学、文学理论及诸多人文学科对于隐藏于现代性话语内部的西方中心主义高度敏感。当经济学在利润的前提之下压抑了个性、自由、尊严之际，文学通常站在人文精神这一边，关注边缘、底层、小人物、非主流，关注各种形式的解放和冲击；当普遍主义逾越经济学领域扩展为西方式的普遍主义意识形态之后，文学时常对于现代性话语采取不合作的态度。作为文学的阐释性呼应，文学理论始终对于同质文化的扩张和覆盖保持抵抗的姿态。很大程度上，后殖民批评即文学理论做出的激进回应。

但是，文学理论从来不是以作者的民族出身作为批判的利器，重要的是阐释的有效程度。正如女权主义的批评观点可能出自男性批评家之手，西方中心主义的批判者乃至掘墓人也可能来自西方文化内部。后殖民等批评学派的出现表明，西方文化内部已经产生出某种文化抗体，这种文化抗体将与西方中心主义为敌。重要的是文学理论知识包含的批判指向，不是作者的民族出身。这个意义上，我们没有理由简单地回绝一切来自西方的文学理论；另一方面，尽管中国古代文学理论可以被视为本土文化的古老标本，但是，许多传统的理论范畴业已丧失与中国现代和当代文学对话的能力，也丧失了抗衡西方现代性话语的功能。如何摆脱文学理论的“失语”状态？这时，所谓恢复“国粹”往往只是一个象征性的姿态而缺乏真正的冲击力。

六、本土主义与全球一体化的融合

恢复“国粹”的主张多半隐含了一个前提：将中国的传统文化视为本土的标志。我曾经发现许多人习惯于将中国本土与传统文化相提并论，同时，所谓的“现代”往往慷慨地判给了西方文化。这种习以为常的组合甚至充当了各种争论的潜在轴心。也许，这种习惯不无历史依据。最近几个世纪，一个不争的事实是：许多西方国家率先进入现代社会。然而，我们没有理由因此构思一个凝固的历史图景：中国必须心安理得地停留在现代社会之外，重复“君子固穷”或者“安贫乐道”之类言辞安慰自己。

这种观点时常将“本土”视为一个固定的、本质主义的概念，似乎本土仅仅是一个固结不变的形象，没有历史，没有未来，没有持续不断的演变。因此，如何想象本土固定的代表性标记常常是一个有趣的问题。炎黄子孙？龙的传人？儒家学说的信徒？汉唐气象？阴阳八卦、天人合一或者仁义礼智信？事实上，这个问题并没有一个标准的答案。许多人可能为是否“尊儒”或者秦始皇、汉武帝、唐太宗的历史功绩辩论不休，但是，将本土冻结于某一个古代文化的意象是共同遵循的思想方法。

将本土想象为固定不变的实体，也就是将本土排除在历史脉络之外，使之成为一个外在于世界的超然的孤岛。然而，这种一厢情愿的想象仅仅是一种幻觉。当今世界，已经没有哪一个角落可以逃脱现代经济、军事或者文化的网络覆盖。本土始终存在于历史的运动之中，不存在一个抽象的、形而上的本土。事实上，我们只能谈论汉代的本土、唐宋时期的本土、晚清的本土或者现今的本土。它们不是完全相同的。毫无疑问，本土内部存在一脉相承的内容，我们常常称之为传统。但是，传统的含义并不是一代又一代稳定不变的复制。传统只是人们出发的起点，而不是抵达的终点。每一代人都必须站在传统提供的起点之上重新创造，而不是躺在传统之上睡觉，毫无创意地重复传统，这本身就违背了传统生生不息的内涵。因此，传统并不能证明本土只能封锁在一成不变的模式之中。本土是一种持续的建构。本土显现的特征不是某种自我规定，这些特征取决于多民族之间的交往、竞争、对抗、吸引，历史网络之中多种力量的交织、互动塑造了本土——这些对话当然也塑造了其他民族。

只有将本土置于真实的历史网络之中，我们才能真实地叙述何谓当前的本土，强调什么，坚持什么，同时反抗什么。显然，中国本土与西方文化的对话存在的前提是，抗拒同质化强势文化的吞噬。我们的民族并非为了不同而不同，亦非无条件地恢复儒家或者道家的名誉，或者加工出一副复古风格的奇异形象吸引人们的视线。按照萨义德的分析，提供各种肤浅的异国情调恰好满足了西方文化的猎奇和猜想。西方的文化殖民主义者热衷于想象，那些落后民族没有文明史，无法接受科学、技术、理性和逻辑。因此，西方的入侵意味的是文明的输入。这个意义上，那些不同民族古老理论之中古香古色的概念术语时常被作为西方文化的先进和现代意味的反衬。

第三节 文学理论与社会发展的关系

文学理论源于文学创作，并高于文学创作，而文学创作则源于社会生活。因此，探讨文学理论与社会发展之间的关系，成为文学理论研究的前沿话题之一，其中被讨论得最激烈的，就是文学理论与社会的关系。

一、生活反映论为基础的文学创作论

新中国成立初期主要形成了以“生活反映论”为基础的文学创作论观念。这一理论观念主要受哲学反映论的影响，将文学创作视为社会生活的反映，侧重于对客观生活的观照。

（一）生活反映论的理论基础

新中国成立之后的几十年时间里，生活反映论作为揭示文学本质的主导理论，旨在从文学与生活关系的角度去考察文学的本质。正是在这一文学本质观的统领下，以反映论为哲学基础的文学创作论观念得以形成。我们可以看出，生活反映论之所以形成，既有时代背景等外部因素，又有理论自身建构的内部特点。

从文学理论建设的外界环境看，20 世纪 60 年代初，文学创作理论的构建主要见于蔡仪主编的《文学概论》和以群主编的《文学的基本原理》，这两部具有代表性的文学理论教材对文学创作理论的构建进行了初步的探索。从理论根源上看，一方面，他们受到了此前一些苏联文论的影响，比如对文学本质的论述基本上是借鉴了季摩菲耶夫的理论观念，即认为文学是意识形态之一形式，是生活反映的一种特殊形式[1]。另一方面，毛泽东《在延安文艺座谈会上的讲话》也为文学理论建设指明了方向。周扬在主持编著文学理论教材时，就明确提出要把毛泽东文艺思想贯穿在其中，并且坚持文艺为人民服务和历史唯物主义的立场。得以见出，无论是苏联文论家的文论观，还是毛泽东的文艺观，他们都将“文学反映生活”作为揭示文学本质特征的核心论点，且具有较为突出的意识形态性。新中国成立初期第一阶段的文学理论建设即直接秉承了这一观念，呈现出“高度体系化”“高度意识形态化”“高度学科化”[2] 的特点。

从文学理论建构的内部特点看，它主要以马克思列宁主义为指导，坚持反映论为哲学基础。自上述两部文学理论教材问世以来，数种文学理论教材与专著相继问世，它们绝大多数都吸收了哲学反映论的理论资源，大都是以生活反映论为理论主体。实际上，反映论属于哲学范畴，主要讨论认识的来源及其生成等问题，因而也可称之为认识论。文学理论建构初期主要运用的是哲学方法，而早期的唯物主义哲学无不是围绕着思维与存在、物质与精神之间的关系而展开，这就直接决定了文学本质观念建立在反映论基础之上的特殊性质。

一则表现为理论的僭越，将哲学反映论在文艺研究中展开，运用认识论的哲学视角来观照文学的本质，在此之中，文学被阐释为对社会生活的认识，如列宁也明确指出生活、实践

1 季摩菲耶夫．文学原理 [M]. 查良铮，译．上海：平明出版社，1955.
2 赖大仁．当代文学本质论观念嬗变：从意识形态论到审美论 [J]. 学习与探索，2015（5）.

的观点应当是认识论的首要的基本观点。这个理论观点运用于文学创作，主要表现为对生活实践的重视，强调作家在进行创作时必须深入人民群众的生活中。以群也十分认可把社会生活看作是创作的源泉这一理论观点，强调：文学艺术绝非纯粹是由人类的生物的或心理的本能冲动所引起的；文学艺术的领域，也绝不是所谓超功利的、不带任何社会目的的“自由的领域”[1]，从中足以见出其对社会生活的重视。

二则通过理论的置换，把文学之于生活的关系与哲学的二元对立相关联起来。如果从这个视角来看，社会生活作为物质世界中的一种存在，必然先于包括文学在内的任何意识形态而存在。于是，社会生活成为被反映的对象，文艺则表现为反映生活的形式，强调对生活进行真实的反映与描写。有基于此，新中国成立后的第一阶段，大多数文学理论教材，皆从文学与生活关系的角度去考察文学本质问题，其核心文学观念相趋同，即认为“文学是反映现实生活的特殊意识形态”。所以就文学的本质而言，文学是对生活的反映。值得一提的是，这种反映不同于镜子式或照相式“纯客观”的反映，而是创作主体在头脑中对客观社会生活能动的反映，这意味着文学所描写的内容是经过作家头脑加工改造过的社会生活。可以见出，文学创作论与文学价值论也是以“反映论”为理论支撑的，要求作家用社会主义现实主义的方法进行创作，既要从现实的革命发展中真实地、历史具体地描写现实，又要和用社会主义精神从思想上改造和教育劳动人民的任务结合起来[2]。

总而言之，这一时期文学理论的建构基本上都是从“反映论”这一哲学范畴出发，深入了文学理论体系内部的各个方面。

（二）文学是反映生活的艺术创造

以生活反映论为基础的文学创作论，其基本理论观念可以概括为一句话：文学是反映社会生活的艺术创造。其中蕴含着双重内涵：

一方面，文学创作以能动地反映生活为中心，是对社会生活的艺术认识。如前所述，基于反映论哲学基础的“生活反映论”，将文学视为“社会生活的反映”是当时学界的共识，因此文学创作也应该归结到这个根源上来进行认识与阐释。既然说文学是社会生活在作家头脑中的反映的产物，那么文学创作就其本质而言，是作家主体通过对社会生活的认识，进而创造出反映社会生活本质的艺术形象的活动。文学创作的过程与认识生活的过程有内在的联系，如果按照认识的发展原则，文学创作首先是基于对社会生活实践的感性认识，接着在感性认识的基础上形成对生活的理性认识，并在这一逐渐深化之中达到对生活本质的认识过程。如果说作家一旦离开了理性的认识，单凭“生动的直观”，单凭对事物的感觉和印象而进行创作，结果只能浮光掠影地罗列现象和堆砌材料，而不能塑造完整的艺术形象，以揭示生活的真实面貌[3]。

虽说文学创作具有认识活动的性质，但它又不等同于哲学层面的认识活动，文学创作不仅是对生活现象的认识，而且也是对生活本质的艺术认识，这种艺术认识既要求是真实的，又要求是形象的。具体看来，文学创作的艺术认识过程主要分为两个阶段。第一阶段主要以

1　以群，主编．文学的基本原理 [M]. 上海：上海文艺出版社，1980.
2　蔡仪，主编．文学概论 [M]. 北京：人民文学出版社，1980.
3　以群，主编．文学的基本原理 [M]. 上海：上海文艺出版社，1980.

作家的社会生活实践活动为主，作家通过积累丰富的生活经验，获得对社会生活的感性认识，在不断地加深对现实生活的认识之中，使之在作家的头脑中形成丰富的感性形象。第二阶段则主要运用作家的形象思维活动，通过对生活素材进行能动的加工改造，使之成为具有普遍意义的艺术形象总体。这两个阶段是相互贯通、辩证统一的。作家对社会生活的理性认识有赖于感性认识，感性认识又必须经过作家的艺术思考与加工改造，上升为理性认识。所以说，文学创作的认识过程就是对于现实生活的能动的反映过程，也即对于生活素材的加工改造过程[1]。

另一方面，文学创作是一种形象反映，旨在塑造反映社会生活的文学形象。艺术表现的过程，是以艺术认识为依据的。

文学创作主要是对社会生活的艺术认识，但仅有艺术认识还不能标志着创造过程的完成，因为存在于作家头脑的艺术形象需要借助语言表现出来。只有当作家赋予了艺术认识一定外在的表现形式，才能使之形成可供读者欣赏的具体文本。

首先，需要积累丰富的生活素材。从文学与社会生活的关系看，马克思主义者认为文学艺术作为一种意识形态，主要是有赖于作家的社会实践活动，正是在社会生活实践中获得了认识，作家才能在头脑中形成了对社会生活的反映。因此，社会生活是文学创作的唯一源泉，从这一立足点出发，作家要想创造出优秀的文学作品，就必须深入群众生活，获得对生活的认识与理解。

其次，文学创作作为一种人类的精神性创造活动，一则离不开作家的实践活动；二则也对作家自身提出了创作要求，即作家自身要有较高的艺术才能。从文学创作与其他哲学、科学活动之间的关系来看，文学创作是一种精神创造活动，创造过程中主要运用的是形象思维，这一点将文学创作与其他哲学、科学活动相区别开来。因此文学创作强调作家对自身素养的提升，包括树立正确的世界观与艺术观等。唯有如此，作家才能创造出优秀的文学作品。

最后，从文学的基本特点来看，文学作为一种语言艺术，其特殊性就在于用语言来创造形象，用语言来反映现实事件和思维过程。语言作为文学创作必不可少的工具，作家只有借助于语言，才能将头脑中的艺术形象借助语言形式呈现出来，创造出具有认识作用、教育作用、美感作用的文学作品。

（三）文学反映生活的特点和规律

文学创作论的核心观念即在于视文学创作为社会生活的艺术反映与表现。而这一理论观念的形成直接受文学本质观念的影响，所以文学反映生活的特点和规律也应回归到文学本质问题的探讨上。可以看出，新中国成立初期的几部具有代表性的文学理论著作基本上都将别林斯基的“形象特征论”奉为圭臬，在回答文学本质问题时，几乎毫无例外地坚守着这样一条定律：文学的基本特点在于用形象反映社会生活。这种观点认为文学与哲学、科学不同，其区别主要体现在反映生活的形式上。如文学是用形象的形式反映出生活，而哲学、科学则是用理论的形式反映出生活。例如蔡仪主编的《文学概论》中指出了文学的特殊性，认为以何种方式反映社会生活是文学艺术与科学的分野。其中科学主要是抽象概括式的，而文学的

1　蔡仪，主编．文学概论 [M]. 北京：人民文学出版社，1980.

反映则是具体的，进而指出“通过形象反映社会生活是文学的基本特征”，并且这一特征是和文学反映社会生活的特殊要求及它所反映的具体内容相适应的[1]。以群主编的《文学的基本原理》中强调：文学艺术的基本特点，在于它用形象反映社会生活[2]，意在指出文学之与科学的特殊性在于反映世界的方式不同，如前者主要是以具体的、生动的形式，而后者主要是通过抽象的概括来反映客观世界，基于此，文学艺术与哲学、社会科学得以区别开来。此外，十四院校编写的《文学理论基础》中也有相似论述，与蔡仪、以群的观点相同之处在于，即认为文学的根本特征就是用形象来反映生活[3]。在社会科学中，人们主要运用的是推理、判断的方式，力求总结出社会生活的某种规律，但是在文学创作过程中，作家主要借助于形象思维，通过具体生动的形象来描绘反映社会生活的图景。

由上述可知，关于文学反映社会生活的特点，学界主要是围绕“如何反映”这一核心问题展开的。从文学反映生活的形式上看，文学作为一种反映现实的特殊形式，最为突出的特点在于运用形象反映社会生活。而形象的特征是个别性、具体性、生动性，所以文学形象不是抽象的、一般的概念，而是“这一个”。所以，如若想要进一步把握文学反映生活的创作规律，就离不开对“如何塑造文学形象”这一关键问题的探讨。

其一，文学反映生活主要运用形象思维。就文学反映生活的主观思维活动来看，作家在文学创作过程中运用的思维活动主要是形象思维。形象思维作为诠释文学艺术本质特征的一个重要概念，已有不少理论家阐发了自己的见解，以群主编的《文学的基本原理》中认为：作家、艺术家在整个创作过程中（从选取生活素材，进行分析、概括、加工、提炼到完成文学形象的塑造）所进行的艺术思维活动，就叫形象思维[4]。形象思维的重要特征在于它始终以感性材料为基础，并且联想、想象、情感等心理活动在思维过程中也发挥着重要的作用。作家在认识生活时，同时离不开形象思维与抽象思维的运用，而形象思维的运用在创作过程中是必不可少的，因为这关乎着创作活动能否顺利进行。虽然抽象思维能够帮助作家获取对生活的认识，帮助作家在头脑中形成指导思想，但在实际的创作过程中，抽象思维并不能取代形象思维，这是由文学的基本特征所决定的。它们二者在创作中始终都辩证统一地在一起，共同体现在文学创作活动中。

其二，以“社会生活”为中心，遵循典型化的现实主义原则。就文学反映生活的客观根源而言，文学反映的对象是整体性的社会生活，一方面要以具体形象摹写社会现实生活的面貌，另一方面又要揭示出社会现实生活的本质。前者要求文学反映出真实的社会生活，即要求作家塑造出真实性的文学形象，这也意味着作家的创作受阶级地位、现实环境和世界观所决定。例如以群认为文学的产生，并不是源于什么神秘莫测的本能、冲动、灵感或理念，而是客观存在的社会生活在人们的头脑里的反映，通过特定的形式将它们表现出来[5]。只不过与实际生活不同的是，作家通过文学作品反映出来的社会生活，并非自然形态的社会生活，而是经过作家提炼、反复加工过的社会生活。具有深远意义的文学作品，无不是经过作家的艺术

1　蔡仪．主编．文学概论 [M]. 北京：人民文学出版社，1980.
2　以群，主编．文学的基本原理 [M]. 上海：上海文艺出版社，1980.
3　十四院校《文学理论基础》编写组．文学理论基础 [M]. 上海：上海文艺出版社，1981.
4 5　以群，主编．文学的基本原理 [M]. 上海：上海文艺出版社，1980.

构思，最终概括而成的艺术形象，这实际上也体现了作家笔下的生活与实际生活之间的联系与差别，也在一定意义上体现为对作家的创作要求。后者要求文学反映出普遍性的社会生活，即要求作家塑造出典型性的文学形象。所以，文学以典型化创作为追求不同于对生活实践的理性把握，文学典型化，它既高度概括了社会生活的面貌，又呈现出鲜明的独创性与典范性特征，可以揭示出社会生活的本质方面及历史发展的某种规律。

总之，真实性与典型性是文学形象塑造的两个重要方面。文学所反映出来的社会生活只是实际生活中的“沧海一粟”，如果仅仅靠单纯的模仿，艺术总不能和自然竞争，它和自然竞争，那就像一只小虫爬着去追大象[1]。文学反映不仅要追求真实性，还要经过典型化，才能创造出个别与一般、个性与共性相统一的文学作品。

二、文学审美论为中心的文学创作论

新时期逐渐形成了以“审美论”为中心的文学创作理论观念。它对以往强调再现客观生活、政治倾向性的“生活反映论”进行了反驳，逐渐克服了哲学认识论的局限，揭示出文学创作的本质在于主体的审美反映，这标志着研究重心逐渐向主体靠拢。

（一）文学审美论的理论来源

20 世纪 80 年代初期开始，国内美学热潮臻臻日盛，从审美的角度去阐释文艺现象，日渐成为当时理论界的自觉追求。学界内以钱中文、童庆炳、王元骧为代表的文学理论家，尽管在具体表述上有些许差异，但都相继提出了一个反映理论创新的命题：文学是社会生活的审美反映。如易健、王先霈 1983 年编著的《文学概论》中以“文学审美论”的视野看待文艺的特性，认为文学是一种特殊的意识形态，其特殊性就在于其包含着审美价值内涵。随后，童庆炳在 1984 年出版的《文学概论》中更是直接明确指出“审美”是文学的本质。可以看出，文学审美论作为一种看待文学性质与文学价值的理论观念，逐渐占据了当时文学理论话语的中心位置。这种思路的转换，标志着文学理论的重心由生活反映论向文学审美论逐渐转移，相应地，文学创作理论观念进一步得到深化。

以历史的眼光看，新时期的文学审美论是五四前后文学审美论的延续，且是历史背景不同、观念方法有所变化发展的延续。在思想解放运动与改革开放的现实语境下，文学创作逐渐复苏，文学理论界也开始摆脱以往的精神桎梏，尝试着为文学“正名”。特别是在理论建设的过程中，将“审美”概念的包蕴性发挥得淋漓尽致，美学一度成为新时期人文学科领域中的“显学”。紧接着，理论家们开始对文学本质特征进行重新探索。此时国内理论界对西方哲学、美学、文学理论的译介与移植如火如荼，比如韦勒克、沃伦的《文学理论》、马克思的早期著作《1844 年经济学哲学手稿》、伊格尔顿的《二十世纪西方文学理论》等，都为国内文论建构提供了新的理论资源。总体上看，这一时期构建了一个“纯文学”的理论体系，一时间，“外部研究”和“内部研究”的区分、注重内部研究和文学形式的重心转移、重视现代语言学方法的运用等观点和方法，在中国文学理论界接受者颇众[2]。特别是英美新批评派理论的代表人物韦勒克、沃伦创作的《文学理论》，这一著作在 1984 年被译介到中国后，引起学界广

1　黑格尔 . 美学：1 卷 [M]. 朱光潜，译 . 北京：商务印书馆，1996.
2　勒内・韦勒克，奥斯汀・沃伦 . 文学理论 [M]. 刘象愚，等，译 . 杭州：浙江人民出版社，2017.

泛的研究热潮。书中把专注于文学作品文本结构的研究称为“内部研究”，把社会学、传记学、心理分析等称为“外部研究”。而他们并不看好“外部研究”，因为他们认为如果只是研究起因的话，并不能从根本上认识、分析、评价艺术作品，所以他们主张的是“内部研究”，特别是对“形式”的研究。这样，艺术品就被看成是一个为某种特别的审美目的服务的完整的符号体系或者符号结构。这就使得批评家将注意力放置到文学创作的审美结构与艺术特色之上。虽然这样划分有许多局限，但新批评强调的文学的审美目的性，无疑对新时期初期的中国文艺理论界产生了巨大的震撼力。这部文学理论教材被译介到国内之后，立即在中国掀起轩然大波，不仅让国内学者获得了“内部研究”和“外部研究”的区分概念，还在很大程度上推动了文艺理论研究“向内转”。

随着文学理论界研究的不断深入，审美地看待文学、突出文学的审美价值逐渐形成了一股强劲的理论思潮，并对文学理论内部产生了巨大影响，在此之中，文学审美论跃身成为新时期文学理论的主流，广泛涉及文学理论的内部之中。杜书瀛指出文学艺术中的审美关系逐渐成为人们关注的重心，“审美”作为文学自身的“重要特性”甚至“本质特征”突出出来，“审美规律”作为文学活动最重要的内在规律受到空前重视，对文学的“审美关系”“审美特征”“审美本质”“审美规律”的研究成为文艺学“内部研究”的一项重要内容[1]。

可以见出，在文学审美论中，审美被看作是文学的本质属性，是文学的根本价值取向，因此审美价值也理所当然地成为文学创作的核心追求与评判文学作品的首要标准。

（二）文学是体现审美价值的艺术创造

文学审美论丰富了原先较为单一的研究方法，特别是超越了原先文学理论中机械唯物论的束缚。它是从文学掌握世界的特殊方式、从人与现实之间的审美关系的角度出发，进而开展的文学理论研究。也就是说，文学理论研究的根本出发点与关注点就在于审美。倘若以文学审美论的视角来窥探文学与生活之间的关系，可以发现它们之间的联系不再是直接的，而是通过“审美”这一中介实现的。文学也不仅仅反映客观性的现实生活，而是表现为能动的主观性的审美创造，凸显出文学的审美自由与超越的本质特征。换言之，文学被视为一种体现审美价值的创造活动。所谓价值，主要指对象能满足主体某方面需要的某种属性，文学的审美价值是在作为文学的本体和文学的存在方式的文学作品中所具有的那种能满足人们追求真善美的需要的审美属性。文学审美论作为众多认识和评价文学的观点与方法之一，基本理论观念可以概括为：文学的基本属性是审美性，文学的根本价值是审美价值，文学的任务就是创造美[2]。即把审美作为文学的本质特征，着重强调文学的审美价值功能。

从文学的本质属性出可以得出，文学是体现审美价值的艺术创造。一般认为，文学是一种人类独有的精神创造活动，它呈现出的是人类与现实世界的审美关系。马克思在总结人类掌握世界的四种方式时，指出文学作为掌握世界的独特的审美方式，它主要是通过语言符号来把握的。既然说文学是一种审美方式，这也就是肯定了文学的审美价值，并且这一价值就是在审美的过程中实现的，在此之中人们的精神获得了极大的自由，人们得以陶冶情操、净化心灵，按照马克思观点，即人的本质力量得以实现与完善。

1　杜书瀛．内转与外突——新时期文艺学再反思 [J]. 文学评论，1999（1）.

2　杜卫．走出审美城新时期文学审美论的批判性解读 [M]. 北京：东方出版社，1999.

从文学的价值功能来看，审美价值作为文学价值系统中的核心，满足的是人类的根本利益，体现了人类精神创造的特点。新时期的文艺理论教材一般把文学的功能概括为三种作用，即审美作用、认识作用和教育作用，其中审美作用占核心地位。童庆炳曾指出文学之所以是文学就在于它是对社会生活的审美反映，文学的崇高目的是要按照一定的社会审美理想来改造人的生活，使人的生活变得更美好[1]。审美价值不同于文学的认识、教育等价值，它主要以审美为最高目的，关乎的是人的全面发展与人自身的自由生命问题，并以实现人的全面发展为最高理想。在文学创作活动中，从审美体验到审美构思再到审美传达，没有哪一阶段不是作家的精神创造，体现着人类精神的自由，审美价值由此成为文学创作的内在依据，文艺的认识作用，教育作用，必须结合审美作用，才能充分发挥[2]。

因为文学的特殊职能是在特定的美学理想的指导下形象地反映生活的方法，通过满足人的美学享受和发展人的审美能力的方法来陶冶人的思想感情、培养人的道德质量。它要求作家按照美的规律进行创造，不仅要写出对生活的独特发现，而且渗透着自己的审美体验、审美理想和审美趣味，按照美的要求对感受和理解了的生活进行艺术创造，通过对现实的超越，展现出自身的审美理想。所以说，审美价值是文学创作中的最主要价值追求。一旦文学失去了审美价值这一根本要素，它的生命力也走向了终结。另一方面，文学的审美价值与读者审美需求相契合。文学创作从本质上说是一种社会性的审美实践，它作为作家对社会、人生的多层次体验和表现，蕴含着作家对人的生存状态及生命价值的探求和评价，因而可以满足个体读者或社会群体基于自身的生存处境而产生的精神需求。它带给读者的是审美的精神愉悦，其次才是在审美享受中获得思想感情的转变与认识上的启迪，满足人类追求真善美的需要。也就是说，不论从文学创造的本质观念看，还是从文学创造活动的过程来看，审美价值都是文学创造的核心精神价值。

（三）文学审美创造的特点和规律

从内涵上看，文学是体现审美价值的艺术创造，是一种特殊的精神创造活动。如马克思所言，文学是对世界的“实践—精神”的把握，一方面，文学具有明显的精神反映与精神观照的性质。另一方面，文学与科学认识相比，又具有明显的实践性的一面，充满着创造活力。这两个方面就决定了文学审美创造既具有反映的性质，又具有表现的性质，是反映与表现的统一。

其一，文学审美创造具有精神反映、精神观照的本质特征。在文学创作的过程中，作家充满着对世界、对自身的认识与体验，如若没有这种认识与体验，文学创作就无从谈起。我们说，文学创作中的认识和体验是在反映客观生活的过程中获得的，所以反映是审美创造的固有性质之一。如果否定文学创作是一种反映，那么会割裂文学创作与现实生活之间的联系，否定作家与社会、人民之间的联系。

虽说科学活动也是对客观世界的一种反映，但从根上说，它是理性的逻辑范畴的运动。与科学活动相比，文学创作则充满着激情、热情，渗透着作家的审美情感，处处表现出对美的理想的追求与实现审美理想的意志力量。换言之，在审美反映中，既有感性因素的参与，

1　童庆炳 . 文学概论 [M]. 北京：红旗出版社，1984.
2　霍松林 . 文艺学简论 [M]. 北京：中国社会科学出版社，1982.

也有理性因素的参与；既有主体的感性感受，又饱含着思想情感。

其二，文学审美创造将审美主体的主观能动性、创造性与情感体验放置到突出位置，遵循审美性原则。从本质上说，文学之所以为文学，是因为文学是以强烈情感的艺术形象去感染人、打动人，而不是以抽象的理论去说服人。艺术形象的创造是主体对客观生活的反映，其中就不可避免地蕴藏着主体的思想、情感，表现着主体的意志欲望。恰如王元骧指出的，文学艺术对现实的反映不是以认识的形式，而是以情感的形式，即通过作家、艺术家对现实生活的审美感知和审美体验而作出的[1]。童庆炳也在著作《文学审美特征论》中强调文学创作活动是作家对现实生活的“审美把握”，是创作主体的多种心理机能协调的运动过程，其中主要是感知、表象、想象、情感和理解五种心理机能综合的和谐的运动过程[2]，并认为其中“感知、表象、想象、理解”的心理过程，都灌注了最关键的因素——情感，正是在感知、表象与情感的融合，想象与情感的融合，理解与情感的融合中，实现了文学的审美创造。我们得以见出，无论是王元骧的“审美情感反映论”，还是童庆炳的“审美把握”，都十分重视审美主体的能动性与情感力量，肯定了主体的精神创造。

值得注意的是，在文学审美创造的实际过程中，反映和表现是很难分开的。它们之间相互交融、相互渗透，反映中有表现，表现中又有反映，这两者始终贯穿于审美创造过程中。杜书瀛认为文学创作的本质上是审美的，这种审美本质渗透在文学创作的各个方面，这也意味着文学创作是反映与表现的统一。所以，文学审美创造不是纯粹的精神把握，因为其中贯穿着感情与意志的评价，具有实践性质，它也不是完全意义上的实践把握，因为它并不要求把文学当作现实，使文学作品完全成为功用性的产品。正因如此，钱中文强调审美反映这种实践——精神把握世界的方式，决定了艺术反映中感情和思想的融合，感性与理性的相互渗透，认识和评价、感受形式与语言、形式统一的审美本质特征[3]。

三、文学主体论为内核的文学创作论

20 世纪 80 年代中后期以来，以主体论为内核的文学创作论观念占据主流位置。这一理论观念力图从文学与人性、主体的精神价值的角度来揭示文学创作的特征与规律。

（一）文学主体论的理论背景

文学主体论观念得以萌发，富含着时代气息。我们知道，20 世纪 80 年代中后期是中国推进改革开放与社会思想活跃的历史时期，这一时期人们的思想文化观念刚从精神桎梏中解放出来。在较为开放自由的社会氛围中，人们开始专注于个人存在的意义和价值，这标志着“人”的觉醒，因此，“人”迅速占据了社会思想的核心地位。与此同时，文艺理论界也空前活跃，新说竞起，争论不断，其中有关“文学主体性”问题的探讨，可谓是新时期文艺理论界的争论焦点。不难发现，文学理论研究重心的转变与李泽厚的著作《批判哲学的批判——康德述评》密切相关。文中的创新之处在于李泽厚从马克思、黑格尔“回到康德”，为确立“人 / 个体”的主体性奠定了哲学基础，并指出“发扬个体主体性”是克服异化的途径之一。这一

1　童庆炳 . 文学概论 [M]. 北京：红旗出版社，1984.
2　苏恒，李敬敏，主编 . 文学原理新论 [M]. 成都：四川省社会科学院出版社，1987.
3　梁仲华，童庆炳 . 文学理论基础读本 [M]. 北京：北京广播学院出版社，1988.

思路直接引发文学理论界对主体性问题的思考和讨论。实际上，早在20世纪五六十年代，巴人与钱谷融等人就参与过“人性论”讨论，他们高扬文学中的“人性”“人情”，重视“文学是人学”的理论命题。而20世纪80年代中期以来，“文学的主体性”这一议题的提出，可以说重新衔接起这条被极“左”思潮中断了的“人学”的精神脉络。刘再复吸收了李泽厚的主体性哲学思想，并率先运用在文学研究领域中，把文学中有关主体性问题的探讨推向了一个新的高度。在《文学研究应以人为思维中心》一文中，刘再复提出文学研究应当把“主体”作为中心来思考，给人以“创造主体”的地位，意在建构一个“以人为思维中心”的文学理论研究系统。他又在后来的《论文学的主体性》中系统地阐释了他在《文学研究应以人为思维中心》中所提出的理论构想，认为文学中所遵循的主体性原则，要点在于尊重人的主体价值、发挥人的主体力量，真正以“人”为中心。所以他提出作家的创作应当充分发挥自己的主体力量，实现主体价值，而不是从某种外加的概念出发，这就是创作主体的概念内涵；文学作品要以人为中心，赋予人物以主体形象，而不是把人当成玩物与偶像，这是对象主体的概念内涵；文学创作要尊重读者的审美个性和创造性，把人（读者）还原为充分的人，而不是简单地把人降低为消极受训的被动物，这是接受主体的概念内涵”[1]。

在刘再复的主体性文学观念中，文学主体论和文学反映论之间存在着根本对立性因素，这一对立性因素即在于是否重视主体价值。刘再复的理论创见及其“主体论”思想极大地拓展了文学理论研究视域，它标志着文学主体论从文学反映论一统天下的局面中占据一席之地，也使得研究重心从客体转向了主体。这一显著的转向体现在文学理论教材中，表现为文学观念的更新——“主体性”逐渐被视为文学的本质。从“人”的角度去阐释文学活动，文学创作和接受过程中的主体性问题受到前所未有的关注。九歌的《主体论文艺学》、郭育新与侯健主编的《文艺学导论》、孙正荃主编的《文学论纲》、吴中杰的《文艺学导论》等，无不凸显出文学的主体性特征。长期以来，文学承载着政治功利主义、机械反映论思想的重荷，导致人与人性等问题被忽视，如在创作问题上，不仅忽视了作家作为实践主体的地位，也忽视了作品中鲜活的人物形象读者的能动作用，这在一定程度上导致文学创作缺乏独创性与生命力。主体论的渗透无疑给文学创作理论注入了新的观念内涵。

（二）文学是主体价值实现的艺术创造

我们说，重申“文学主体论”的理论意义，主要体现为文学观念及文学根本立场的转变，而不是流于详细论述这一理论命题。当人们突出文学的主体性特征时，主体论的思想核心即在于只有关乎人的活动才是最能展现其意义与价值的，反之，如果文学背离了“人”这一核心主题，将落于毫无疑义的俗套之中。我们的文化、艺术都是由人自身创造的，更是为了人的存在而发展的，那么文学自身即以一种特有的方式，创造出一种特有的价值。所以说，文学的本质属性在于“人”，文学创作即主体价值实现的活动。在主体性理论中，人的主体性被分为实践主体性与精神主体性，与一般的物质生产实践不同，文学创作活动中追求的主体价值的实现主要被视为精神主体性的实现，目的在于使现实生活中的人在文学活动中复归为完整的、自由的人。因此，文学主体创造也即从精神上自我表现、自我实现的一种方式。

1　刘再复．论文学的主体性[J]．文学评论，1985（6）．

从根本上看，文学主体创造既是作家自身本质的观照，也是作家的自我实现、自我创造、自我完成，因而主体的价值便是在创造过程中得以实现的。人居于社会生活的中心，是社会生活的主体，那么亦即文学创作的主体。人物形象的生动，人物性格的丰富多样，思想感情与外在环境的多样，体现出文学创作客体的整体性与丰富性，人的特点丰富性只能在文中得到全面真实的反映，只有在文学中的人才是活生生的、完整的人。所以人从来都是文学表现的中心，“文学即人学”命题的价值即在于此。九歌的《主体论文艺学》中明确地将“主体性”作为理论建构的核心，把文学的本质定义为“主体的特殊活动”。在他看来，作家占据文学活动中主体地位，原因在于作家能创造出精神价值，并在文学创作活动中实现与确证自己的主体性，促使人性的完满。一般认为，文学表现的是政治、经济、文化等各方面的状况，但都可以归结为“人”的状况，因此文学创作的内容是“人”。作家从描写的对象中，获得了对自身作为“人”这一特性及其本质力量的认识。从这个意义上说，文学创作就是对人的主体性的观照与确立，作家在文学创作中积极发挥能动性的过程，就是主体性展开与确立的过程。

文学主体在创作过程中表现人与现实世界的关系，他主要依靠主体创造性的想象进行生命的超越，无中生有，变化多端，体现出人类主体精神的另一品质，这就是创造。不论是偏重于对客观世界再现的写实性作品，还是偏重于对主观世界观照的抒情性作品，其实都源自文学主体内心的创造自由，因而散发出无穷的魅力。曾庆元的《文艺学原理》中也曾指出“文艺是人追求自由精神的产物”，文艺家的能动性在文艺世界里能得到极大的发挥，体现着“企图超越社会、自然的限制而追求自由的精神”[1]。文学创作对自由的追求，最终表现为创造出比现实更理想的生活，也就是说，文学创作的目的是人，这一点，恰恰与刘再复的理论主张相契合：自我实现的需求则不仅回归自我，而且把自我的感情推向社会，推向人类，在爱他人，爱人类中来实现个体的主体价值，此时，作家既有自我，又超越自我[2]。因此，主体性理论的思想核心亦即“自我实现”所追求的终极目标是爱、大爱、普泛的人类之爱[3]，这就要求作家在创作时强化社会责任感和艺术使命感，为此，作家可以调动一切手段，对现实世界进行重新建构，以符合人的追求目标。在具体的创造过程中，作家面向丰富变化的社会生活，能自由地感受社会的人和事，调动自己的能动性而采取自由的行动，例如从现实生活的形象中的自由择取，到自由地想象变形，再到自由地表达、赋形，文学创作活动自始至终都是创造主体精神的彰显。主体在创造过程中只有冲出现实的枷锁，用一种完整的、理想的人的眼光来看待世界，反映着人的理性或理想的人，才能实现人性的解放与回归。

可以说，文学艺术的价值，从根本上就是人自身生命的观照与实现。在文学创作中，作家主体得以徜徉在自由的想象中实现生命的提升与超越，在充满激情的熔炉中实现人格的升华，将自己的内在生命融入历史和社会总体律动之中。主体生命的价值就在这种创造活动中获得了充分实现，融为一体。这也说明，主体性文学创作的最本质的规定性在于：文学创作始终以人自身为旨归，观照人自身的生命活动，并以人的最高理想来观照现实，从一定意义上说，它不仅是对人的本质力量的肯定和确证，更唤醒了人们居于主体性地位的自由自觉意

1　曾庆元，编著．文艺学原理 [M]. 武汉：武汉大学出版社，1998.
2　刘再复．论文学的主体性 [J]. 文学评论，1985（6）.
3　赖大仁．关于文学主体论的思考 [J]. 中国人民大学学报，1990（1）.

识的唤醒。作家通过文学创作更加自由而全面地认识自身、实现本质力量，这也是文学创作的意义所在。

（三）文学主体创造的特点和规律

从生活到文学艺术，需要经过创造的过程，在这个过程中，作家的主体意识起到了决定性的作用。其一，文学主体创造是以主体为中心的特殊活动，注重个体主体意识的发挥。文学创作不仅要求把人放到实践主体的地位上，还要重视人的精神的主体性，体现在文学创作活动中，表现为对作家主体的能动性、自主性与创造性的重视。首先，主体意识在选择材料和提炼主题的过程中处于主导地位，如文学创作的材料来源是创作主体在实践活动中获得的主观印象与感官经验的结果，而不是客观现实本身，因此带有鲜明的个性、风格特征。其次，文学创作的传达，不仅是对客观生活的反映，而且也是主体的表现。王向峰就认为艺术是以人为主体的：它是由创作主体创造的，内容或是直接的主体或是主体化的对象[1]，将主体置于文学创作的突出地位。唐正序、冯宪光主编的《文艺学基础理论》，也深入探讨了作家个体的主体性问题，认为作家个体的主体性在创作中，首要体现在他必然自觉或不自觉地在他创造的艺术形象中注入自己的审美意识、审美趣味，融入他的价值观念和情感态度，并在文学创作中表现为丰富独特的艺术个性。由此看来，将文学创作视为个体主体意识的表现，就强调了主体对客体的能动作用。并且由于作家的精神力量、思维能力决定着反映客体的程度，于是客体不再对主体意识具有决定性的作用，主体对客体的反映需要借助于主体内部的思维机制与认知模式。这样一来主体论就重新书写了文学艺术与社会生活的关系。也就是说，文学创作是从主体指向客体的过程。主体艺术修养的高低直接决定创造活动成就的大小，基于此，创造主体的观察力、审美力、想象力、情感力、表现力、审美等创造能力必然会受到学者们的极大关注。其二，文学主体创造是主客体之间的契合。吴中杰的《文艺学导论》中对“创作主体”的能动性进行了分析，认为文学创作活动有赖于主客体之间的契合才能进行，并认为这种契合需要具备两方面的条件：一是从客体方面看，文学创作所需的客体生活材料必须具备一定的审美价值；二从主体方面看，必须以主体的审美情趣为中心，客体的审美价值必须符合主体的审美情趣。唯其如此，主体才能进入艺术审美创造。所以艺术真实必然不同于生活的真实，而是经过作家艺术家主体意识渗透的真实形象，是主客观的统一[2]。

如上述所言，文学创作是主体意识的表现，但这一表现又不仅是纯粹的天马行空的幻想，仍需以现实生活为创造基础与依据，不能脱离创造客体而单独存在，更不能否定文艺的客观性及社会生活对文学创作的制约作用。正如马克思指出的，文艺创作按照“美的规律”来塑造，是主客体的双重因素交互作用，对象如何对他说来成为他的对象，这取决于对象的性质及与之相适应的本质力量的性质……因为正是这种关系形成一种特殊的、现实的肯定方式[3]。

在文学创作的过程中，主体能动性的发挥，不能凭空进行，而是要取决于主体对被改造客体即社会生活的认识与主体本身的条件。因此，如果只强调主体或只强调客体，就不可能创造出作为对作家个人才能的物质肯定的文艺作品来[4]。这意味着只有主客体条件构成了对应关

1　王向峰，主编．文艺学新编现代文艺科学原理 [M]. 沈阳：辽宁大学出版社，1987.
2　吴中杰．文艺学导论 [M].4 版．上海：复旦大学出版社，2010.
3　马克思恩格斯全集：42 卷 [M]. 北京：人民出版社，1979.
4　郭育新，侯建，主编．文艺学导论 [M]. 北京：高等教育出版社，1989.

系，通过交互作用，主体对客体的改造才能取得创造性的成果。正是在主客体的统一中，作家才能将自己的审美体验推广为一种全社会、全民族的忧患情思，从而化身为社会与时代的代言者。同时，他们为社会的心声代言的过程实际上也是作家自我价值实现的过程。作家得以在文学创作中将个体意识与民族意识相互统一，在社会语境中实现自我意义的建构，将小我融入大我中，他们的作品获得了不朽的价值和恒久的魅力。

第六章　新时期文学理论研究的发展趋势

第一节　文学理论的批评作用

很多研究者都认为，我国的文学理论研究在表面上看起来产品丰富，但实际上具有较高社会价值的文学理论思想却比较少。这是文学理论研究的批判思想之一，也是文学理论中的批判性对文学理论发展所起到的实际作用之一。有研究者认为，文学理论研究，与已经高度体制化了的学术环境密切相关，并且提出与体制保持距离，将是理论自身良性发展的必经之途。这就意味着，对文学理论继续进行自我批判，从自我批判中寻找文学理论研究的进一步开放及创新，是文学理论研究的发展趋势之一。在目前文学理论研究中的批判思想基础上，进一步寻找创新的可能性，使文学理论既与生活实际交融，又能够展示出其作为文化发展指导理论的独特性，这是以后文学理论研究的根本目的。

一、新时期文艺理论与批评的原点

各种文艺理论批评体系和观念既相互碰撞又相互渗透，这致使开放性与多元性逐渐成为文艺理论与批评的主要导向。一直以来中国的知识体系和文化特征被归结为元典精神，以探求民族精神的源流。马克思主义理论体系的建立及由它所奠基的马克思主义美学理论及其文艺结构体系的建立是以辩证唯物主义和历史唯物主义的世界观和方法论的确立为基础和前提的。创建有中国特色马克思主义文论体系正是我国当代文艺理论与批评的文艺观念和文艺结构形态的走向。

有人说“元典”是金科玉律，不可撼摇，又有人说根本无所谓“元典”且无须执着于“散发着腐味的”“朽烂过时的”先人典籍，真的是这样吗？

近代学者王国维在其《人间词话》中用三句宋词描述了治学过程中的三种境界。他说：“古今之成大事业、大学问者，必经过三种之境界：‘昨夜西风凋碧树，独上高楼，望尽天涯路’，此第一境也。衣带渐宽终不悔，为伊消得人憔悴’，此第二境也。‘众里寻他千百度，回头蓦见，那人正在、灯火阑珊处’，此第三境也。”望尽天涯，孤旅千寻，却原来所觅竟在蓦然回首。

美国著名作家海明威在《太阳照样升起》的序言中援引传道书中一节：“一代过去，一代又来。大地却永远长存。日头出来，日头落下，急归所处之地。风往南刮，又向北转，不停地旋转，而且返回转行原道。江河都往海里流，海却不满。江河从何处流，仍归何处。”原点的复归因时间的流逝、环境的变迁已不再是简单的复现。

美国著名小说家索尔·贝娄的创作代表了当代西方文学将现代主义与现实主义因素相互

交织和彼此渗透的一个重要动向，其作品《赫索格》中那位出身于犹太民族的大学历史教授在作品一开始疯狂地给所有人就所有事写信，但到作品结束时，他一句话也没有了，没有了倾诉与抱怨的欲求。从几近疯癫但却充溢着智慧与博识的话语洪流到宁然无语，这难道是退回起点的衰亡吗？此时的无语显然已不是最初的欲语之始，而是又一次太阳升起时的蓦然回首。作家詹姆斯·鲍德温深深地意识到“那天空在我出生前就已存在，而在我去世之后仍将存在”，作为一个个人，生命的起点与终点似乎消融在宇宙时空而无所谓始终。

宋代禅宗大师青原惟信提出参禅的三重境界：参禅之初，看山是山，看水是水；禅有悟时，看山不是山，看水不是水；禅中彻悟，看山仍然是山，看水仍然是水。此山已非彼山，但还是山；此水已非彼水，但还是水。此山此水是彼山彼水的升华，同时又是新一轮的山水禅悟的起始。

可见原点并不是一个停滞的僵化的死点，它是动态的、变化的、发展的，因为元典是开放的、进化的体系。这不是单纯的周而复始，很少或几乎没有进步，而是螺旋式上升，尽管自行回转，其直径不断加宽，其圆周也在相应扩大。马克思所谓波浪式前进、螺旋式上升盖为此运动。显而易见，原点并非竖立在那儿供人类顶礼膜拜和不可移位的。但原点也非可任意窜游的，山非水且水非山。每一轮新原点的确立都蕴含着旧原点与走向的累积。当然，元典绝非可有可无或应予抛却的，相反，对元典的坚持与发展恰恰是前进的前提。如何运用中华民族自身的文化传统资源作为内在基础和文化命脉，面对全球化进程日益加强的现实语境策动马克思辩证唯物论的科学体系的基本思维结构和思维方式，构筑一个具有多层次、多侧面的文艺结构体系与现代思维概念的科学的文艺学理论系统，无疑应纳入当前文论转型、范式创新的前沿性变革的视野与领域中。

二、人的文学与思想启蒙的批评指向

随着现代社会发展，知识分子将变革的方向由物质层面、制度层面转移到文化层面，从而引发了新文化运动，其实质是针对民族危机、实现强国之梦而采取的应对方略，而借思想文化以解决社会问题的思维模式决定了知识分子对文学的关注。中国现代文学批评先行于文学创作，担纲了民众精神的启蒙者与人的灵魂的干预者，为现代社会发展奠定了思想基础。现代文学批评围绕人的思想启蒙展开，以推进现代社会思想建构为旨归。

中国现代文学批评是在中国近代文学理论批评的基础上发展起来的。它将近代文学理论批评的优良传统在新的历史时期予以发扬光大，特别是在引进西方文学理论、建设新的文学观方面，新时期文学理论批评与近代文学理论批评有着相近的品格。然而，中国现代社会历史语境较之近代社会又发生了重大变化，社会性质的改变要求新的、符合历史潮流的思想文化与社会制度的建设，而文学作为人的思想精神的集中体现，其必然要显现出这一时代独有的特质。

在近代中国文艺思想史上，梁启超主张文学为改良主义政治服务，表现出明确的文学政治功利观，而王国维则追求文学的审美意识，突出文学本体作用，显示出一种区别于社会服务性的非功利文学观，可以说，二人的文学观已经见出中国文学现代性追求的朦胧渴望，已经见出中国新时期文学理论批评的整体走向。在此基础上，鲁迅开启了中国新时期文学理论批评的先河，较之二者，鲁迅的文艺思想则不同于上述两种倾向。鲁迅早期的文学思想受到西方浪漫主义思潮影响，同时，他始终立足于民族现实与社会的审美需求，一面探索文学自身所具备的发展规律，尊重文学的发展个性，一面又强调文学的干预功能，突出文学对人的灵魂的塑造功能，从文学的外在功能与文学自身规约两方面进行探索，呈现出一种具有现代民族化特征的浪漫诗学。

鲁迅在浪漫主义诗学观时期的论文有《摩罗诗力说》《文化偏至论》《破恶声论》《拟播布美术意见书》等。《摩罗诗力说》是鲁迅的处女作，全文激情澎湃地歌颂了八位欧洲“摩罗”诗人，强调诗具有振奋人心的精神，提出了“别求新声于异邦”以发扬民族“自觉之声”的文化建设思路。19世纪末20世纪初，中国近代思想主动出击，形成了中西文化思想的大交汇，于此，中国资产阶级思想家康有为、谭嗣同、梁启超等人开启了向西方学习的大门，将启蒙主义、实证主义、进化观等思想引入中国，正是在这一背景下，鲁迅提出了“掊物质而张灵明，任个人而排众数”的重要观点。由生物进化推及社会进化、历史进化，提高到中华民族在进化中救亡图存的高度来认识，因此，这就忽略了作为精神个体的“人”及个体存在的价值，而注重为种族、国家、群体而存在的“国民”。个体的自我独立性、现实性和创造性被淹没在群体的功利价值观中，反映在文学领域中，则是对于人的个性精神世界的丰富性、复杂性及文学自身的审美特性探究较少。

较之近代思想家，鲁迅既对西方思想文化有广泛涉猎，又有其独特的攫取方面，在观照近代思想家向西方学习的内容同时，更注重对以德国古典唯心主义哲学为基础的浪漫主义思潮，以及后来的新人本主义、新浪漫主义思潮的吸纳。为此，鲁迅提出“非物质，重个人”[1]的浪漫主义诗学观点，强调人的自我意识的觉醒，并将个体的“人”的觉醒与全体民众的启蒙、推翻封建帝制的民族革命思想相互融合，以“人各有己，群之大觉近矣”[2]的自我开放形态，以期通过“致人性于全”[3]的理想人性复归的思路，达到立人、立国的目的。个体情感与内在精神是鲁迅的浪漫主义诗学的出发点，他突出强调文学自身所具有的审美功利性，以期通过“撄人心”来干预人的生活，塑造人的灵魂，从而达到干预社会的效果。这就使得鲁迅的文学观显现出矛盾倾向，即在肯定文学的审美作用中承认文学的超功利性，而在论及文学的社会功用时又夸大了这种功用效果，这体现出浪漫主义思潮在价值观上的矛盾态度。在文学的价值观上，鲁迅之所以表现出矛盾的态度，其原因，一是以梁启超为代表的把文学视为推行改良主义政治决定因素的文学功利观与王国维等人追求的审美意识独立的非功利文学观，同时作用于鲁迅的浪漫主义诗学的结果；二是，近代中国的社会历史语境对现代知识分子提出了双重要求，既要寻求人的精神解放，又要寻求民族救亡图存；既要在捍卫文艺独立性过程中呈现出“尊个性、张精神”的主旨，进而培育人的个体意识，又要以文艺为立国、立民的思想武器，实现救亡图存的历史任务。这一矛盾态度的产生，是由浪漫主义诗学、封建专制文化及“偏至”的资本主义文化共同结构而成。

1 鲁迅. 文化偏至论 // 鲁迅文集 [M]. 长春：吉林出版集团有限责任公司，2016.
2 鲁迅. 破恶声论 // 鲁迅文集 [M]. 长春：吉林出版集团有限责任公司，2016.
3 鲁迅. 科学史教篇 // 鲁迅全集 [M]. 长春：吉林出版集团有限责任公司，2016.

陈独秀和李大钊同样主张文学批评的思想启蒙与灵魂干预功能，二者的不同在于陈独秀倾向于从推翻旧文学，创立新文学的角度对新文学建设提出主张；李大钊倾向于从个体解放方面来普及新的思想文化。他们虽不专注于文学创作，但其理论批评具有独特个性，对中国新文学的发展有着重要的影响。陈独秀创办的《新青年》以空前的气魄发起了反对旧道德，提倡新道德，反对旧文学，提倡新文学的新文化与新文学运动。他的文学思想，既是新文化与新文学运动的兴起标志，又是构成这一运动的理论成果。西方文化思潮、中国传统文化及"五四"新文化成为陈独秀文化思想的三大组成部分，这也就使得他的文化思想既与西方文化精神密切相关，又与中国现代社会的启蒙救亡血肉相连，在中西方文化碰撞中，在革命与救亡的现实背景下，陈独秀对中西文化思想进行了多角度思考。他肯定了西方文化中的个体精神、理性精神与实证品格，否定了带有家族特征的个人主义的传统文化弊端。因此，他在《五四运动的精神是什么》一文中提出新文化运动的基本精神：反对家族主义，提倡"牺牲的精神"，开展启蒙教育。陈独秀所秉持的文化观念一直延续到他的文学观中，他在《文学革命论》中提出了"三大主义"，既表明了他对西方文化思想与文学观念的认同，也反映出对新文学的本质与社会功用的认识，如此，陈独秀提出了对新文学的基本要求，写实，这也成为他进行文学批评的标准。同时，他也意识到，过度强调写实，势必会对文学造成伤害，陈独秀也意识到这一点，于是，他将文学的"写实"内容与哲学、史学进行比较：哲学旨在"创造理想"，而文学旨在写"时代理想"，史学讲究"正确性"，关注"社会状况"，文学讲究趣味，"留心社会心理"。

在此，陈独秀对文学的"写实"内涵给予了提升，从要求文学直接描写现实，上升为超越客观，描写"时代理想"；从文学与客观世界的对应关系，扩大到文学与客观世界的间接关系；从实际的社会生活，扩展到"社会心理"。这不仅赋予文学更为宽泛的包容性，且使文学的本质属性更具有合理性。

李大钊是五四时期最早接受马克思主义的先驱之一，也是一个信奉"博爱""平等""自由"的人道主义者，他发表过《我的马克思主义观》，也宣传了这样的观点："我们现在所要求的，是个解放自由的我，和一个人人相爱的世界。"[1]其文学思想也建立在两者之上。李大钊的文学理论核心是"爱"与"美"，前者是从社会功能角度对文学的要求，后者是从哲学、人生观上对文学进行审美观照。他在《什么是新文学》中提出了关于文学的三个命题：一是提出"为社会写实"的基本要求；二是定义了文学"以博爱心为基础"的性质；三是提出文学创作"为文学本身"的要求，也就是"美"的要求。总体来说，李大钊在"为社会写实"的基础上，形成了关于"爱"与"美"的文学观点。从陈独秀、李大钊的文学观中可以看出，中国现代知识分子的文学思想都是以中国现代社会现实为出发点，以建设新文学、新文化、新社会为目标，以启发民智、启蒙思想为直观目的，其文学理论批评深深地根植于中国现代社会现实，在特殊观照文学的"理想""爱"与"美"的原则中，我们也可以深切地感受到其中所透露出的实用性精神。胡适是"五四"新文学运动的闯将之一，曾赴美留学，对杜威的实用主义哲学推崇备至，他的政治、社会观和文艺观都深受其影响。"五四"时期，胡适的文艺理论主要

1　李大钊. 我与世界 // 李大钊选集 [M]. 北京：人民出版社，1959.

集中在文艺的发展观与白话文理论两方面，而这两方面理论都根源于实用主义，即实用主义的历史进化观与实用主义的重实验的方法。二者是相互联系的，即历史进化观是用实用主义方法证明的，而白话文理论又是对文艺发展观的具体描述。胡适将进化观引入文学理论，其成果在于否定了永恒不变的古典文学的合法性与权威性，并在此基础上提出了“一时代有一时代之文学”。这在很大程度上适应了时代的需要，既否定了旧文学主宰文坛的可能性，又有效地张扬了文学革命的必要性与合理性，从而为新文学的发展提供了理论依据，也为新思想的启蒙找到了合理途径。

胡适关于文学发展观的重要一点就是文学的“自然趋势”。在《谈新诗》一文中，胡适指出了中外文学发展的历史规律：文学都有一个自然的向前运动的趋势，“自然趋势逐渐实现，不用有意地鼓吹去促进他，那便是自然进化”[1]。可以用这一规律来阐释中国古代文学的发展，从而推导出，作为中国文学进化中的一环的新文学同样是文学自然进化的产物。这从发展的观点阐明了反对旧文学的必然性与提倡新文学的合理性，胡适文学发展观的意义也正在于此。而文学发展观的意义却不止于此，在胡适看来，文学之所以能“自然进化”，起决定作用的因素是文学的内容。胡适认为，文学内容包括情感与思想，这二者又受到时代社会的现实制约，跟随社会现实发生变化，因而，承载文学内容的文学形式也要随之变化，这才能充分准确地将文学内容表达出来，这便是胡适的文学发展观与白话文理论相辅相成的体现。

胡适带来了“进化精神”，为文学革命与新思想启蒙带来了合理的哲学基础，其中，最为突出的贡献便是对新文学语言和形式的改革。胡适对新文学形式的论述是最全面、最积极的。他不仅从体裁角度对新诗、短篇小说、戏剧等新文学形式进行论析，而且抓住了文学的本质特征，从文学是语言艺术的角度，反复论述了“白话”在文学中的功能和价值，提出了一整套关于白话的艺术理论。胡适认为，新文学运动在其现实性上就是白话文运动，是“文学工具革命”的运动，其他一些文学改革都是围绕这一中心进行的。这从文学自身发展的过程和历代文学改革的经验中可以得出，一方面“文学的生命全靠能用一个时代的活的工具来表现时代的情感与思想”；另一方面，“历史上的‘文学革命’全是文学工具的革命”[2]。胡适的白话本位思想来自他从实证出发所得到的历史事实，同时还得益于他对文学语言形式作用的深刻体悟。胡适认为，“死文字（文言）只能写出死文学”，“活文学当要活文字”。因而他率先垂范，创作了新诗，并以此为突破口，彰显“活文学”的平易畅达。胡适的文学发展观与白话文观，既为文学革命提供了哲学支撑，又指明了文学形式的发展方向，为新文学的发展奠定了坚实基础。同时，这种新的文学语言与文学形式成为启蒙思想传播的重要载体。

五四时期，周作人与胡适、陈独秀等人一起向封建文化和旧文学发难，经过摧枯拉朽的猛烈批判后，他适时提出：“两三年来文学革命的主张在社会上已经占了优势，破坏之后应该建设了。”[3]周作人提出的“人的文学”“平民文学”及新文学“思想革命”等关系文学本质的理论观点，为新文学的发展指明了方向。周作人的文艺思想集中于对新文学的本质属性的论述，人道主义思想是其理论前提，而其人道主义思想不是基于复杂的社会实践，而是基于封

1　胡适．中国新文学大系建设理论集 [M]．上海：良友图书印刷公司，1935.
2　胡适．逼上梁山 // 中国新文学大系建设理论集 [M]．上海：良友图书印刷公司，1935.
3　周作人．圣书与中国文学 [J]．小说月报，1920（1）.

闭的个人的天然形态与较为抽象的理性形态。正是从“理性形态”出发，他明确声称：“我所说的人道主义，并非世间所谓‘悲天悯人’或‘博施济众’的慈善主义，乃是一种个人主义的人间本位主义。”[1] 这种对“个人主义”的发现与强调是针对几千年封建历史中“人格”与“人性”的丧失而言的，目的在于重新找回被封建文化刻意遮蔽的人的本质。尽管这种内限于“个人”的人道主义存在着明显的局限性，但从反封建礼教、封建统治和文化的角度看，周作人所倡导的“个人”的人道主义是有深刻的启蒙意义的。“人的文学”是，“用这人道主义为本，对于人生诸问题，加以记录研究的文字”，其着眼于“人生诸问题”，观照底层人们的“非人的生活”，展示“理想的生活”，并将新文学的本质界定为“重新发现‘人’”的一种手段，根本目标在于助成人性健全发展，而后提出的“平民文学”，成为“人的文学”的具体化与重要补充。周作人的文学成为思想启蒙的核心精神，同时，人的文学也成为现代文学批评的指导方向。

周作人的文学思想是变化的，当他发现“人的文学”正朝着功利化倾向发展时，他将文学带回到“自己的园地”，肯定文学的个人性，尊重创作自由，反对“以个人为艺术的工匠”。他的文学实践正是对“个人主义”的践行，他为新文学提出的要求是“文学是人性的，不是兽性的，也不是神性的”，“文学是人类的，也是个人的”。在对个人性的充分肯定中，周作人也将启蒙的圈子不断缩小，逐渐沉醉于自我启蒙的世界中，从面众而呼的“人的文学”走向了细若微语的“自己的园地”，从大历史性质的启蒙走向了封闭的个人世界。当然，这种对文学的个人性的肯定也是现代性启蒙的方向之一，而值得思考的是这种启蒙的方式也是个人性的，是局限在知识分子自身的狭小圈子之内的，是与民众没有接合点的，是知识分子自身的自我陶醉，由“自己的园地”派生出来的“趣味”更见出周作人文学思想的个人性。

从鲁迅的“尊个性，张精神”，到李大钊的“爱”与“美”的文学理想；从胡适的进化观到周作人的人道主义，都是对新的思想文化的提倡与传播。这些新思想都是围绕着“人”来进行的，一方面是对人的个体精神的解放，即将人从封建思想的钳制中解出来，还以爱与美的自由；另一方面肯定人的灵肉合一的主体存在，同时，在进化论哲学推演下，文学的形式和语言获得新的生命力，成为新思想传播的有效载体。现代文学批评者在文学思想与形式方面的创新都是对人的文学的开创，都是对人的思想性启蒙而进行的批评实践。

三、新时期文艺理论与批评的走向

起点的问题实质上就是一个关系体的问题，对文艺理论与批评的走向的探索当然也必须放在关系中来考察。我国当代文艺理论广纳西方近现代文论，积极主动应对和呼应文艺创作现实，各式文艺理论的开发及应用纷繁复杂，其间良莠不齐：一些思想敏锐的文艺工作者意识到多元综合发展态势的必要，但同时文艺创作中又出现了一批所谓朦胧得不知所云的作品，甚而有为其鼓吹的所谓现代文论跻身神圣的文学殿堂。

时下，文学艺术中雕琢形式、实验技法的风气愈演愈烈。部分创作者刻意求新求奇，过分讲究叙述视角、语调、结构的复杂组合，以手法技巧的大胆探索为名掩盖生活经验、思想情感、人生感悟的匮乏。目前大量涌现的所谓畅销作品，暗示为年轻貌美女作家所写，以日

1　周作人. 人的文学 // 中华文学评论百年精华 [M]. 北京：人民文学出版社，2003.

记随笔、小说等形式出现，披露该作家个人隐私，一味宣扬纵情的自我，强调作品艺术形式感官冲击力，漠视或者极力贬低作品的认识价值和教育意义，逃避社会责任。部分批评家遭遇此种背离了读者欣赏趣味和接受习惯的内容空泛的形式作品，感到晦涩难解、不知所措，居然认为是形式本体论下的探索之作而大加褒扬。显然，如何科学处理文学艺术活动与人类其他精神活动之间的辩证关系已是当前文论的一个亟待解决的课题。

诚然，从一个原点出发必有无数辐射状路线，或上或下，或前或后，或左或右，甚至或曲或直，或断或续。究其实质，还是一个主客二分的问题——我国文论界忽主忽客的主体论和客体论的失衡的问题。文学鉴赏审美反映的基本特点就是审美主客体的双向逆反的交叉运动，主客体本质的对应交换。其中主体对客体具有广泛的吸收性和确定的排斥性。主体广泛吸收客体输入的信息，但主体所接纳的却不是客体信息的全部，而是符合主体的需要、与主体发生同构关系的那部分现实生活。而就客体对主体来说，客体是受动性的能动性。客体本身具有一种内聚力和抗拒力，它对主体对自身信息的吸收和排斥做同步共识反应，致使主体不但同化客体而且要顺应客体。审美主客观关系在具体的艺术活动中便展现为客观的主体性和主观的客体性相统一的心理现实[1]。现实客体的主体化，从它的否定形式来说，就是使客体的属性符合主体的需要，使客体的属性变为主体的属性，使客体具有了主体的特性；从它的肯定形式来说，则是把主体变为具有客体性质的主体，客体肯定主体。它同样是主客体的双向逆反同化。现实客体的主体化是一种由外向内的运动，主体自身的二重化是自身的内部活动的审美意识的建构过程[2]。

创建，必须确保其自足的存在地位和价值取向。我们的本土文化民族艺术、传统美学是我们发展的基础，同时要学习西方的一些思维和研究方法，并融合中国文化根基、后世的哲学思想智慧的内容，尊重、拓展多元竞争、多样发展的理论。文艺理论工作者的焦躁表明了他们的心在随着时代的脉搏律动，当一种纯粹的思想没能表达出来时，他们试图抛却原有出发点另寻根基的歧路之行是必然中的偶然，是主体同化客体和顺应客体的复杂的结构系统的机制使然。每一次行路前的重新审视是对原点的再定位、对元典的发展和对各种走向的整合，发掘研究人员的最大潜能，其最终目的是升高，最终方向是前进。

第二节　生态文学研究

文学所具何种精神意义，是每个时代、每个国家和每种文学思潮发展最终需要面对的问题，也是文学发展的最终使命。通常情况下，一种文学思潮即当时社会最尖锐的社会问题的影射，而目前全球最尖锐的问题究其根本，都可以用“生态”两个字来概括。发源于美国的生态文学研究，已经逐渐从文学作品研究上升到文学理论研究层面，生态文学作为一种文学理论，也将促进我国生态文学的进一步发展。并且，随着世界环境保护活动的发展及人类社会的自由、平等、博爱思想的发展，未来的生态文学将成为未来人类社会的“生态精神”的代表，人们能够更加客观地认识自然、能够对自身的行为进行彻底反思、能够将人类社会的

1　马龙潜. 当代文艺学—美学观念引论 [M]. 济南：山东大学出版社，2000.
2　栾贻信，马龙潜. 实践——建构美学初论 [M]. 济南：山东大学出版社，1989.

种种行为视为生态环境发展的一部分，这是未来生态文学所要表达的思想，也是全世界生态文学发展到顶峰时期所具有的精神意义。因此，对生态文学进行研究，将是我国未来文学理论研究的发展趋势之一。

一、生态文学的界定

在英美学界乃至在英语世界，学者们常常用自然书写或自然写作（nature writing）或阿卡狄亚写作（Arcadian writing）、自然取向的文学（nature—oriented literature）、自然文学（nature literature）、环境取向的文学（nature—oriented literature））或环境文学（environmenta lliterature）来指代这一文类，不同的学者又根据某类著作所涉内容的侧重点不同而对自然书写进行细分，使得它的亚文类名称繁多，真令人眼花缭乱。总的来看，英美学者用“生态文学”（ecoliterature）这一术语的情况并不多，而在中国学界，大多喜欢用这一术语来指代描写自然和探讨人与自然间关系的各类文学作品。

迄今为止，在英美乃至世界生态学界还没有给自然文学下一个被广泛接受的定义，学界大多采用描述性的方法来介绍它，也就是通过描述其主要所涉内容或主要特征来对它进行分类。

美国著名自然书写研究学者托马斯·J. 莱昂认为，“自然书写”术语不能恰适地描述这个文学类，仅仅是因为它实用、方便才用它来指称这个以多种方式描写自然的文学作品的大杂烩。从其源头看，它就不是一个“井然有序的领域”[1]。尽管如此，为推动自然文学研究和创作，他从 20 世纪 80 年代初就开始对这一文类进行研究和分类，并将其分为三个维度，即自然历史信息、个人对自然的反应及自然的哲学思考，然后再根据以上三个维度在作品中的权重来进一步确定其所属的类型，并对各种类型的大致内容给予了较为详细的介绍，还以图表举例说明[2]，各亚文类之间也绝非一成不变，泾渭分明，相反，它充满活力，多姿多彩，相互渗透。总之，在莱昂看来，不管采用何种艺术手法，也不管属于何种类型的自然书写散文，这种文类的基本目标是“关注外在的自然活动”[3]。

1995 年，美国著名生态批评学者劳伦斯·布伊尔在其里程碑式的生态批评名篇《环境的想象：梭罗、自然书写和美国文化的形成》中尽管没有明确定义“环境文本”，但他指出了其四个主要特征或因素，这些特征或明或暗、或强或弱存在于这些文本中：第一，非人类环境不仅仅是作为背景而存在，而且它还是显示人类历史也与自然历史相互交织的存在；第二，人之关切不应理解为唯一合法的存在；第三，人的环境责任也是文本伦理取向的一部分；第四，文本至少还暗示环境是作为过程而不是一个常量或不变的给定而存在的认识。根据这些标准，很少有作品不与环境文本挂上钩，哪怕它只是一点点。同时，很少作品明白无误、一以贯之都符合这些标准。[4]

从布伊尔所指出的环境文本的四个特征可看出，他的环境文学的定义是非常宽泛的，不

1　Marvin Perry.　An Intellectual History of Modern Europe[M]. Boston：　Houghton Mifflin Company，1993.

2 3　Cheryll Glotfelty and Harold Fromm，eds.　The Ecocriticism Reader：　Landmarks in Literary Ecology[M]. Athens：University of Georgia Press，1996.

4　Lawrence Buell.　The Environmental Imagination ：Thoreau ，Nature Writing ，and the Formation of American Culture[M]. Cambridge：　Harvard University Press，1995.

仅文体不受限制，甚至文类也得到了极大的拓展。简要地说，作为环境文学文本，它必须符合这个基本条件：必须超越人类中心主义的关切，承认非人类自然环境本身的价值和对人类历史的影响，同时，它还必须具有环境友好型的伦理取向。当然，在该著中布伊尔主要探讨的是非虚构的环境著作，诸如《瓦尔登湖》及《沙乡年鉴》等，并试图借这些著作建构他的“文学生态中心主义”诗学，以期指导生态文学创作。[1]

2000 年，另一位美国生态批评学者帕特里克·D. 默菲在《自然取向的文学研究之广阔天地》一著中用“自然取向的文学”指代这个庞杂的文类，并宣称“自然取向的文学是一个国际性的多元文化运动”，因而应将其置入国际性的比较框架中进行研究。换句话说，我们必须认识到自然文学的形式、风格和内容的多样性、差异性甚至异质性，超越英美自然书写所隐含的“非虚构性的偏见”[2]。为此，他还对“自然取向的文学”进行了较为详细的分类。他这样描述自然文学：自然取向文学要么指将非人类自然本身当成题材、人物或背景的要素，要么指讲述人与非人类相互作用的作品、哲理探讨自然的作品及借助文化或违背文化介入自然的可能性的作品。在他看来，自然取向的文学包括自然书写、自然文学和环境文学及环境书写四个大类，它们既有虚构的成分，也有非虚构的成分。它们之间没有等级之分，只是处理题材的方式不同，无论它们采取诗歌、小说、戏剧或散文体裁都行，都是自觉创作的文学。为了进一步解释其分类的理由，默菲还以图表的形式较为详细地指出了以上四类文学的具体表现形式和结构特点，颇具启发性。概要地说，自然书写和自然文学偏重相对纯净的自然风景和哲理思考，而后两类则偏重退化的环境和环境危机的描写，其环境保护色彩浓烈，更具现实针对性，并具有强烈的环境危机意识和生态保护意识。另外，自然文学和环境文学的虚构性特征表现得较为突出，而自然书写和环境书写的非虚构性特征则较为明显。中国生态批评学者王诺在专著《欧美生态文学》中曾这样定义生态文学：生态文学是以生态整体主义为思想基础、以生态系统整体利益为最高价值的考察和表现自然与人之间关系和探寻生态危机之社会根源的文学。生态责任、文明批判、生态理想和生态预警是其突出特点[3]。应该说，王诺的这个定义是比较全面的，他不仅明确指出了生态文学的思想基础，而且还提出了判断生态文学的最高标准———生态系统的整体利益。书中他还指出了生态文学的四点主要特征，即生态系统整体利益至上、生态责任、文明批判及生态理想和生态预警，其中，前三点是核心特征。然而，如果我们要严格按照王诺的定义和要求去审视和评判人们广泛认可的生态文学经典，甚至王诺在《欧美生态文学》中所评价的西方生态文学经典，恐怕能“入选”生态文学的作品就不多，甚至很少，主要原因并非全在他的生态文学定义太严格或苛刻，而是该定义忽视了人类文化历史的复杂性和自然与文化间千丝万缕的联系，更忽视了种族 / 族裔、性别、阶级、文化及信仰等与自然间的紧密勾连。最重要的一点，王诺的定义遗漏了环境公正议题。生态作为一个问题的产生具有非常复杂的历史、思想和文化根源，解决生态问题路径，也一定非常复杂，不可能简单粗暴，搞一刀切，更不可能一蹴而就。因而以生态整体主义作

1 Lawrence Buell. The Environmental Imagination : Thoreau , Nature Writing , and the Formation of American Culture[M]. Cambridge: Harvard University Press, 1995.

2 Patrick D. Murphy. Farther Afield in the Study of Nature—Oriented Literature[M]. Charlottesville: University Press of Virginia, 2000.

3 王诺. 欧美生态文学 [M]. 北京：北京大学出版社，2003.

为生态文学唯一的思想基础，显然既不够周全，也不够深刻，甚至可能发生借生态健康之名，行生态殖民主义之实，发达国家对发展中国家或欠发达国家实行生态压制和生态剥削的行径，或在一个国家内部主流社会借生态压制弱势族群，从而导致广泛的生态人道主义灾难。由此可见，要给生态文学下个周详、操作性强的定义实属不易。尽管如此，笔者结合生态文学的产生、发展、演变及其当下的研究状况，尝试给它下个定义：生态文学是通过描写人与非人类自然世界之间的复杂纠葛而揭示生态危机产生的深层思想根源，以探寻走出生态困局的文化和现实路径的文学。其宗旨是实现具有普遍公平正义的人文世界与非人类自然世界之间的永续和谐共生，非人类中心主义取向的生态伦理的建构、对主流科学预设和物质主义文明的批判、生态乌托邦的构建及生态灾难启示录书写是其显著特征。另外，生态文学往往还透露出一种敬畏自然的神圣感和神秘感，反映人之精神与自然生态之间的对应关系，精神健康与生态完整之间的互动感应，且前者依赖后者。最后，不管是出于作者的自觉意识还是无意识，生态文学常常蕴含一种或显或隐的生态焦虑感和生态危机意识，因而时常表现出生态救赎的冲动。

二、生态文学创作的原则

今天，世界生态文学园地郁郁葱葱，枝叶繁茂，让人眼花缭乱，但如果我们细心品鉴，就会发现规整园地的三条基本原则，即生态学原则、具身性原则和环境公正原则，这三原则也是影响或指导生态文学家们创作的重要原则。其中，前两个是生态文学家们遵循的基本原则，而第三个则是指导生态文学家构建和谐社会人文生态与非人类自然生态永续共生的基础性原则。

所谓生态学原则，指的是生态学相互联系和万物共生平等的信条。在生态学诞生之初，相互联系主要指非人类自然世界中生物有机体与其周围环境（包括非生物环境和生物环境）之间的相互关系。随着生态学的发展与成熟，这种联系逐渐拓展为万物之间相互联系，并将人类物种也纳入生态世界，人类也成为生态共同体中的普通成员或公民，既不比其他物种高贵，也不比它们低贱，是共同体中相互依存的同伴，漫漫自然演进过程中的伴侣。这样，社会人文生态、人之精神生态和非人类自然生态就自然成为一个水乳交融、精致完美的有机整体，生态学也因此上升为整体主义取向的生态哲学，大致可称之为生态中心主义哲学。总的来看，在生态文学兴起的早期，尽管生态学这一科学术语还未出现，但生态文学家们却已在其生态创作中表现出或强或弱、或隐或显的自觉的生态冲动，一种万物普遍联系的关系意识，这在怀特、华兹华斯、拉尔夫·沃尔多·爱默生、梭罗及缪尔等的生存实践和生态著述中都有不同程度的反映。我们甚至还可以这样认为，他们的生态著述预示并推动着生态学科学的诞生。当然，实事求是地讲，我们还不能将他们的生态意识与成熟的生态学科学精神相提并论。伴随工业技术革命的全球蔓延，世界生态形势的持续恶化及生态学科学的发展，生态文学家们的生态学意识逐渐增强，由朦胧变得明晰，甚至直接在生态科学原则的影响和指导下进行生态文学创作。

总体上看，20 世纪以来的生态文学处处透露出浓郁的生态科学精神。比如，利奥波德是著名的环境保护科学家、野生动物保护学家，也被尊为生态哲学家，卡逊是著名的海洋生物家，还有其他许多生态文学家大都深受生态学或生态整体主义哲学的影响，难怪在他们的生态著作问世之初，大众一般都将其看成生态科普读物，比如，《沙乡年鉴》和《寂静的春天》就是如此。

生态学原则不仅反映在生态文学的内容方面，还反映在审美方面，并借“文学生态中心主义”这一主张得以彰显。“文学生态中心主义”主张把以人为中心的文学扩展到整个生态系统，将抽取出来人的概念重新放归自然，研究他与非人类万物生灵之间的关系，借此挑战人类中心主义思维惯性及其种种表现。具而言之，“文学生态中心主义”通过被称为激进的“放弃的美学”（the aesthetics of relinquishment）而表现出来。所谓放弃的美学，它指放弃对物质的占有，放弃人的中心性和唯我独尊的主体性，与此同时，也赋予自然存在物主体性，让自然存在，诸如动物、花草、季节甚至自然现象等成为文学表现的主题或主角，从而与成熟的生态学原则或生态中心主义哲学原则相呼应，这在《瓦尔登湖》《沙乡年鉴》及《寂静的春天》等生态名篇中都得到生动形象的落实。[1]

所谓具身性原则，指的是生态作家们在进行创作时总是让自己的、他人的或非人类自然存在物的物质身体“出场”，让身体成为积极的行动者、表演者、言说者和思想者，让身体承载、传播生态信息，拒绝空洞的生态说教或概念的推演。也就是说，他们大多通过对人物之肉身和非人类自然存在物之身体的描写，凸显人和非人类存在物身体的生物性和跨身体性特征，揭示二者之间的相似性或共性，从而将人放归自然世界，以抵御人的中心性。对具身性的重视一方面旨在明证人与非人类世界之间水乳交融的关系，另一方面是承认和尊重非人类身体的他者性，以强调人的生态责任。当然，对于非人类自然之具身性的描写，往往采取二重书写手法，即突出表现其物质性或生物性和精神性的共在现象。

生态文学家，尤其是传记体生态文学家和生态诗人及其著作中的人物，几乎总是身体力行，融入自然，用肉身去接触自然、感觉自然，而后凭自己的直接经验，甚至遭遇自然时所留下的“伤痕”去确证自然世界的实在性、先在性、第一性和不可还原性，从而能更深刻地感悟自然，提炼出有关人与自然之间关系的深沉思考。甚至可以这样说，对于生态文学家而言，身体与自然的遭遇是两个实实在在的主体之间的交流和碰撞，从而实现人与自然之间无中介、无障碍地沟通交流。为此，人必须在大自然面前保持谦卑平和的心态，这既是对人类中心主义的全然否定，也是人立身处世的原则。唯其如此，方能构建和谐的人与人关系和人与自然的关系。

所谓非人类世界的具身性二重书写，指的是生态文学创作既强调自然存在物的物质性或生物性，也凸显其精神性甚至神圣性。具而言之，生态作家笔下的动物绝不是哲学家笛卡儿眼中那种没有灵魂、只能感受痛苦的自动机器。非人类自然世界也绝非庸俗唯物主义者眼中那种死气沉沉的机械世界，而是蕴藏无尽精神内涵的生命世界。所以生态文学家们常常对浩瀚无边、精致完美、神秘莫测的自然深感敬畏，充满好奇，同时也感叹人之渺小、无知与无助，因而他们常常满怀谦卑走向自然，融入自然，经验自然，感悟自然，从自然中寻启迪、

1　胡志红．西方生态批评研究 [M]．北京：中国社会科学出版社，2006.

找良方，小可修身养性、完善自我，大可改良社会、治国安邦。正如生态文学家爱默生在《论自然》中写道："语言是自然事实的符号表达"，"特定的自然事实是特定的精神事实的象征"，"自然是精神的象征"。为此，他疾呼美国文学界走向自然，以确立新兴美国与自然之间原初的、直接的关系，由此建立独立于旧欧洲的美国文学、文化，进而获得独立的美国精神。[1]此外，许多少数族裔生态文学家不仅重视自然的精神性，而且还特别看重它的神圣性。在他们的眼中，自然是天、地、神、人共栖的世界，因而伤害自然必遭报应。当然，生态文学家突出强调自然的精神价值，还在于试图以之抵御贪婪的物质主义对它的无度盘剥，浅薄的工具主义对它的僵化框定，冷酷的科学主义对它的无情肢解。

如果说生态学原则和具身性原则是生态文学家用于处理人与非人类世界间关系的两个核心原则，那么环境公正就是他们探寻如何在人与非人类世界的关联中实现普遍社会公正之路径的原则，以期确保人与非人类自然间的永续和谐共生，其主要与种族 / 族裔、性别、阶级、文化、信仰及地域等概念范畴发生勾连，其中，种族范畴是核心。具而言之，环境公正既反对一国内因种族 / 族裔、性别、阶级、文化、信仰及地域等的不同而导致在环境资源、环境负担和环境责任等方面的分配不公和环境政策上的歧视性现象，也反对一切形式的国际环境不公和环境歧视，拒斥一切形式的环境剥削和环境压迫。环境公正曾经仅作为公共环境政策核心议题之一，但对于生态文学家尤其少数族裔生态文学家而言，其通常作为一个基本的理论立场和观察点，借此与主流或强势文化开展生态对话，彰显自己文化独特的生态智慧。在一国之内，生态文学家尤其少数族裔生态文学家，总是站在环境公正的立场，揭露主流社会强加给少数族裔社群的环境种族主义歧视和压迫，并探寻通达环境公正的多元文化路径。比如，美国印第安女作家琳达・霍根的《力量》就是深度揭露环境种族主义行径的当代生态小说之一；在国际上，他们要揭露西方发达国家针对不发达国家所实施的环境殖民主义甚至环境帝国主义行径，呼吁国际环境公正。比如，当代印度作家阿米塔夫・高希的《饿潮》就对此予以深刻的揭露。由此可见，环境公正既包括国内环境公正，也包括国际环境公正，有时还包括代际环境公正。此外，有些生态作家，尤其少数族裔女性生态作家，比如，琳达・霍根，还进一步指出了性别歧视、种族歧视及自然歧视之间的内在勾连，故她们往往还将女性（性别）也纳入环境公正视野的考察范围，揭示父权制压迫、种族压迫及环境退化之间的复杂纠葛，从而将生态女性主义议题与环境公正议题也结合在一起，共同致力于探寻通向普遍环境公正的文化与现实路径。

当然，由于作家自身的文化视域、生存境遇及个性特点等因素的影响，他们大多仅侧重于种族 / 族裔、性别、阶级、文化、信仰及地域等范畴中的某个或几个侧面，也因此凸显自己的创作特色。总的来看，环境公正议题的复杂性在当代生态小说中得到最为充分的揭示，也借助小说最为充分地说明了"生态"与社会之间纠葛的庞杂性和解决生态问题的艰巨性。

三、生态文学的科学性

与其他文学相比，生态文学突出的特征之一是具有科学性，笔者想就这个特征展开进一步阐释。除了科普作品，生态文学应该是极少数具有鲜明科学性的文学类型了，但科普作品

1　约翰・缪尔. 墨西哥湾千里徒步行 [M]. 王知一，译. 北京：人民文学出版社，2016.

的创作主旨是形象地传达科学知识，而生态文学的核心还在于艺术审美。学界在讨论生态文学的不足时，一个被很多人提到的特点是过分强调生态性而审美性不足，或者说科学性冲淡了审美性，似乎科学性与审美性不可两全。但这样的观点本身是值得怀疑的，科学分析真该被斥为破坏了构成文学作品和阅读独特性的东西，而且首先破坏了美学乐趣？[1] 环境文学在拓展和发展过程中亟须开放性的思维方式，它不仅在艺术殿堂中徜徉，环境文学还要与自然科学（大气、地貌、水质、林业、噪声学等）、与社会科学（经济、文化、法律等）建立多边的、广泛的联盟。一个环境文学家比别人需要更为丰富渊博的现代科学意识与多种学科知识。[2] 其实，科学性应该是生态文学的必备特质，科学性是生态文学产生的历史背景和知识基础，同时，如果没有科学性，生态文学也失去了继续存在的可靠理由。

何谓科学性？科学性在不同的学科有不同的表现和形态。自然科学建立在理性逻辑的基础上，它关注的主要是物质领域，其中的科学性，应该是用严谨的数据和理论，解释、推演或者创造某种事物或者现象，它重视过程的逻辑严密、结论或结果的准确，它的科学性是环环相扣的。相比之下，文学属于人文学科，人文学科关注的是人类道德情感、理想信仰、审美风格等精神领域。好的文学作品是情理交融的，它动用直觉情感，但也不应该缺乏理性，其中的科学性，并不过分在意过程的严密和结果的准确，而是强调对事物、现象和人性的观察力、洞察力的敏锐度，它可以超越当下提前做出警示，也可能需要深入精神层面的挖掘。也就是说，文学中的科学性重视过程的呈现和细节的刻画，这种科学性致力于事物和问题深度与广度的开掘，它的形态是立体多元的。

具体到生态文学中的科学性，有学者认为，自然科学话语进入生态写作叙事的符号层面，从符号代码角度看，主要表现为三种维度：其一是自然科学知识、术语的直接镶嵌对文本形态的影响；其二是自然科学的思维特征、研究方法对文本特征的影响；其三是自然科学认知推动生态写作中叙事模式、伦理立场的现代化。[3] 可以简单概括为，生态文学中的科学性表现为科学知识、科学叙事和科学思维。也就是，生态文学的科学性以自然学科知识为基础，同时也在文体格式和叙事表达中表现出来，最终抵达的是宽广深邃的生态价值观和科学思维。值得注意的是，科学与技术不能画等号，科学更多的是思想观念和思维方式，它是人们追求的永恒目标，而技术是科学有缺陷的果实，它是不完美的实体。人们盲目迷恋的是技术立竿见影的效果，进而产生了对自然的妄佞之心，而技术本身的不完美及其强大效用带来了严重的“现代性的后果”。

生态文学产生的知识背景是建立在现代化工业及海洋环境科学的自然学科基础上的。一方面，之前的人们没有意识到杀虫剂给环境及人类自身带来的严重危害，所以造成了“寂静的春天”，也就是化学工业产生的问题催生了生态文学。另一方面，如果卡逊不是海洋生物学家，她便不会将环境污染后出现的反常现象与化工产品的滥用联系起来，也就不会有《寂静的春天》的问世。可以说，没有科学就没有生态文学的诞生，虽然早期生态文学的科学性显然偏向于自然科学知识的传播，但是也有了人文学科的对生态问题的警觉，它是采用近似寓

1　皮埃尔·布迪厄.艺术的法则：文学场的生成和结构 [M]. 刘晖，译.北京：中央编译出版社，2001.
2　张韧.绿色家园的失落与重建 // 文学的天空：张韧文学评论选 [M]. 贵阳：贵州人民出版社，1994.
3　李玫.新时期文学中的生态伦理精神 [M]. 北京：中国社会科学出版社，2016.

言或者童话的诗意方式来表达作家的忧虑的。

众所周知，生态文学中的核心关系是人与自然的关系，但如何将双方关系调试到合理的程度？这是解决生态问题的关键，最终恐怕也需要依靠科学来实现。人是地球上唯一有思想有理性的生物，不能指望非人类来约束行为和遵守协议，只有人类能够知道自己在做什么，并能做出审慎的选择。[1]掌握并按天地运行规律加以调整，以促进万物的正常生长，不逾越也不遗漏，也只有人类能做到。所以说到底，调节人与自然的关系，实际上需要人类发挥主观能动性和理性智慧来调节维护生态平衡，特别是为人类划出行为红线，制定行为与思想的规则。其实这种观念古已有之，比如老子所说的“见素抱朴，少私寡欲”,《淮南子·原道训》中所说的“圣人不以身役物，不以欲滑和”，其实就是在合理有效地控制人类的行为与思想，特别是合理遏制人类的欲望，从而给非人类留下生存空间。而两者关系的进与退，以及什么是合理有效的空间与界限，需要根据科学角度从数量和质量上来进行界定，如果科学界人士不与生态主义者合作，从自然的角度分析科学存在的危机，他们不可能解决这个棘手的问题……(应当)和他们一起设想科学的发展是否可以采用另一种模式[2]，这可能是一种人类对自身有所约束和超越的有效方式。

随着生态现实及文学本身的发展，生态文学中的科学性的表现也是处于演进中的，从而呈现出不同的主题和内容。在生态文学的早期阶段，科学性压倒了文学性。《寂静的春天》中，作家开篇就讲述了一个生态灾难故事，该书的英文题目为“Silent Spring”，中文世界中的“寂静”一词带有一丝静穆的意味，而翻译者很巧妙地运用了这个词，很明显带有哀悼的意味。但作家显然志不在于文学表达，或者说，这个故事只是一个引子，在全文最短的一章讲完这个故事之后，接下来的章节，卡逊都是用专业详细的数据描述了杀虫剂等化工产品的滥用对人类自身及地球生态造成的可怕后果和严重危害，这些专业性很强的内容在作品中占有压倒性的篇幅，老实说，如果读者不具备化工知识，后面的大量内容其实是无法阅读的。这是一种由“虚”到“实”的写作路径，是一个文学加科普的嫁接文本，所以卡逊在《寂静的春天》中其实扮演了双重角色：作为生物学家，她冷静地用准确真实的科学数据告诉科学家同行，我们研究的这些化学品的毒性剧烈，对环境造成了可怕后果；作为文学家，她用故事的方式提醒不知情的普通民众：再不提高警觉，春天将永远是一片死寂。而且根据篇幅所占多少，很显然她的预设读者是前者，当然，也可能加上政府有关部门。所以，早期生态文学的风格是用科学数据来批判现实以引起生态警觉，在一定意义上属于“问题”文学或者说是环境文学。

二十多年后，作为中国生态文学的第一声，《伐木者，醒来》有了新的表达方式。第一章开篇用优美的文学语言描绘了一幅春天欣欣向荣的景象，中间罗列的大量的数据揭露了世界范围内，人类对自然界特别是植被的破坏。在之后的章节中，作家用焦灼的目光扫描过中国的大好河山并一再聚焦，南到海南岛、北到科尔沁，从山林到城市、从大漠到草原，用翔实的数据和事例来展示中国环境遭到的严重破坏，最后回归世界和历史，用空间和时间的双重坐标来警示国人。该作品的题材是报告文学，虚构的成分几乎没有，也符合报告文学准确真

1　阿诺德·汤因比.人类与大地母亲——一部叙事体世界历史[M].徐波，等，译.上海：上海人民出版社，2001.
2　塞尔日·莫斯科维奇.还自然之魅——对生态运动的思考[M].庄晨燕，邱寅晨，译.北京：生活·读书·新知三联书店，2005.

实的文体特征；同时，作者直接运用了大量准确翔实的数据和历史案例，这都体现了生态文学的科学性。《伐木者，醒来！》的潜在受众是广大公民，相比卡逊的专业冷静，徐刚在作品中直接跳出来大声疾呼，他慷慨焦灼地呼喊大大张扬了文学激情，那些看似冷冰冰的统计数据和历史事实，成为他唤起大众生态意识的有力武器，重新科学的观察和实验涌现的世界图景启发一种深刻的责任感[1]，很显然，徐刚的写作策略是情理结合，以事实说话，最终达到以情动人的目的。

进入21世纪以后，生态文学的科学性表达进入了一种新的阶段，可以用陈应松于2020年出版的生态小说《森林沉默》作为例证。相比卡逊的生物学家背景，陈应松明显具有广博的博物学和地方志相关知识的储备，森林里那些数不清的动物、植物和一些尚未被命名和认知的神秘物，它们多姿多彩又群声喧哗，被作家写成了一部相对于人类来说的他者之书，生物学科知识被巧妙自然地镶嵌进文学作品中，这说明作家生态意识的表达更加自在从容。而且，《伐木者，醒来！》和《森林沉默》虽然都是森林题材，但后者不仅仅局限于滥砍滥伐等环保主题。由于小说本身的虚构性，作者超越时空纵横捭阖地关涉了历史、社会、现实、人性、精神等诸多层面，这显示了生态文学的观照领域已经大大扩展。但虚构不代表不科学，而是作家对观照对象和生态意识合理有效的艺术整合。所以，晚近的生态文学丰富了表达手法，拓展了涉及领域，构建起了科学性与人文性兼备的生态文学样式，体现了宏阔的生态文学大格局。应该注意的是，科学性虽然是生态文学的特性之一，但也不应该过分拔高，归根到底，包括生态文学在内的文学的本质还是人学。而且科学技术本身是有很大局限性的，它所追求的理性、规则和井井有条很大程度上是跟自然原本的感性、个性、鲜活相对立的，它越强势和膨胀，就越会对后者形成挤压损伤。还有应该加以注意的是，科学的产物技术本身具有时效性：现代科学赋予我们思想的自然观念是如何得令人惶惑而迷惘。……科学的标准概念会不会只在一定的限度内才具有真实性，而这限度对于科学本身来讲也都嫌太狭窄了呢？[2]科学知识和科学话语会过时，科学观念也会持续更新，但生态科学性的最终指向不变——人类的生态整体价值观使生态文学闪耀着恒久的科学之光，而这种“变”与“不变”也恰恰是生态文学本身科学性的体现之一。

四、生态文学的自然性

（一）文本外“自然”

在文艺生态学的研究当中，“自然”最早是被当作一个独立于文本之外的变量而存在的，它的作用是从外部对文艺产生影响，这种观念从其最初的两种定义即可见一斑：第一种，“文艺生态学的基本目的，是对于自然、社会、人类、文化等各种变量同艺术生产的关系进行分析研究，找出艺术发展、艺术分布、艺术消亡的各种规律，并找出文艺生态平衡的办法。”[3]第二种，文艺生态学，是从人、自然、社会、文化等各种变量关系中，研究文艺的产生、分布及发展规律的一门学科。[4]

1 欧文·拉兹洛．布达佩斯俱乐部全球问题最新报告 [M]. 王宏昌，王裕棣，译．北京：社会科学文献出版社，2004.
2 A.N. 怀特海．科学与近代世界 [M]. 何钦，译．北京：商务印书馆，1959.
3 鲍昌，主编．文学艺术新术语词典 [M]. 天津：百花文艺出版社，1987.
4 古远清．文艺新学科手册 [M]. 武汉：华中理工大学出版社，1988.

从以上两种定义中，可以看到，无论是鲍昌主编的版本还是古远清的版本，其实都是把自然看作是从文本外部来影响文艺的一个“变量”,“文艺”与“自然”都是具有独立性的主体，而在这里，“自然”也就是指实体性的、物质性的自然，生态学上通常称作“自然界”。鲁枢元在其《生态批评的知识空间》中明确说道:“必须恢复‘自然’在文学批评中的地位，把‘自然’作为生态文艺学中一个基本的范畴。”[1] 这是把自然明确作为该领域的一个范畴而提出来的最早的表述。接着，他还就“自然”的内涵做了说明:“自然的含义，一是存在论的，即‘自其再也’，自然是一种客观真实的存在；一是方法论的，即‘自其然也’，即尊重、顺从自然内部的运行法则。”[2] 在此基础上，刘文良在博士论文《生态批评的范畴与方法研究》一文中说：探讨人与自然的关系，是生态批评的核心内容。从人与自然关系的角度看，和谐，主要指人与自然的冲突降到最低程度的一种状态。要实现“和谐”的目标，关键是要调整和处理人与自然的关系，这需要我们对“自然”有正确的认识。“自然”，是生态批评的重要范畴。[3] 自此，“自然”作为一个重要的范畴，在该领域被确定下来。

此外，刘文良还在《范畴与方法：生态批评论》一书中，将历史上的自然观进行了总结，分为五种，第一，以古希腊为代表的“有机论”自然观；第二，以近代欧洲为代表的天人对立自然观；第三，以马克思、恩格斯为代表的“马克思主义”唯物辩证法自然观；第四，以20世纪的怀海特、科布、格里芬为代表的现代“天人和谐”自然观；第五，以中国、印度等东方国家为代表的“天人合一”自然观。这些自然观都是在把“自然”理解为自然界的基础上而形成的观念。中国学者们普遍认为第二种自然观是造成当今生态危机的重要原因，因此也都基本上是将第一种、第三种、第四种、第五种自然观进行有机结合，对第二种自然观进行批判。

不仅如此，从鲍昌和古远清版本的定义中，我们还可以看出，文艺与自然是在进行一种交流和对话，表面上看，这种交流更多的是单向性的，自然是发起者，而文艺只是被动的接受者，但是，这两个定义还明显存在着另一个向度，那就是文艺也能反作用于自然，这一点在早期研究当中就有体现，比如高翔在对勃兰戴斯的文艺生态学思想进行评述时就说：环境对文学的影响是通过人（创作者）这个中介来完成的，由于人自身的各种变量的多寡而呈现出不同的艺术风貌，在环境与人的变量形成一种合力进而演变成一种“文学力量”后，又给外在的环境以巨大的反作用。[4] 这种“反作用”原理受到了学者们的格外重视，鲁枢元曾判断说：文学艺术与生态保护、环境治理似乎有着天然的联系。[5] 这句话实际上就强调了文学艺术对“生态保护”和“环境治理”具有一种反作用和干预性。这一点为后期文艺生态学研究所吸收，并发扬光大，在日益严峻的生态危机来袭时，提出了用文艺干预自然环境的主张，这一基本点正是生态文艺批评与中国生态批评及生态诗学甚至包括生态美学，得以发展壮大的主要学理依据。

从视点上来看，鲍昌版本和古远清版本这两种定义中的“自然”实际都是从文本之外被

1 2　鲁枢元．生态批评的知识空间 [J]. 文艺研究，2002（5）.
3　刘文良．生态批评的范畴与方法研究 [D]. 扬州：扬州大学，2007.
4　高翔．文化记忆的诗性重构：高翔文集 [M]. 北京：社会科学文献出版社，2013.
5　鲁枢元．文学艺术与生态学时代——兼谈“地球精神圈”[J]. 学术月刊，1996（5）.

认识的，所研究的也是关于自然环境是如何从外部来影响文艺的产生、发展，以及文学艺术对外部自然环境产生的反作用，这也是文艺生态学研究最初在涉及自然时所关注的一个焦点和在涉及“生态环境保护”时的一个基本立足点，在研究模式上，主要体现为一种影响研究。

（二）“自然”范围的扩大

就中国文学艺术的发展历史而言，在古代社会，人们常常是把个体小环境当作自己的文学作品的表现对象，哪怕陈子昂的诗句“念天地之悠悠，独怆然而涕下”也很难说其关注到的是整个地球，做出这一判断的根据不仅仅在于诗人受时代的局限，尚未形成完整的生态意识，也在于在他的感知范围内的自然本身所具有的局限性，我们不能奢望唐代的陈子昂已经意识到南极冰川的融化将会导致海平面的上升，进而影响到整个人类的命运了。

将个体所面对的自然环境有意识地扩大到社区环境，其所蕴含的文艺生态学思想的一个重要方面，在《尔雅》里，曾有一段这样的记载：“东方之美者，有医无闾之殉玗琪焉。东南方之美者，有会稽之竹箭焉。南方之美者，有梁山之犀象焉。西南方之美者，有华山之金石焉。西方之美者，有霍山之多珠玉焉。西北方之美者，有昆仑虚之璆琳琅玕焉。北方之美者，有幽都之筋角焉。东北方之美者，有斥山之文皮焉。中有岱岳，与其五谷，鱼盐生焉。”[1]

高翔对此解读说：其从理论和事实上，分析了各地方自然风貌的不同，虽然是从美学和地理学的角度而发，但是，艺术创作活动的社区特征和地理色彩，无疑是这种观点形成的不可缺少的前提之一，因此，它对文艺的启示与借鉴意义也同样是重大的。它是文艺生态学思想理论中关于艺术与自然环境关系的理论基础。[2]

关注个体所面对的自然环境及关注社区自然环境，几乎构成了中国古代文艺生态学思想关于自然环境因素与文学艺术之关系的主体。而从关注个体自然环境再到社区自然环境，事实上是一个将自然涵盖的范围加以扩大的过程，这样一个研究路向和扩散性的思维，也为文艺生态学后来从整个自然生态系统的角度来研究文学与自然环境之间的关系做了铺垫。

在文艺生态学研究的转换之间，曾永成是起着重要作用的学者之一，他在文艺生态学的前期研究与后期研究当中架起了一座学术桥梁。他于 2000 年出版的《文艺的绿色之思——文艺生态学引论》一书是中国当代文艺生态学研究的第一部专著，他本人所秉持的马克思主义文艺生态学观点与文艺生态学前期研究者高翔及范军所坚持的观点是一样的，而他在该书中对文艺审美活动的生态本性、文艺生态思维的观念和范畴、文艺审美活动的生态功能、文艺活动与自然生态等问题进行了详细的阐述。此外，在书中，他还提出了“文艺生态系统”的概念，他说：文艺生态系统是一个总体性范畴，指的是以文艺为中心（系统目标）而与之关联的诸因素的系统性组合和整体，包罗了文艺活动及其相关因素的总和。文艺生态系统又可称为文艺的生态场，简称生场。[3]这一定义是对前期文艺生态学研究的概括，即把生态系统的概念运用于文艺生态学，把文学周围的环境因素，自然、经济、政治、文化、社会、种族等看成生态因子，与居于中心的文学发生相互作用，从而构成文艺生态系统。对此，他还进一步说：这样，文艺的生态系统就在以文艺活动为中心的格局中包含了文化、社会和自然（宇宙）

1　尔雅 [M]. 管锡华，译注 . 北京：中华书局，2014.
2　高翔 . 文化记忆的诗性重构：高翔文集 [M]. 北京：社会科学文献出版社，2013.
3　曾永成 . 文艺的绿色之思——文艺生态学引论 [M]. 北京：人民文学出版社，2000.

三个基本层次。这个系统中的“自然”，不仅指地球上的自然，而且包括整个宇宙，即生成了地球和人类的整个自然界系统。[1]

如此一来，他就将前期文艺生态学的视域引向了整个地球生态系统，乃至他所说的“宇宙范畴”，与文艺生态学后期研究的重要开拓者之一的鲁枢元所理解的基本一致，鲁枢元在《生态文艺学》一书中，在鲍昌、古远清、安树青等人的基础上，进一步提出了文学艺术要考察整个地球生态系统的主张，他为此明确提出了“生态文艺学”将试图探讨文学艺术与整个地球生态系统的关系[2]的主张，事实上，这正是走的一条从个体环境扩大到社区环境再延伸至整个地球生态环境的研究路线。

总的来看，这一整条发展路径似乎可用式表示：

个体环境→社区环境→地球生态系统

这一路向与兴起于美国的西方生态批评选择立足于文学与整个自然环境的关系的角度是基本一致的，因此也为受西方生态批评的影响逐步建立起来的中国生态批评所沿用。生态诗学及由西方环境美学发展而来的中国生态美学也在基本观点上与此保持一致。

在后来的研究当中，从事文化研究的代表学者包括王诺、胡志红、韦清琦、刘蓓、赵白生等学者，他们深感生态危机的严重性及其对人类整体生存的毁灭性影响，借助生态批评，大力批判造成这一系列危机的逻各斯中心主义，包括：人类中心主义、男权中心论、白人至上论等，以及资本主义生产方式、科学理性、唯发展主义等，当然也有从建设的角度，试图协调种种对立与冲突的，比如刘文良等，他就认为对科学技术也不能一概否定，在看到其危害的同时，还应该看到它的优势，因而他提倡一种“敬畏自然的科学观”，他说：科学技术的正确运用应以“敬畏自然”为前提，……对科学技术进行批判、监督、制约和改造，是对科学技术负责，更是对人类、对所有生物、对整个地球负责。从这个意义上说，“敬畏自然”才是真正的科学观。[3]

（三）文本内“自然”文学批评研究

所要面对的是文学文本，而不是直接地面对物质世界的大自然，这是以文学批评为主业的学者的共识，所以在实际研究当中，必然会遇到一个“文本化的自然”的问题，“自然”存在于文本当中，实际上是一种“人工化了的自然”。在这一方面，就中国文艺生态学思想史而言，其第一个发展高峰——魏晋南北朝时期的代表人物刘勰，就曾提出了一个影响很大的命题——“江山之助”说。他在《文心雕龙·物色》篇中写道：“若乃山林皋壤，实文思之奥府，略语则阙，详说则繁。然屈平所以能洞监《风》、《骚》之情者，抑亦江山之助乎！”[4]

高翔对刘勰这一命题的文艺生态学意蕴所作的阐释，在文艺生态学前期研究当中，非常具有代表性，他指出：这里，刘勰十分鲜明地提出了自然环境与文艺创作的关系问题。在这个大的前提下，刘勰首先指明自然界为文学创作提供了生动的描写对象。应当说，这也是文艺生态学在研究自然环境与文学创作时所要考察的一个重要方面。与其他生命活动相同，文学与艺术的创作，一开始便是以自然界为其对象的。这是有目共睹的艺术史实。原始时代的

1 曾永成．文艺的绿色之思——文艺生态学引论 [M]. 北京：人民文学出版社，2000.
2 鲁枢元．生态文艺学 [M]. 西安：陕西人民教育出版社，2000.
3 刘文良．范畴与方法：生态批评论 [M]. 北京：人民出版社，2009.
4 刘勰．文心雕龙：物色 [M]. 上海：上海古籍出版社，2015.

艺术，不论是创作者的艺术观念，还是作品的样式和内容，都表现出浓重的对大自然的爱恋、亲昵的倾向。[1]但是“江山之助”说也存在不足之处，因为它虽然指出了自然界对文学的深刻影响，但一般地说，刘勰所谓的自然环境，还是个体的自然景物，至多也仅仅是狭小的局部地区景观的整体。[2]

早期的文艺生态学研究基本上是从文本外的人、自然、经济、政治、社会、文化、种族等环境因素影响文学的角度来入手，以自然环境与创作或审美个体之关系为着手点，注重一种影响研究，后来的文艺生态学研究出现了一个重大的转变，即不再单纯地立足于文学文本来研究自然环境与（创作的或审美的）个体之间的关系，而是转化为研究文本中的人与自然之间的关系，以及研究文本中的人与自然的关系所反映出的文本外的人（群体）与自然环境之间的关系，也即现实世界中的人类群体与自然环境之间的关系，也就是说，后来的文艺生态学不再立足于纯粹的文学批评，而是更多地以文学批评为跳板，开展宏观的文化批评，注重一种批判性研究，除了直接对文本之外（现实世界）的人与自然关系的研究外，在深入文本对文本内容的人与自然之间关系进行研究时，其目的也是在批判文本所呈现出的人与自然之间关系的基础上，再试图对文本外（现实世界）的人与自然之间的紧张关系的缓解乃至消除有所裨益，以挽救日益严重的生态危机。尽管这一转变与李勇教授在《中国当代文艺学的范式转型》一书中所指出的“中国文学批评范式正由审美范式转向文化研究范式”的潮流具有一致性，但同时又表现出了新的特征，即鲁枢元所说的“生态学的人文转向”。这一思路也成为后来的生态文学研究、生态文艺批评、中国生态批评、生态诗学及生态美学的一个基本点。

然而，不论文艺生态学哪一个时期的研究，对文本内容自然的关注都是不够的，早先过于注重一种影响研究，后来则偏向于一种批判性研究，结果却都忽视了文本，对文本内容自然的探讨也就显得不足，这一点引起了个别学者的关注，比如陈晓兰，她曾对“文本中的自然：森林、荒原意象及其象征意义”作了解读，她认为：在某些文学作品中，自然现象不只是作为风景或场景而存在，而是具有浓郁的象征意义，不同时代的宇宙观、自然观决定了自然本身在文本中的形象和象征意义。对文本中自然现象的解读是生态批评最具魅力的方面。[3]这一表述实际上已经说明了“文本内自然”的复杂性和深刻性，但却未能受到其他学者的足够重视，因而未能在此基础上继续深究下去，这也成为文艺生态学后来的研究当中亟须拓展的一个学术空间。

总体来看，尽管文艺生态学不同时期的研究都关注到了“文本内自然”与“文本外自然”，但与早期的文艺生态学研究相比，后来的文艺生态学研究还表现出一种对文学文本外的人与自然之间关系的构建，即人们在进行文学批评实践时，更多的是对文本内容的人或者该文本的创作者所具有的自然意识、文化观念等进行批判，其最终导向一种对完整的生态人格的塑造，对生态审美境界的追求，以及由此引申出的对现实世界中的人与自然之间关系的启示，这也成为后来的文艺生态学学者们内心的一种潜在的共同价值取向。

1 2　高翔．文化记忆的诗性重构：高翔文集 [M]. 北京：社会科学文献出版社，2013.
3　陈晓兰．为人类“他者”的自然——当代西方生态批评 [J]. 文艺理论与批评，2002（6）.

（四）“自然”的延伸：社会、精神

尽管有不少学者曾一度强调对文学作品中的自然的描绘进行关注，并且对历史上的经典文本进行重新阐释，但有一个明显的倾向是他们在关注自然时，已不单单是关注“文本内自然”，即对自然风景的或好或坏的描绘或者象征意味的解读，而是更多地兼有了以此为参照，对“文本外自然”的好坏进行关怀的意味，且“文本外自然”也不再单指自然环境，还包括了作为社会的“自然”及作为人性的“自然”，换句话说，“自然”的延伸主要分为两个方向，一个是向社会，一个是向精神。

鲁枢元最早将“自然”概念引入了“生态文艺学”的社会问题研究当中，为此，他还提出了“自然生态”的概念，并将“自然”概念引入了“生态文艺学”的精神问题研究当中，在对海德格尔强调的“栖居的基本特征乃是保护”进行解释时，他说：这里的保护，主要的并不是物质性的措施和手段，更不是利用和控制，而是一种“精神性的保护”，这就是说，尊重自然之所以是自然。”[1] 刘蓓在此基础上，更为明确地说：站在大生态系统的高度来看，广义的自然包括人类和自然界；从人类的角度而言，自然界可分为外部自然（物质生态）和内部自然（人类的精神生态）。解决问题的关键，首先不是狭义的自然生态，而是人的精神生态的问题。[2] 在这里，所谓的“内部自然”与早期的文艺生态学研究相比发生了变化，原先，“内部自然”在文艺生态学的框架之下，通常是指“文本内自然”，而到了后来，则指“人的内部自然”，也即人性，或称“精神生态”。这里，还需指出的是，刘蓓虽只点明了“自然”的精神含义，但她所说的“物质生态”实际上还包含了自然界及社会的含义。刘文良则更进一步说：“自然”有广义和狭义之分，狭义的自然是指与人类社会相区别、相对对立的世界；广义的自然则指整个物质世界及其一切表现，即具有无穷多样性的一切存在物，除了包括人工自然和天然自然外，还包括人和由人组成的社会。[3] 他还说：“自然”，作为生态批评的重要范畴，一方面是指“外部自然”（包括自然生态和社会生态），另一方面则是指“内部自然”（人类的精神生态）。[4]

这样，经过学者们的不断补充与完善，“自然”的内涵就被延伸到了社会和精神的领域，并成为文艺生态学研究的重要组成部分。

（五）审美化自然

过于注重文化批评而造成的对经由创作者主观处理过的自然的文学意味及审美意味的关注度不够，成为文艺生态学后来研究当中的一个不足之处。尽管这与文艺学研究范式转型有一定的关系，但是一种新研究范式的出现，并不代表着原有研究范式的彻底消失，这一点在文艺生态学后来的研究当中表现得尤为明显。

从文艺生态学后来的研究的实际情况来看，尽管文化研究范式已经成为学者们普遍关注的焦点，呈现出一派生机勃勃的局面，甚至一度成为学术热点，引发了广泛的讨论，但即便如此，审美范式研究也没有退出历史舞台，而是在原有研究的基础上，主动融入生态主义大潮，成为文艺生态学文化研究未能集中关注到的“文本内自然”的审美性与文学性的一个很

1　鲁枢元 . 生态文艺学 [M]. 西安：陕西人民教育出版社，2000.

2　刘蓓 . 生态批评：寻求人类“内部自然”的“回归”[J]. 成都大学学报，2003（2）.

3 4　刘文良 . 范畴与方法：生态批评论 [M]. 北京：人民出版社，2009.

好的补充，并成为文艺生态学研究当中不可或缺的一个重要组成部分。尤其是在涉及具体作家或作品的分析时，作为审美范式研究的文艺生态学，甚至占据着特别重要的地位，因为文艺生态学后期研究的主要目的之一就是要塑造完整的生态人格，缓解并最终消除生态危机，引导人类走向一种生态审美之境。因此，这一研究方向与文艺生态学文化研究是相辅相成的。所谓的“审美化自然”也就是“自然美”。对“自然美”的关注曾一度被忽视，比如黑格尔，他在《美学》第一卷的开篇便说:“根据‘艺术的哲学’这个名称，我们就把自然美除开了。”[1]他的这一观点对后世影响很大，在当代中国，自然美也是一度被忽视的。直到文艺生态学的诞生，它才为从审美的角度研究生态文学及重新发现自然美提供了契机。需要指出的是，我们在这里不是从单纯的美学角度来研究自然美，而是从文学的角度，尤其是从“文本内自然”的审美性的角度来对此进行探讨。

在这一方面，以盖光、曾繁仁、张皓、王先霈等老一辈学者组成的队伍为代表，在“审美化自然”的研究方面做出了突出贡献。以盖光为例，他曾说：文艺生态要面对实存的，但却不是亘古不变的自然。文艺生态所指向的自然，是对实体自然的超越，是在人与自然的和谐关系中，体验被情境化了的“自然”。从结构性状态看，它是本源性自然、情境化自然和心意化自然的结构。这种三位一体结构是双向流动的，一方面由自然生态的实体性、本源性流向主体的心意；另一方面又由心意回归自然的本源，形成生命能量的互动与交换。[2]这个“情境化自然”实际上就具有文本化特征，而“心意化自然”则具有了审美化的特征，注重文学文本中的“自然”与审美的关系，以及它与“本源性自然”即实体自然的互动交流，是早期文艺生态学研究的一个重要方面，比如，在对刘勰的文艺生态学思想进行阐述时，高翔就说：自然环境既然是文艺创作描写的对象，那么，它必然会对创作者的审美情感和心理机制产生影响和制约。这是文艺生态学在考察自然环境与文艺关系时所要研究得更为深入的一个层面。[3]实际上，这与文艺生态学学者努力营造一种生态审美境界的目标是紧密相关的，它指向一种“和谐、交融、平衡”的审美关系，而对文学文本内容自然的审美性的研究，实际上也在一定程度上折射出现实中的人对自然的审美态度，这对于具有强烈现实责任感的文艺生态学后来的研究者们来说，无疑是具有重大意义的。在主要体现为解构性的文艺生态学的文化批评之外，“审美化自然”的作用主要体现在文艺生态学的建设性方面，建设一种人人向往的人与自然和谐相处的“大美之境”。

五、生态文学的前景

至于生态文学的发展前景，由于人类进入人类世以后，人类凭借强大的科学技术，已成为影响地球环境演化的主导力量，这似乎在一定程度上证明了人之“伟大”和对自然的“超越”。然而，令人感到滑稽的是，人类却难以全然理性地把控这种自己创造的“力量”，更不能应对其所引发的人为灾难，这也足以显示人的“无能”，人类的这种“无能”在气候变化所引发的各种极端自然灾害面前已反复得到了印证，人类面临的这种窘境也许可被称为“人之

1 黑格尔．美学 [M]. 朱光替，译．北京：商务印书馆，1979.
2 盖光．诗意的和谐：文艺生态审美的构成性 [J]. 山东理工大学学报，2006（1）.
3 高翔．刘勰的文艺生态学思想 [J]. 沈阳师范学院学报，1989（4）.

力量的悖论”。由此可预言，人与自然间的紧张关系将长期存在，人为造成的生态危机必将成为生活的常态。那么，在此背景下，作为诊断和试图化解危机以重拾、协调和保护社会人文生态、非人类自然生态、人之精神生态内部它们之间永续和谐关系的重要文化力量的生态文学也将如影随形地与危机同在，就像病人离不开医生一样。

今天，生态文学，尤其是气候变化小说，正积极与人类世话语、气候变化话语、生物多样性话语及生态政治等交叉整合，着手应对海洋公有地退化、气候变化等所引发的规模空前的生态和人文灾难，以彰显其生动再现、综合驾驭全球性环境问题的巨大潜力和一并包括鬼神不测的自然与现实利益纠结的人文的博大容量，进而充分揭示环境问题绝非纯粹的自然现象，它也是复杂的人文现象，故要成功应对环境危机，既要靠硬科学的积极参与，也要靠“软人文”的通力配合，二者时而相得益彰，时而也相左抵牾。当然，总的来看，生态文学是一个带给人类希望的文类，因为它反复表明，尽管当下的世界危机四伏，但人及其所建构的社会依然可能和谐地生活在自然世界中，并描绘出人类可持续栖居星球的诱人愿景。

第三节　文学理论与高校文学教育

理论研究的最终目的是服务于现实，而文学理论研究所能服务的现实不仅限于文学作品的创作方向指引及古代与现代、我国与其他国家之间的文学交流。文学理论研究的最终意义是对当代社会文化及精神进行总结，指导社会精神文明的发展方向，因此，文学理论研究应该作用于文化的发展，其中最具有代表性的，就是文学理论研究对高校文学教育的指导，这是文学理论应用性研究的前沿话题之一。研究者通过对高校文学理论教材的研究发现，当下我国高校使用的文学理论教材分为学术性专著和知识性普及著作两种类型，但无论哪种教材都不能对文学理论进行系统阐述，学术性专著的知识系统性不强，而知识性普及著作的理论基础薄弱。研究者认为，高校教育中所应用的文学理论教材，应该集协同性、实践性、逻辑性、内省性于一体，呈现出一种富有生命力的知识状况。

一、高校文学教育的现状

（一）高校忽视文学教育

现阶段，部分高校对文学教育的重视程度不够、文学课程较少，无法为学生提供系统全面的文学教育。大多数高校认为，文学教育对学生的就业帮助不大，因此有意降低文学课的数量，从而造成高校文学教育停滞不前的现状。一些高校尚未对文学教育形成科学的认知，对文学教育的教学定位较为模糊，致使文学教育无法引起学生与教师的重视。当代国人提倡实干兴邦，许多人错误地认为文学教育只是美好生活的点缀，无法对社会发展产生实质性的帮助。在此背景下，不只是高校不重视文学教育，大部分家长也忽视了文学教育的重要性，不鼓励或不赞成子女报考文学专业。

（二）高校文学教育受网络文学的冲击

21 世纪是网络技术发展的黄金时期，现代人的生活已基本离不开互联网。今天，大多数大学生以电子媒体代替纸质图书，热衷于阅读网络小说，吸收“快餐式”的文化。相关调查结果显示，当代大学生对严肃文学的兴趣不高，倾向于阅读休闲娱乐小说。由于文化易被同质化，所以今天的大学校园中流行着网络小说文化，大学生不看小说似乎已跟不上时代潮流。

（三）文学教育的课程设置较落后

学生对课程的兴趣不高。当前，高校的文学教育课程设置较为落后，存在着大量缺陷。首先，高校没有充分保证学生学习文学教育的课程，学生一星期也上不了几节课。大部分高校在大一时给学生安排了文学课程，然而在学生升至大二、大三时便不再安排文学课程，由于文学知识的系统性较强，学习深度与难度较大，课程安排的断档极有可能令学生一无所获。除此之外，由于大学扩招政策的实行，高校语文课基本采用大班教学模式，教师对学生开展统一化、标准化的教学工作，致使学生参与文学教育的互动性不强、兴趣不高，导致文学教育的质量与效率低下，这使得文学教育在高等教育中的地位逐渐边缘化。

二、文学教育在高校人才培养中的价值

（一）培养学生的“真”文学的根本是“真”

文学是一门建立在真实生活经历与社会背景上的科学，与文学有关的一切方面都应当体现出真实性。大学生是国家的未来，其必须要能够正确地认识自己、了解社会的真实情况，用自身的真才实学来改造社会、促进国家发展。许多近现代的严肃文学作品都蕴含了深刻的人生哲理，能够帮助学生客观地认识身边的事物。鲁迅先生是近代文学的代表人物，其创作的小说生动现象地反映了“吃人的旧社会”。鲁迅先生采用写实的手法，真实地向人们展现了当时真实的社会，表达了对疾苦民众的同情。通过阅读鲁迅的小说，读者能够真实地感受到旧社会的黑暗。大学生作为未来的社会栋梁，理应担负起促进社会进步的重责，通过阅读鲁迅的文章，形成对现实生活的基本认知与感悟，从而以更加积极乐观的心态迎接生活中的困难。大学生尚未步入社会，缺乏足够的社会经验，因此需要让学生形成对社会的正确认知。文学教育是一种赋予学生社会经验的潜移默化的手段，文学作品中的励志故事可以激励学生奋勇前进，勇敢地克服生活中的一切困难。

（二）培养学生的“善”

通常情况下，文学作品具有较强的艺术倾向性，所以文学作品将对社会的发展产生一定的影响。

汪曾祺先生的《受戒》描绘了小和尚明海的懵懂爱情，成功地表现出了人性的善良美。优秀的文学作品能够刻画出善良真实的人物形象，为读者呈现出关于善恶的伦理判断。《三字经》曾指出，人之初、性本善，对人性之善做出了总结。每个人心底都有善良的一面，而文字则是发掘人善性的有效因素。

沈从文先生是驰名中外的大文豪，其创作了著名小说《边城》，该部小说耗费了先生大量的心血，先生在小说中表达了自身对“善”的理解，将自己对善的认知浸润在灼热的文字当中。《边城》中的顺顺、老船夫等是典型的善人形象，他们给世界各地的读者留下了深刻的印象，激励着人们多做善事、争当善人。

梁启超先生在《少年中国说》中指出，少年强则国强。大学生是民族的希望，肩负着传承优秀道德传统、弘扬友善文化的重责。大学生由于社会阅历较浅、心智尚不成熟，所以容易受到不良风气的影响。如果大学生未坚守住道德底线，失去了诚实友善的优良传统，则将对社会造成巨大的冲击，对大学生开展文学教育工作，有利于培养大学生的友善意识，教导学生与人为善。大学生的可塑性极强，所以对其进行以“善”为主题的文学教育能够帮助学生增强对社会的信心，让学生成为善良、正直的公民。

事实上，一些讽刺小说也能够培养大学生的善心，对高校人才培养工作的开展产生积极影响。莎士比亚是举世闻名的作家，其创作的《威尼斯商人》中夏洛克狡诈、刻薄的形象成功激起了读者的愤慨。一些大学生在看完《威尼斯商人》后表示，自己决不愿成为像夏洛克那样的吝啬鬼，而要做一个善良、乐于助人的人。高等教育的初衷是培养对社会有用的人，接受了优秀文学教育的大学生将符合“对社会有用之人”这一标准，他们将用自己的善良净化社会风气，帮助人们重拾信仰，积极生活。

（三）培养学生的“美”

文学的极致便是“美”。纵览古今中外脍炙人口的文学作品，无一例外都散发着美的气息，优秀的文学作品之所以能够对读者产生巨大的吸引力，主要是因为这些作品或文字华美、或意境隽永，能够给人以感悟，使读者感受到文学美。文学教育能够有效强化学生的审美能力，同时促使学生树立正确的世界观、价值观与人生观。优秀的文学作品通常符合大众的审美需求，大学生能够在阅读过程中感受自然风光，体会唯美的文学意境。当代大学生要培养正确的审美意识，全面准确地看待人性，文学教育能够帮助大学生实现上述目标，使学生成为审美合格、有担当的人才。

三、高校文学理论课程实践性教学

高等教育大众化、大学生阅读量下降、教学课时有限、教材建设中的弊端等现状因素要求学校重视开展实践性教学。实践性教学体现于预习、课堂、课后之中，只有三者的协同配合，才能保证最终的优良效果。实践性教学永远是理论指导下的实践性教学，它绝不意味着教师角色的弱化，不是要全然抛开教材。基于实践性教学的评价体系的建立有利于将教学与科研、教师与学生、知识的掌握和能力培养等方面有效地统一起来。

（一）加强文学理论课程实践性教学改革和研究的必要性

文学理论课程在高校文科的设置走过了百余年历程。百余年来，文学理论课程风风雨雨，与社会的发展变化同呼吸、共命运。

进入新世纪，各种标新立异的具有创新特色的教材层出不穷，吸引学界和高校执教者的注意。然而教材繁荣代替不了教材教授过程中的种种问题：一是尽管文学理论教材繁多至200余种，而且这种蔓延扩张趋势有增无减，特别是在求新求变的心理倾向作用下，各种教材之间的统一度越来越低，甚至不乏龃龉矛盾之处[1]。关于此问题，我们曾经专题就文学理论教材中的“文学体裁”问题详细检查论证过，诸如《建国以来文学理论教材建设管窥———以文学分类术语问题为例》(《南京师范大学学报》(社会科学版，2009年第5期)、《建国以来文学理

1　何蓉．南京大学生文学阅读现状调查及对策研究[J]．文教资料，2010（15）．

论教材建设管窥——以体裁与文学作品形式构成因素关系问题为例》(《当代文坛》，2010年第5期）等文可参考。这就给教学者提出了如何解释和应对这些复杂不一的现象的问题。本来就不以感性直观见长的文学理论课程教学之上又横加了一道沉重的负担：教材本身内容尚难让学生全部消化掌握，又增出诸多有碍学生理解的来自教材自身的因素。二是文学理论教材经过半个多世纪的探索，而今初具规模，形成了富有民族特色的教材体系，但是我们也要注意到另外一个问题，教材贪大求全的写作弊端愈发突出，有时两本教材之间在厚度上竟然有二三倍之差，而教师为了迁就课时只能一笔带过，势必使得理论讲解不甚透彻，学生一头雾水。

加强文学理论课程实践性教学改革和研究的必要性还体现于自20世纪70年代我国开展市场经济建设以来，整个社会审美价值观的物质化、功利化倾向变得越发浓烈，学习的功利化色彩也日益渗透于目前高校大学生的学习生活中：在巨大的就业压力之下，全日制学生的学习似乎变作了成人教育般的考证考研。专业知识学习的必要性和重要性在考证考研任务面前灰飞烟灭，专业课程学习只图最后过关即可。试想，没有作品的感性基础，对文学理论课程的学习兴趣至多也只是从理论到理论，纸上谈兵而已，并不能真正从理论与文本互动的角度深度领会理论课程的精髓。

在高等教育从精英化教育日益转向大众化教育的今天，随着人类文明自口头、书面进入电子文明时代，信息技术已经占据了人们日常生活的各个角落，人类对信息技术的依赖程度可谓达到了有史以来的最高化、最大化。社会转型也势必要求高等教育进一步探索课程教学的改革与创新。传统的一支粉笔一本书、一根教棒一块黑板的教学模式已经在信息化大潮冲击下无法满足新时代大学生的求学方式、求知模式。文学理论课程如何有效借鉴信息化技术改革教学环节也日益成为必须直面的课题。可以说，在有限的课时要求下，针对文学教材现状和新时代背景下的学习主体的学习特征，要完满实现以人为本、全面加强素质教育的总体目标，实践性教学是重要的教学改革选项。文学理论课程的实践性教学改革和研究工作到了不可不予以重视的战略高度。

（二）加强文学理论课程实践性教学改革和研究的思路

实践性教学的要义有二：一是将教学内容情景化、生活化，二是积极调动学生参与性，师生共同参与到知识的探究和掌握过程之中，进而调动学生学习兴趣，培养学生的综合学习能力，提高教学效果。那么，文学理论课程如何贯彻落实实践性教学呢？根据我们的教学实践与体会，以下思路可供参考：

1. 预习阶段

针对高校大学生自主学习时间较多的特点，在此阶段上，教师可通过事先布置预习内容来体现实践性教学。例如关于文学本质问题，可以要求学生课前大量查阅并汇总古往今来的众多“文学是什么”的观点以便课堂交流讨论。这一方面锻炼了学生文献查阅这一基本科研能力，另一方面通过观点汇总，学生形成了对文学本质观流动不一、莫衷一是的直观印象，省却了教师占据宝贵的课堂时间对众多观点作单方面的梳理。而单方面的梳理因为学生缺少知识储备，效率自会大打折扣；同时由于准备不足，学生在突然面对如许的观点还会显得手足无措，不知如何辩证对待这种杂多，也会影响课堂学习和接受效果。

再比如关于文学创作过程及其中的灵感问题，可以结合写作课程或单独布置写作任务，重在以学生自身的写作过程来印证教材中有关的创作理论观点，理论与感性的结合，自然会使得篇幅不短的文学创作部分的讲解变得容易而轻松。

实践性教学环节的安排从某种程度上说，既节省了同时又拉长了课堂教学时间，也从根本上改变了对预习内涵的传统看法，充实和更新了新时代的大学教学观；从学生角度而言，有助于学生在实践性教学环节中明确体验到大学和高中学习方式的具体差异，从而及时养成良好的大学学习习惯。

2. 课堂阶段

充分的课前预习有利于课堂教学阶段落实和体现实践性教学的便利。此阶段可在教师主导之下，积极调动学生学习能动性，让学生自主性地寻找和发现知识。例如文学的特征问题，教师可以将全班学生分组，集中讨论教师提供的具体文学作品的优点，也可以各组讲解各组准备的文学作品的优点。在此过程中，教师及时做好总结归纳，并在黑板上标出各个优点的表述。教师再进一步归纳、升华、提炼各个优点中的共性之处，引导学生自然得出诸如形象性、典型性、倾向性等特点。而且教师还可以灵活调整讲授内容顺序安排，适时性地进入文学鉴赏章节的讲解，这样一举两得，对具体文学作品的评点既解决了文学特征问题，又鲜明地呈现出了文学鉴赏和接受中的一致性和差异性问题。课堂阶段的实践性教学环节的安排，充分体现了学生学习的主体性，充分呼应了新时代学生学习丰富多样性的吁求，知识的掌握和能力的提高齐头并进，毫无轩轾，真正贯彻了素质教育的目标要求。

3. 课后阶段

完整的教学过程不仅包括课前、课中，课后也不可忽视。实践性教学环节在课后阶段也可以得到应有的显现，把课后作为课堂教学的有效延伸，拓展学生学习的深度空间，为培养优秀的跨世纪人才服务。例如在讲授过文学功能之后，可以启发学生思考：既然文学具有认识、教育、审美、娱乐诸功能，那么为何当前文学阅读并不怎么为人重视呢？是哪个环节出了问题？诸如此类的问题可以要求学生为此分组制定调查问卷，进而综合提出答案。教师还可以为此专门举行一次小型学术研讨会，交流大家的调研结果，在肯定大家工作成绩的基础上，教师可以适时引入后现代主义、日常生活审美化、文学性、网络文学等一些学术研究前沿问题，把学生们的思考引向深入，进一步调动学生对文学理论课程的学习兴致。这种实践性教学环节的设计与安排，潜意识里启发了学生科研能力培养中的问题意识和创新意识，与实践性教学主旨非常契合。

由此可见，文学理论课程中实践性教学环节的落实不是哪一个层面的问题，而是要忠实体现于整个教学过程的前前后后。只有预习、课堂、课后三者的协同配合，实践性教学才能保证最终的优良效果。为了保证这种优良教学效果的获得，我们以为，在落实实践性教学环节过程中还需要注意下列几点：

第一，开展实践性教学绝不是意味着教师角色的弱化，相反，若要保证实践性教学环节的顺利实施，教师必须认真思考、周密安排、统筹兼顾，切实引导问题的情景化、学生的参与向着最终设定的目标前进，而不能让无序的教学安排冲淡学习的主体内容，让感性的实践逐渐远离了理论抽象的高度。若如此，非但没有更进一步把理论与实践结合起来，反而愈发疏远了理论，致使理论与实践还是“两张皮”，终究会使得学生无法很好地实现从实践中总结理论、借理论诠释实践的良性互动。所以，实践性教学对教师的知识和组织管理能力等提出了更高要求，教学相长具有了崭新的内涵。

第二，开展实践性教学不是要全然抛开教材。教材永远是教与学的重要依凭。实践性教学是对教材内容的高度提炼和重新组织，学生在实践性教学中的锻炼还只是初步的理论接触，尚无法形成真正系统的完善的理论知识，所以要以实践性教学中学生对来自实践的理论的初步兴趣为起点，通过研读教材的系统表述形成对各个理论问题的最终看法。课堂阶段如果学生尚有不能完全掌握的内容，课后还可以进一步通过教材来帮助理解。所以说，教材中成熟、完备、严谨的理论叙述是实践性教学始终无法替代的，实践性教学务必要以教材内容为纲才能做到有的放矢，切中肯綮，而通过实践性教学也才能真正显现出教材中理论问题的现实厚度。第三，恰如上述，实践性教学永远是理论指导下的实践性教学，两者不可须臾脱离。实践性教学的每一个具体细节必须做到紧紧围绕所要解决和讲解的理论问题进行，只有这样，才能突出教学中心和重点。否则实践性教学不但不能助益于有限的教学课时安排，反而会加重教学负担，影响正常教学顺序。

（三）实践性教学效果的评价体系的建立

课程教学改革是个牵一发而动全身的庞大的系统工程，必须要求事关教学工作的方方面面的支持、配合与协调，否则教学改革之说只是臆想和徒劳。文学理论课程实践性教学改革的研究与实施，其中除了教材、学生、教师等因素之外，评价也是一个无论如何不能小觑的核心因素。这是因为，评价可以从目标上制约教学展开的形式与内容，科学合理地评价对任何教学改革而言都是不言而喻的重要支持。正如有的学者指出的那样：应该明确的是，评价方法本身会对实践性教学效果产生重要影响。[1]所以，探索和建立与文学理论课程开展实践性教学相匹配的科学合理的评价体系亦是不可或缺的。

就教师层面来说，现行的教学评价体系不光没有将教学与科研进行良好的结合，而且也没有很好地将教师与学生统一起来。尽管现在有学生评教的网络平台，学校每年也组织评选出最受学生欢迎的教师、通报少数评教排名倒数的教师之类，试图弥合评价体系中教师与学生之间的分隔。但是在实施过程中也遇到不少尴尬：例如最受学生欢迎的教师在其所在学院却无法得到多数教师的认可，对学生出勤考核严格的教师被学生评为排名倒数等，这引起从教者对当前师生关系的新思考。这就从一个侧面揭示出在学生评价中掺杂着复杂的主观影响因素，不能不引起教学管理者的高度重视。“学生网上评教”问题在当前教学研究领域已经成为一个重要焦点和热点。学生评价过程中暴露出来的认识不到位、主观随意性强及评价体系本身不完备等弊端已经日益引起诸方关注[2]。我们以为，设若基于实践性教学实施，重新考量教师教学评价体系的建立，或许会提供诸多有益启示。例如将教师发表的教学研究论文纳入教学工作量进行考核，而非当前的形同鸡肋的尴尬存在形态。教师更多的只是为了评聘职称等

1　范文霈，殷玲玲．普通高校实践性教学体系建构探讨 [J]. 扬州大学学报（高教研究版），2010（3）.
2　李伟娟．高校学生评教的利弊分析及其对策 [J]. 湖北经济学院学报（人文社科版），2008（1）.

所需才勉强撰写和发表教学文章，而其他更多时间是放在科研论文之上。学校可以将学生通过实践性教学获奖或发表的调查报告、论文及教师课外带领学生开展的教学科研活动也同时计入该课程教师的教学工作量统计。诸如上述教师教学评价措施的建立，可以明显改善当前重科研、轻教学的不良倾向，把教学、科研有效融为一体，调动教师开展教学研究的积极性，让教学研究工作在教师工作评价体系中找到恰当的归宿和位置，把目前机械的学生评价带来的主观色彩突出的师生关系转变为互有裨益的共荣关系，从而也能有效解决因是否实施实践性教学而产生的教学付出不均衡的矛盾，而且也通过师生实践性教学成果这一量化形式对实践性教学的可观成效提出了要求。只有教师从根本上重视教学工作、重视学生培养，我们的高等教育才会真正有希望，才能真正培养出民族复兴所需要的栋梁之材。

就学生层面来说，长期以来一考定终身的做法从来没有消失。高校里普遍实行的平时成绩和期末考试成绩三七开的设置也还是最后的考试占据绝对权重，而平时成绩的评定无外乎出勤率、课外作业、课堂表现等评价因素，并不能真正激发学生学习的主动性和积极性，甚至不少学生对教师每次上课点名行为表现出抵触情绪，这更阻碍了学习兴趣的提高。开展实践性教学，不仅仅是教学实施过程中激发学生参与积极性，而且更要通过评价环节肯定学生在实践性教学中的良好表现，使得学习与对学习的肯定形成良性的互动循环。因此，教师要认真记录每个学生在实践性教学中的表现，实行专项评分，也可将此评分部分适当分解到各个实践性教学的小组，由小组评分，最后汇总到教师；课程考试成绩和平时实践性教学表现成绩各占百分之五十，有效杜绝当前高校普遍存在的平时不学习、不听讲而仅凭最后突击背诵记忆顺利通过课程考核的不良现象。切实把知识的掌握和能力培养、人才培养等结合起来，真正实现高等教育之育人目标。

四、高校文学教育与社会主义核心价值观的融合

（一）文学教育贯彻社会主义核心价值观的基本原则

在高校文学教育中贯彻社会主义核心价值观的基本原则是由文学教育的复杂性所决定的。

1. 历史性原则

历史性原则从本质上来看，就是坚持和遵循历史，秉持实事求是的原则，将文学教育和社会主义核心价值观进行对接和融合。例如在讲解鲁迅时，教师要对鲁迅的出身背景及作品所处的时代背景进行解读，一方面是为了让学生理解鲁迅创作的动机与原因；另一方面，是为了凸显当时学者对于民主、和谐、自由的向往与追求，使学生充分了解作者在作品中所要表达的情感及强烈的自我觉醒意识。只有将时代背景讲解透彻，才能够激发学生对当代社会发展的信心，从而有利于其构建社会主义核心价值观。

2. 价值原则

价值原则主要体现在高校文学教育教学内容的选材方面。在选择教学内容时，教师不仅要充分考虑作品的时代背景、历史意义等，还要尽可能地将这些作品的意义与社会主义核心价值观结合起来，从而帮助学生树立正确的价值观。在当前文学教育中，可选作品较多的作者主要有鲁迅、沈从文、赵树理、余秋雨等，这些作家的作品都对当代文学的发展产生了重

要影响。同时，丁玲的《太阳照在桑干河上》及铁凝的《玫瑰门》等，也应选在高校文学教育中，用以填充学生对同一时代的认知和了解。实践证明，只有充分遵从教材的价值原则，才能够使社会主义核心价值观得到落实。

3. 美学原则

美学原则相较于历史性原则和价值原则而言，是文学作品本身的艺术本质。美学原则的意义在于改变传统、刻板的教学活动，将教学内容变得更加艺术化、多元化、审美化和个性化。文学教育的作用在于反映我国不同时期的生活方式、价值观念和情感表达。因此，文学教育与社会主义核心价值观的融合势必要建立在人们感受美和欣赏美的过程中。学生在欣赏文学作品时所感受的情感世界与艺术世界，恰恰也是当前社会发展所需要的思想内涵。例如，老舍的《茶馆》是对光明和美好社会的渴望；郭沫若的《女神》将革新精神写得淋漓尽致；鲁迅的《野草》则是自我觉醒的突出代表。教师在为学生树立正确社会主义核心价值观的过程中，要始终秉持美学原则，让其在欣赏美的过程中，感受不同的精神意义和价值。

（二）文学教育在社会主义核心价值观培育中的作用

文学教育对于思政知识和道德教化的作用是贯穿于我国思想发展始终的，最早在《论语》中就已经提到了文学作品的教化作用，到了秦汉时期，更是将文学教育提高至治国理政的高度。随着时代的改变，我国经济与文化不断发展，但“文以贯道”“文以载道”的观念经久不衰，由此可见历朝历代对于文学教育的重视。因此，文学教育在社会主义核心价值观培育中的作用主要体现在以下几个方面。

1. 文学教育能够促使人们树立正确的世界观、人生观和价值观

文学教育不同于其他教育的突出特点在于它的思想性。在文学教育中，文学作品能够用生动的文字反映客观事实，用艺术的语言展示作者的情感世界，对学生了解历史、认识社会具有重要作用。另外，文学教育的功用远不止于此。文学教育能使人们树立正确的世界观、人生观和价值观的关键点就在于文学作品的思想性。文学作品的思想中蕴含着作者的情感世界和人文关怀，蕴含其对世界、对生命的感悟。在阅读一篇作品时，我们会对文章内容产生强烈的喜怒哀乐之情，从而使我们的世界观、人生观和价值观受到影响。文学教育中的语言表达会给人留下充足的空间去品味和感受其内涵。

除此之外，文学教育的另一作用还在于传达正确的道德品质和思想觉悟。例如，我们所熟知的“掩耳盗铃”“滥竽充数”等故事，就是教大家做人的道理，从浅显的故事中引出发人深省的教育意义。文学作品对于人的培养作用是潜移默化的，人们在学习和阅读的过程中能获得精神上的满足和愉悦的审美感受，会在不知不觉中提高自身的思考力和判断力，从而达到树立正确的世界观、人生观和价值观的目的。

2. 文学教育能够培养学生高尚的情操

文学教育离不开审美活动。大多数文学作品都是通过语言的描写来激发人们的想象和情感体验，使大家从中获得愉悦的审美感受，以满足自身的精神需求，这就是我们常说的文学教育所具有的审美性。文学教育不仅能够引导学生认识美、感受美，同时也会对学生的日常行为和思想产生较大的影响。优秀的文学教育能够使学生更加积极、乐观地面对生活；而消

极的文学作品则会摧残学生的身心健康。因此，在文学教育过程中，教师对题材的把握是非常重要的。

一方面，随着社会的不断发展，大部分学生都是家庭中的重点保护对象，这导致学生在与他人的日常相处中不懂得分享与协作，无法对自身价值和能力做出正确的估计，缺乏独立解决问题的能力和意识，而这恰恰是文学教育的主要任务之一。

另一方面，文学教育能够在学生的成长过程中提供大量的成功范例，可以从名人传记中汲取力量，如海伦·凯勒的《假如给我三天光明》等，都能实现对学生独立人格的培养和完善。

除此之外，对学生道德情操的培养还体现在文学教育的“立人”特性上，能够为学生丰满理想、提供关怀，可将学生所有的情感需求都表达得淋漓尽致。文学教育的意义就在于用文字感染每一位读者，学生能够从字里行间获得感悟，在潜移默化中提高文学素养，继而陶冶情操，达到完善自身人格的目的。

3. 文学教育有助于提升学生的想象力

文学教育对想象力的提升主要包含两方面的内容：一是文学作品对作者的想象能力有较高要求。二是文学作品的鉴赏需要读者具备充沛的想象力。作家在进行创作时，都会为读者留下充分的想象空间，而这一空间会促使读者充分调动想象力，运用个人丰富的经验对作品进行多方面、多维度的解读。例如在《红楼梦》中，曹雪芹将秦可卿的死写得扑朔迷离，为读者留下了大片的想象空间，而因读者个人经验的不同，大家对秦可卿之死的解读也不相同。

由此可见，文学教育在促进学生想象力的发展中起着重要的影响作用，同时，对学生审美能力、判断能力和辨别能力的提升也有一定帮助。在文学教育中，教师要鼓励学生将自我信念与理想融入作品，以全面提高个人的综合素质和文学素养。对于学生而言，在阅读过程中，应有意识地锻炼自己的思考方式，不断提升自身审美品位，以便为未来的学习和发展奠定坚实的基础。

（三）文学教育与社会主义核心价值观的融合途径

1. 正面引导

文学教育中存在大量能够振奋人心的作品，如路遥的《平凡的世界》、张洁的《沉重的翅膀》等，这些作品描述了我国社会主义的发展历程，体现了主人公勇于承担自身责任的精神，可帮助读者树立正确的世界观、人生观和价值观。除此之外，文学作品对于现实问题的批判也是非常尖锐的，如周梅森的《人间正道》、张平的《抉择》等，这些作品对社会实际情况及历史文化的发展提出了一些正确观点和判断，能够对读者起到直接的教育作用。在文学教育中，从来都不缺乏优秀的文学作品，缺乏的是教师的正确引导。莎士比亚曾说过：“一千个读者眼里就有一千个哈姆雷特。”对文本内容的解读不仅是教师个性化的表现，同时还要符合社会主义核心价值观。在高校文学教育中，教师可将这些优秀的作品作为教书育人的基础，引导学生了解作品背景和作者生平，帮助学生更好地理解作品的思想和情感，从而培养出高素质、高情操的学生，而这也正是高校文学教育融合社会主义核心价值观所需要和倡导的方式。

2. 侧面激发

教育作为改变命运的主要途径，对于学生的培养应全方位地展开。在教学过程中，教师需要注意的是，这些作品会对学生的社会主义核心价值观培育有一定的困扰和影响。因此，在讲解这一类型的作品时，教师要注意区别对待，为学生做好侧面引导，指导学生抛开表面上的丑恶与残酷去探寻作者真正想要表达的美好和温暖，从而帮助学生更加积极健康地成长，树立正确的社会主义核心价值观。

3. 坚定立场

在高校文学教育中，文学作品的主要载体是小说，而小说中所创造的艺术世界是非常复杂的，充满着快乐与悲伤、善良和丑恶、理想与现实等，几乎囊括了人生所有可能遇到的问题与矛盾。小说情节大多是从这些矛盾入手，如余华的《活着》、王蒙的《蝴蝶》等，这些作品内容的构成较为复杂，教师在讲解时要仔细甄别作品所反映的价值取向，从中找出生活中的真善美，帮助学生树立正确的“三观”。

除此之外，教师还应该拓宽学生的阅读层面，使其能从多维度理解文学作品，以实现树立牢固观点和坚定正确立场的教育目的。

4. 因材施教

文学教育的重要性是毋庸置疑的，在其与社会主义核心价值观融合的过程中，教师不仅要积极引导，同时还要因材施教。在教学过程中，教师要对不同的文学作品和文学体裁采用不同的教学方式和教学态度，这也是因材施教的核心。

除此之外，教师要在所有的教学内容中都融入社会主义核心价值观，使学生时时刻刻都能够意识到这一价值观的重要性，并在无形中将其有效贯穿于自己的学习与生活中。文学教育和社会主义核心价值观的融合不能简单地生搬硬套，而要将社会主义核心价值观与教学实际和教材内容相结合，从而充分发挥文学教育的作用和意义。教师要改变传统的文学教育方式，为学生营造良好的文学教育环境，以便更好地弘扬社会主义核心价值观。

第七章　文学理论研究对文学发展的价值

第一节　促进文学反思

文学理论研究对文学发展的最实际意义是，文学理论对文学作品的文化意义和艺术价值进行了界定，能够使文学家们和作者们对自己所产出的作品进行反思。文学反思是文学家和作者们对文学作品所承载的艺术价值的思考和探索，而文学反思的结果往往引导了一个时代的文学家们的创新。通过文学反思，我国文学作品创作必将进入一个发展和创新的高潮。文学理论研究成果越丰富，研究内容越深入，文学反思的成果越多，文学作品的质量也就越高。因此，文学理论研究将直接促进文学的快速、蓬勃发展。

一、文学的价值和影响

（一）价值生成

文学价值的生成过程，可以简单化地、直接性地理解为文学文本的生成过程和对文学文本的阅读接受过程。

关于文学价值在文学文本创造过程中生成这一方面，理解难点在于搞清楚文学价值与文本的相互关系，即价值决定文本，文本又创造出新的价值，它使文学价值生成的初始过程成为一个动态的活性过程。具体说，文学价值是存在于形形色色的具体文学文本之中的，但每一个具体文本的产生，又是受“先在”于它的文学价值观念即价值预期支配的。价值预期规范着创作活动。人类关于文学的价值预期不是凭空形成的，它植根于人类生活中既已形成的价值观念。在生活中考察人类价值观念的形成，必须从人类活动的主客体方面进行，这样我们所触及的必须是一个哲学化的理性世界，但这个理性世界在实践意义上，往往会以感性的鲜活的个体行为展示出来，于是审美方式出现了。因此可以说审美正是人类价值判断的一种体现，而且是一种高水平状态的体现。它构成生活作为反映对象的文学的价值根源。由此可见，对审美规律的了解，是理解文学价值构成的一个关键。直白地说，文学的深层价值正在于它对人类的以审美为核心的精神世界的展示与表现之上，审美的功利性和超功利性必然会对文学的价值状态产生影响。

在将文学的价值归结为生活价值的体现之时，不能忽视文学活动自身所具有的价值因素，因为文学自身就是一种审美方式。如果说审美是人类对自身力量及其本质的肯定、占有、确证的话，那么文学活动无疑为这种肯定、占有、确证提供了最为有力的证明，因此文学有了超越日常生活价值的更高层次的价值。这种价值体现出来，那就是在文化意义上对生活、对人的心灵世界的一种引导作用，在具体创作过程中，这是一系列复杂、细致的设计和表达步骤，精确地体现了这种设计和表达文学形式，使其具有了独立的价值内涵。

文学文本的价值是在阅读接受过程中实现的。在这个过程中，读者一方面感受、触及文本的潜在价值，同时又以再创造方式赋予文本新的价值。到此为止，文学的整个价值生成过程便告完成。

任何现象都有自己的构成状态，文学价值体系也不例外。文学价值构成十分复杂。要将其梳理清楚，必须找到有效的角度和有效的原则。“以人为本”便是我们梳理这些价值的基点。换言之，按照以人为本的原则，把它们放到具体历史时空中，才能发现价值真相。以人为本的人，在这里并非仅指个体的人，应该把它主要理解为整体的哲学意义的人。这样，可以肯定，文学的价值结构，其宏观形态是真、善、美三者的有机统一。换言之，文学，只有具备了真善美的有机统一才会具备真正的价值。

考察文学价值构成，除对价值内涵作基本了解之外，还必须注意价值的时空因素。从时间上看，任何文学文本的价值都具有时效性。所谓时效性是指具体文本的价值特别是价值实现总是具有时间侧重，在某个时段中体现得充分，在其他时段中则减弱甚至没有体现。只有少数的优秀作品才能超越时间局限产生永恒的价值魅力。决定文学价值时间状态的因素十分复杂。从空间角度看，文学价值首先是个体性的存在，无论是作家本人通过写作实现了表达愿望从而印证了文学价值，还是凝聚、承载价值的文本，以及读者对文本的接受与再创造，价值都是以个别性方式存在、出现的。因此，个体性正是价值的“生命方式”及活力所在。这是又一个理解重点。

文学价值的复杂内涵会在文学接受过程和文化活动中具体体现出来，于是便形成了文学的社会功能。“功能”是确定的、可以直观的东西，由它来显明文学的价值，无疑会将文学价值内涵减少，使其中那些依赖于体验过程的不可直观的部分遗漏。但“功能”随着文学的产生早已成为一种客观的文化现象，我们只能了解它把握它，以便通过这种显在的途径，加深对文学价值的印象和理解。文学的社会功能也就是文学的社会作用与影响，它们很直观。

文学活动价值受“自律”与“他律”这种重要力量支配，它们使文学的价值呈现出几乎截然不同的两种取向。两种不同价值促成的文学价值观，相互之间还会不断斗争、转化、融合，导致文学的时代转换，使文学在“自律”与“他律”的矛盾斗争中艰难前行。这意味着，不同文学价值的流露、实现方式本身又创造了新的价值，产生出新的文化景观。当然，这就使文学价值状况显得更为复杂了。在这里，必须特别注意的是，对“自律”与“他律”促成的文学价值差异，应从文学实践和理论原理两个角度分别看待。

（二）人间情怀

文学价值有两个基本取向，其一是世俗取向，其二是精神取向。人间情怀是文学世俗价值的形象表述。它构成文学价值体系中最为直观也最易为人们所感受、接纳的部分，可以说它是文学整体价值的基础。理解它是十分重要的。

理解文学的人间情怀，必须注意以下主要因素：游戏、政治、道德。游戏与宣泄是文学人间情怀的基础。这样说不但不会降低文学的文化地位、文化档次，相反，它正好更为充分地突出了文学的文化价值及这种价值的真实性、可行性。政治色彩是文学人间情怀的又一种体现，也是文学世俗价值中一种重要的争议最多的价值。道德价值是文学与生活之间最为有力的联系纽带，是决定文学向审美的精神高层迈进的一个最为重要的现实基础。有时人们会忽视文学的娱乐价值，会故意远离文学的政治色彩，但绝不会放弃文学的道德内质。

（三）精神向度

与文学的人间情怀相对应，文学的精神向度正是文学价值的根本体现，它超越世俗规约，充分突出了文学审美的精神色彩，使文学真正成为人类一个不可缺少的精神居栖之地。

理解文学的精神向度，必须注意以下主要因素：终极关怀与哲学、心灵家园与皈依需要。终极关怀是文学精神价值的最大体现，它与哲学相连。心灵家园是文学精神价值的形象和体现，它与皈依相连。信仰是文学中最为深层最难触及、把握的精神因素。理解它们是十分重要的。

文学人间情怀和精神向度构成了文学价值结构的完整体系，这是针对文学整体而言的，对于具体作品，其价值也是具体的，有侧重的，甚至是单一的。不能因具体文本只具有单一价值从而否定文学的整体价值；也不能用文学的整体价值来强求每一个文本体现出整体才可能具有的完整体估值状态。这是我们在理解文学价值的时候所应坚持的辩证思想。

二、文学欣赏对文学创作的影响

创作目的亦是人，创作内容是人的生活体验，因而文学是人生的艺术。在文学这个系统中，文学欣赏与文学创作二者相互影响。

读者对文学作品的阅读鉴赏对文学创作会产生一定的影响，有的起促进作用，而有的起误导作用；另外，文学作品也可以影响鉴赏者，有的能陶冶情操，而有的则腐蚀心灵。因此进一步地认识文学欣赏和文学创作之间的关系，对于培养、提高鉴赏者的艺术欣赏水平，发掘人的潜在的创造力，以及发展繁荣文学创作都有很重要的作用。

（一）文学欣赏的主体条件对文学创作的再创造

所谓的文学欣赏，是根据读者的审美标准，在对文学作品有所理解的前提下，对作品引发的想象、联想，对作品产生的情感，以及自身的思维和再创造等一系列心理机制形成的审美过程，是一种精神层面的活动，目的在于对作品的可读性与趣味性的追求，包括以下内容：

首先是读者对文学作品的阅读期待，这种期待客观存在于读者的思维意识之中，在读者阅读的过程中自觉不自觉地体现出来，唤醒读者以往的阅读记忆，使之进入一种特定的情感态度，出现某种阅读的期待。

其次是鉴赏者要对形象有具体感受，并通过形象与作者进行交流。

三是意蕴体味，是读者在形象感受的基础上探寻作品蕴含的深厚意味，获得思想营养。

四是对作品形成一定的感情态度，审美获得满足。文学欣赏和文学创作这看似不相干的两个环节，实际是密切统一在整个文学系统活动中的。在文学欣赏过程中，当读者面对文学作品，如同和作者进行对话，通过文字的阅读和形象的理解，读者和作者之间产生了人际的沟通，读者不自觉地接受了作品所表达的思想、观点或者意蕴，把自己的审美观点呈现出来，这样才可以说文学的社会效果实现了。

由此，文学实际上是一个以创作为中心的系统，生活、作家、作品、读者是其相互关联的四个要素。生活是创作的源泉，但只有经过作家的文学创作才能有作品的诞生；作品必须经过读者的文学欣赏才能实现其社会价值，实现对生活的反作用。

（二）文学创作的文本质量影响文学欣赏的阅读体验

文学是语言的艺术，文学欣赏不能凭空产生，必须首先是对文学创作文本即语言文字的字面含义和更深层次意旨的理解过程。在欣赏过程中，鉴赏主体首先接触到的不是可以直观的形象，而是写作者表达其意蕴指向努力“堆砌”的语言符号，鉴赏者必须经过把文字转换成可以感受的艺术形象的过程。这个转化并不是写作者的意志可以决定的，而是依赖于鉴赏者的语言阅读理解能力。所以，并不是所有的文学都会产生预期的鉴赏效果。当然，文学欣赏的发生与否的先决条件是文学作品的质量。也就是说，如果没有写作者不断寻求最贴切、最恰当的语言文字来塑造具体感性的、引人入胜的、鲜明的文学形象，表达自己的旨趣，鉴赏者也不可能得到良好的审美效果和情感体验，文学创作的社会作用也不能得到很好的体现，而社会作用的大小取决于人们对文学形象的认同程度。认同程度越高，读者会进入作品中的人生体验状态，或是通过作品中的人生体验的参照，进入一种对现实人生体验的解构状态。

例如，阅读中国古典神话小说《西游记》，人们通常通过面对邪恶势力神通广大、降妖除魔的孙悟空实现人们理想中正义力量的胜利，从而体现人类灵魂深处对善的认同，获得心灵的净化和情感的升华。

（三）文学欣赏推动、促进文学创作的发展

文学欣赏是对文学创作的再创造，实质上是读者通过文学作品创造的人生意象的参照，解构自己的人生体验，获得自身独特的审美满足。读者的阅读意识并不是一张白纸，在阅读前，读者的不同人生经验、文化水平、审美意识决定了其对文学作品的解读亦不同。当然这种文学欣赏的再创造，有的是自觉的，而大部分读者则是不自觉的。

无论鉴赏者的再创造自觉与否，作者在进行文学创作时不会缺少对作品问世后应该出现的读者的考虑，文学创作的动机、题材、思想内涵都会受到作者预设的“隐含的读者”的影响。也就是说，广大读者的欣赏实践是检验文学作品优劣的标准，作者的文学创作不能不认真考虑读者的欣赏要求、欣赏趣味、欣赏习惯和社会效果。从文学发展的历史看，优秀的文学创作总是符合时代的需要和人民大众的审美愿望，也就是文学欣赏对文学创作产生了积极的推动作用，而一些格调不高的创作虽然一定时期或范围内能产生一定的影响，却最终通不过历史的考验。

三、新时期文学话语形态研究的反思

中国当代文学理论话语体系建设有许多需要从元理论层面加以反思和澄明的问题，话语形态及其建构路径即为其中之一。文学理论研究存在如何处理文学和理论的关系，从而如何生成文学理论话语的问题。撇开意识形态属性不论，只从符号和表述的形式层面即知识形态上看，可以将文学理论话语的建构分为三种类型：一是对文学现象和文学作品存在外观和样态的经验性文学理论研究，二是有关文学的性质和功能等基本文学观念的建构性文学理论研究，三是基于其他学科的理论而对文学的泛化形态的理论研究。与此相应，文学理论话语形态的建构便有三种路径：第一种是从先行存在的具体性文学现象到概括性文学知识的形成；第二种是从抽象的文学理论观念到具体性的文学实践；第三种是从其他领域的抽象理论向文学研究领域的延伸，理论是外在的，文学只是例证。三种话语形态及其建构路径虽然互有不同，但各有其价值，要以辩证的态度加以看待。

（一）新时期文学理论话语形态反思

文学理论研究是一种关于文学的话语生成活动或话语建构行为。所谓“话语”，是人们出于社会交流目的而说出来或写下来的言语。在学术研究中，话语通常是系统地组织起来的言语陈述，一种特定的话语形式相应地产生一种知识或学问；反过来说，一种知识或学问，也都要以特定的话语形式呈现自身。所有文学理论知识无不显示为以某种言语组合方式而存在的话语形态。我们稍加分析即可看出，各不相同的文学理论的话语形态及其话语生成活动实际上包含了两个方面的理论运作，一是在文学理论的学科名目之下按照对这一学科流行的观念而展开的对于文学现象和相关问题的学理性研究，二是对文学理论的学科性质、研究对象、形成机制、发展规律、理论范式、社会功能、话语形态、致思方法、建构路径等问题的自反性研究。前者是对文学的理论研究，后者是对文学理论本身的研究，具有元理论性质。董学文曾对这两种文学理论研究加以区分：前者基本上是以作家、作品、读者和世界为研究对象，把文学及其活动的性质、特征、变化规律等作为自己的主要任务和内容；后者则不是将文学作为自己的研究对象，而是移动到将研究文学的理论作为自己的研究对象。[1]他把后一种文学理论研究命名为“文学理论学”或“文学理论哲学”。

国外学者也有类似的区分。法国学者孔帕尼翁在其《理论的幽灵：文学与常识》中也指出，一般来说，谈理论，就预设了一种实践，因为理论基于并指导实践。但是在文学与理论相关联的学术研究中，有的理论的实践对象是文学，有的则是文学研究本身，他把这两种不同实践对象的理论研究分别命名为“文论”和“文学理论”。

文论是对文学现象、文学作品的研究（如俄国形式主义）和对文学包括文学理论的意识形态批评（如马克思主义文论）；而文学理论是对文学研究的研究，要对何谓文学及文学史研究和文学批评中的各种论断的预设加以探索性研讨，因而，（文学）理论是一种反思，对文学、文学批评和文学史状况的反思，一种对批评的批评或曰元批评。[2]在中国文学理论界，大量存在的主要是前一类研究，而后一类研究只是从 20 世纪 80 年代中期以后随着文学研究方法论的兴起才逐渐进入学界的理论研究视野，此后于 20 世纪 80 年代后期和 90 年代进行的对于文学理论的研究对象及学科性质等问题的探讨对此有进一步的拓展，但总体而言，这方面的研究相对薄弱，理论成果还不是很多[3]，许多从深层次上关涉文学理论发展而需要深入展开的问题还没有引起足够的关注与研讨，文学理论的话语形态及其建构路径问题即为其中之一。

张江在其近年来有关文学阐释的系列论文中，明确提出了“理论的生成路线”这一问题。他指出，西方现新时期文学理论之所以形成“强制阐释”的理论缺陷，与“理论中心论”的

1　董学文．文学理论学导论 [M]. 北京：北京大学出版社，2004.
2　安托万·孔帕尼翁．理论的幽灵：文学与常识 [M]. 吴泓渺，汪捷宇，译．南京：南京大学出版社，2017.
3　在中国学界关于“文学理论学”的研究方面，董学文的《文学理论学导论》是非常值得重视的一部专著。可惜由于中国文学理论界的思维聚焦点更多地放在对文学的研究上，该著似未引起应有关注。

话语生成方式有直接关系。“理论中心论”的总体倾向是：文艺理论不是从文艺经验和实践出发，而是从概念和范畴出发；概念生成概念，范畴生成范畴；理论是唯一的出发点和落脚点，理论成为研究和阐释的中心。[1]这种以理论为中心的话语生成方式，在话语特征上除去场外征用、主观预设、非逻辑证明之外，还有一个认识路径上的颠倒与混乱，张江称之为“混乱的认识路径”或曰“反序认识路径”，即理论构建和批评不是从实践出发，从文本的具体分析出发，而是从既定理论出发，从主观结论出发，颠倒了认识和实践的关系。[2]他又说：“这里最根本最要害的问题是，西方文论的生成和展开，不是从实践到理论，不是通过实践总结概括理论，而是用理论阉割、碎化实践，这是“强制阐释”的认识论根源。[3]为此，新时期文学理论必须进行“话语重建”，而出路即在于重返理论生成的正路，具体而言就是回到从文学文本、文学实践出发走向理论生成的正确路线。他写道：由具体到抽象，再从抽象走向具体，这是理论运行的基本方式。是否以文学实践为出发点，不但决定着理论的前提是否正确、恰切，以及理论本身的形态和合理性，还直接关系到抽象的理论能否再一次走向具体、指导实践，也即理论的有效性问题。这是由理论内部的逻辑自洽规律决定的。

因此，从中国文学实践出发，是所有中国文学理论建构的核心和关键。[4]从理论建构的意义上说，张江关于“理论的生成路线”的思考涉及两个方面的问题，一是何为正确的文学阐释路线，一是何为正确的理论建构路线。就前者，他提出“本体阐释”的概念，强调文学文本是文学阐释的出发点和落脚点；就后者，他强调文学实践是文学理论的出发点和落脚点。由于阐释也是理论工作的一部分内容，因而从逻辑上讲，文学阐释的出发点也包括在整体理论建构的路线之内。

对此，张江明确指出：“本体阐释”的路线也是文学理论建构的路线，以文本为依托的个案考察是建构新时期文学理论体系最切实有效的抓手，也是最具操作性的突破点。[5]张江所提出的文学阐释路线、理论生成路线，其实也就是文学理论话语形态的建构路径问题。

一般来说，作为精神生产的一个特殊部门，文学理论话语体系的建构有其时代性的形成机制，受时代发展情势、文学发展状况、思想潮流语境等诸多因素的规约和影响，也与知识共同体中不同理论研究者对文学自身的认识，特别是对文学理论学科的性质、功能与话语特征的认识，以及建立在这些认识基础之上的思维方法和建构路径的选择紧密相关。由于认识和选择的不同，具体生成的文学理论话语就会有其不同的形态。其中，建构路径虽然不是决定文学理论话语生成的唯一因素，却是一个能在深层思维方式和基本理论范式层面影响其内容构成、存在形态、方法选择等的重要决定因素。从以上对张江系列研究的引述可见，文学理论话语的存在“形态”不仅与“生成路线”直接相关，而且生成路线正确与否也是文学理论话语本身的合理性与有效性的评断依据。因此，我们研究各种文学理论，评判其理论得失，也可以由其建构路径入手，就像张江研究西方现新时期文学理论时所做的那样。进一步来说，当代中国文学理论正面临着构建话语体系的时代任务，也需要在文学现象与理论运作的精神

1 张江．理论中心论———从没有文学的“文学理论”说起 [J]. 文学评论，2016（5）.
2 张江．强制阐释论 [J]. 文学评论，2014（6）.
3 张江．当代文论重建路径：由“强制阐释”到“本体阐释”[N]. 中国社会科学报，2014-06-16.
4 张江．当代西方文论若干问题辨识———兼及中国文论重建 [J]. 中国社会科学，2014（5）.
5 张江．当代文论重建路径：由“强制阐释”到“本体阐释”[N]. 中国社会科学报，2014-06-16.

聚合中找到通往话语体系建构的有效路径，这是文学理论研究者应有的自觉意识。

应该明确指出的是，将文学理论的话语形态及其建构路径作为一个问题提出来，就意味着文学理论研究中的建构路径及由之形成的话语形态都不是唯一的。如果是唯一的，那就只需对二者作理论描述或陈述就可以了，并不需要对其进行学理性研讨。事实上，古往今来是存在各种不同的话语形态的，而不同的话语形态又是经由不同的路径建构起来的。揆诸中西文学理论发展的史实，不难发现，中国古代大量存在的印象和感悟式诗文评与西方自亚里士多德以降的逻辑性、体系化诗学和文学理论研究具有不同的话语形态。这还只是就显在的语言表述形式着眼。其实，若从隐匿于话语形态背后的理论性质、功能和建构路径来看，同样是中国古代的诗文评，意在诗文创作与赏析的文论话语如杜甫的论诗绝句之类与“借诗说禅”的禅宗诗论也并不属于同一种话语形态。而在西方，古希腊柏拉图的诗学与亚里士多德的诗学不属于同一话语形态，现代的新批评和接受美学与弗洛伊德的精神分析文论及海德格尔的存在主义文论也不属于同一话语类型。这些不同的话语形态或话语类型背后都隐含着不同的理论指向和建构路径。那么，“借禅说诗”算不算是一种关于文学的理论言说？同样，弗洛伊德从精神分析学说出发把一切文艺创作都情欲化了，是不是一种言说文学的正确路径？诸如此类的问题需要理论上的解释和回答。

（二）文学理论话语形态的存在类型

概而言之，文学理论的话语形态是被谈论的相关内容与思想、意义、符号和表述等多重要素的有机组合体，它不仅包含着关于文学对象和话题是什么和应该是什么的话语陈述，还包含着相关对象和话题将要被谈论的方式通常是什么状况和应该是什么状况的话语陈述，具有强烈的人文属性和意识形态取向。

1. 关于“追问真相”式的文论研究

“追问真相”式的文论研究是指那种预设了文学问题的客观性与可把握性的研究路向。这种研究路向的总体特征是坚信研究对象中隐含着某种根本性的属性，通过研究可以揭示这种属性，并因此完成对对象的彻底把握。这主要表现在下列三个方面：

（1）关于文学的定性问题

关于文学是什么的追问。意识形态或乌托邦的形象化显现？个人无意识的改头换面？社会心理或集体无意识的感性呈现等。

（2）关于文学创作的奥秘

文学是如何被创作出来的？创作心理机制，创作动机与创作冲动，情感、想象、直觉、灵感、天才的作用等。

（3）关于文学的发展演变的规律

文学起源于何处？劳动、巫术、神话等。什么是文学发展的动力？经济原因、政治原因，社会心理等。文学发展的规律如何？进化论的？盛衰交替循环的？不平衡的？

这三大问题是几十年来我们的文学理论所热衷的。结果如何呢？事实证明了两点：

第一，上述问题都没有，也不可能有一个确定的、单一的答案，而追问者的困境在于都各自预设了一个确定的答案。

第二，人们找到的答案不管是否具有合理性，都是毫无意义的——无论是对文学创作，还是对文学欣赏，都没有任何指导意义，即使从纯粹知识论的意义上看，这样的追问也只是在众多的解释中增加了一种而已，并不能证明它使关于文学的知识向着真理更靠近了一步。

这里的问题在于这种研究路向从一开始就把方向搞错了，“追问真相”是自然科学或工具理性的任务，对象是客观的自然存在物；对于文学这样典型的人文学科是没有真相可以追问的。科学实验、调查、统计、因果关系、三段论式的推理在这里都不能解决问题。

2. 关于“意义建构”式的文论研究

与“追问真相”式的文论研究不同，我们另一种研究路向是以意义建构为目的的，不求解释什么，但求确立什么。这种研究就其大的路向而言完全是站在正路上，因为人类创造出人文学科就是要解决意义问题的，是基于自我意识的。如果说意识具有外指性特征，主要是对人之外的客观存在的把握，那么自我意识就是指向人自身的，既是对个体人的，又是对作为整体的人类社会的把握。因此意识产生知识，是主体对客体的把握，的确具有一定程度的客观性（可验证性）；自我意识则产生意义与价值，是主体对自身存在状态的觉察与判断，存在某种程度的共通性而不存在纯粹的客观性。

我们的文学理论在意义建构方面的表现主要有：

（1）主流意识形态的专业化形式

国家政策、方针、一个时期的政治理念转变为文学理论术语与原则。

（2）人文知识分子乌托邦精神的话语表征。审美、自由的象征、纯文学、精神家园、神圣性、批评性、超越性等。

（3）个人颓废意识的显现

文学是文字游戏、茶余饭后的消遣，个体心灵的自我呈现。

这种意义建构之研究路向的问题在于：意义建构需要有一个稳定的、坚实的、获得普遍认同的合理性基础。在此基础上进行的意义建构才是有效的。所谓有效，是说这种意义建构看上去是那么回事，符合实际情况，有普遍和持久的可接受性。以此标准来看，上述三种情况都是有问题的，都不足以构成真正有效的意义建构。问题有二：

第一，企图以某个社会集团或阶层的价值观为文学理论赋予普遍性，根本无视社会大众的立场与需求，无法真正获得普遍认同。第二，这种意义建构借用了客观知识论的外衣，把自己打扮成真理的样子，缺乏沟通、互动的实践环节，因此只能是自说自话式的话语游戏。

3. 关于“反思”式的文论研究

毫无疑问，“反思”式的研究路线是在西方后现代主义思潮影响下形成的。这种研究路向的基本特征是：不是就文学理论范围内的各种具体问题进行追问，而是向着文学理论本身发问，即对追问的追问，对研究的研究。这种研究路向也有三种情况：

（1）神话是如何形成的

文学理论常常制造神话，诸如：文学是自由的象征、文学可以拯救人类的灵魂、文学是人类的精神家园等。这些神话都可归结为审美乌托邦主义的产物。“反思”式的研究路向旨在破除这些神话，并指出它们是如何及为什么被制造出来。

（2）文学理论话语背后的话语

文学理论就整体而言并不是纯粹的客观知识系统，而是站在不同立场上的人们对文学的操控与理解。其中包含着深刻的政治性与意识形态性。“反思”式的研究路向试图揭示隐含在文学理论专业术语与命题背后的权力关系及意识形态因素。

（3）文学理论话语形成的文化历史语境及背后的文化逻辑

在“反思”式的研究路向看来，无论是作为个人还是集体，知识分子作为言说者，都是某种社会结构的功能，要受制于具体的文学历史语境。一种文学理论观念、提法、核心命题都是这种功能的具体显现。因此，文学理论话语的形成就必然有一条隐含着的文化逻辑——由各种现在的思想资料与现实的社会需求构成的张力所导致的言说倾向（思维方式与言说方式）——在发挥着决定性作用。应该承认，“反思”式的研究路向是深刻的，的确破除了许多神话，常常能够发人深省，就像一把犀利的解剖刀一样所向披靡，但其问题也是明显的：

第一，破坏的、颠覆的而非建构的。文学理论作为人文学科，并不是以追求真相为存在合法性的依据。它的作用是具体的社会功能。有时制造神化是社会历史所要求的。

第二，无预设，无底线，可以无限“反思”下去，直至解构掉自我，而成为真正的精神分裂者。

第三，拒斥意义建构，不相信任何神圣、崇高之物，对一切都缺乏敬畏，违背人文精神。

4. 意义与局限

通过上述分析，我们知道了当今文学理论的“三大研究路向”都存在着各自的问题与局限，那么文学理论的出路何在呢？

第一，“追问真相”依然是必要的，但是应该把“真相”理解为“有限普遍性”，也就是说要把研究的结论“语境化”或“条件化”。例如，对于“审美无功利”这样的命题，应该把它放到具体文化历史语境中，联系提出者康德所代表的社会集团的理想与价值观来加以判断，指出它出现的历史必然性、适用范围与社会文化功能就可以了，而绝对不应该把它作为一个普遍真理来接受。

第二，“意义建构”同样是必要的，但是应该把“意义”理解为在一定阶段上、一定范围内有效的价值，即“有限合理性”，而不能把它视为绝对的或者终极的价值。这里的“合理性”应该理解为基于大多数人基本经验或利益关怀的共同意见或评价标准。例如，“含蓄为美”是一个价值判断，凸显一种意义，我们在运用这个价值判断时应该明白它只是相对于某种文化传统才是合理的。因此作为一个价值判断，它不具备绝对的合理性。

第三，“反思”其实是任何一种真正的学术研究都必不可少的基本素质。因此，“反思”式的研究路向同样具有存在的理由。但是“反思”也应该有基本立场，否则就难免会陷入相对主义或否定主义。问题是如何选择这个反思的“立场”。在这里或许有必要引进“对话”的机制——在没有任何形式的内外强制的情况下在“反思”者与被反思的对象之间展开有效的对话。这是哈贝马斯“交往理性”意义上的对话。这里有几个要点，一是充分尊重对象，把它视为一个平等的谈话者。二是把反思对象置于具体语境之中来考察其“有限普遍性”和“有限合理性”，然后再将其置于更大的语境中，考察其局限性。三是把对象在特定语境中的功能与其产生的文化历史逻辑区别开来。

（三）文学理论话语形态的构建路径

简括言之，所谓文学理论话语形态的建构路径，也可以称为思维进路或思维路径，在表层含义上就是指在文学理论研究的反思过程中，思维的行程哪里作为起点，到哪里为终点，是思维展开的行进路径，也是理论话语生成的路径。

在周庆华对文学理论两种话语形态的分类中，“文学”一词的所指意涵是不同的。在作为复合词的文学理论，文学是现在的被限制项，具有“当文学实际是如何的时候”的意涵；在作为非复合词的文学理论中，文学是后在的被建构项，具有“当文学应该是如何的时候”的意涵，由此区分，便有了两种不同的文学理论思维进路：“前者，可以理出一个‘从文学到文学理论’的思维进路；而后者，也可以理出一个‘从文学理论到文学’的思维进路，彼此‘貌似而实非’”[1]周庆华对文学理论思维进路的区分还是在通常所谓文学理论的范围内讨论，也就是对前面所区分的文学理论话语形态Ⅰ和文学理论话语形态Ⅱ而言，如果加上文学理论话语形态Ⅲ，那么我们则可以大致区分出如下三种不同的思维进路或曰建构路径：文学理论话语形态Ⅰ的思维进路是从先行存在的具体性文学现象到概括性文学知识的形成；文学理论话语形态Ⅱ的思维进路是从抽象的文学理论观念到具体性的文学特质和文学实践；文学理论话语形态Ⅲ的思维进路则是从其他领域的抽象理论观念向文学领域的延伸，理论是外在的，文学只是例证。就文学理论话语生成的历史来看，第一种建构路径发生最早，无论东方还是西方，自从有了文学研究，便有了这种形态的话语建构，现代之前的中西文学理论研究大都不脱离这种路径的规约和囿限；第二种建构路径虽在古代时期已生一些萌芽，但主要还是在现代文学观念和作为研究学科的新时期文学理论已经成熟之后才真正进入文学理论的研究视野之中；而第三种建构路径则形成更晚，主要是 20 世纪以来，确切一些说主要是 20 世纪 60 年代以后才愈演愈烈的。

文学理论的建构路径与思维方式、思想方法紧密相关。在这三种思维进路的文学理论研究中，第一种建构路径以先行存在的文学现象和文学经验特别是文学作品为思维起点，主要运用的是归纳、概括的思维方式和研究方法，获得的是一些概括性的文学知识。中国古代关于诗歌、戏剧的大量研究，甚至西方从古希腊亚里士多德的《诗学》到 17、18 世纪的诗学批评，大多是经由归纳、概括（综合）的思维方式和研究方法而生成的。第二种建构路径以抽象的文学观念的思考和探索为思维起点，主要运用的是分析、演绎的思维方式和研究方法，在思维进行中建构起“后出”的文学观念和文学存在，从而形成对文学的解释理论和指导观念。德国古典美学中康德、黑格尔的美学理论，现代美学中克罗齐、科林伍德、苏珊·朗格等的美学和文艺理论，大多是经由分析、演绎的思维方式和研究方法而生成的。至于第三种建构路径，通常是其他领域里的理论的征用、挪移、应用，是以研究者各自以为具有普遍性的理论观念为思维起点和落脚点的，因而自然也是以分析性、演绎性方法为主的。

关于文艺的理论研究方法，黑格尔早就做过很有启示意义的论述和阐发。他以美学发展的历史为参照，将美学的研究方式分为三种：第一种是经验性的，只围绕着实际艺术作品的

1 周庆华．台湾当代文学理论 [M]．台北：扬智文学事业公司，1996.

外表进行活动，是从现存的个别作品出发的，[1]这是以具体文学经验作为出发点的研究方式，如亚里士多德的《诗学》；第二种是理念论的，它完全运用理论思考的方式，单就美进行思考，只谈些一般原则而不涉及艺术作品的特质，这样就产生出一种抽象的美的哲学，[2]这是以抽象理念作为出发点的研究方式，如柏拉图的美学研究；第三种是将经验观点与理念观点统一起来的研究方式，他自己的研究便是。以这三种研究方法的分论而言，上述第一种话语形态的研究方式当属于经验性的，第三种话语形态的研究方式属于理念论的，而第二种话语形态的研究方式是经验性与理念论相统一的。经验性研究有利于文学知识的积累，但往往缺乏基本文学理论观念的创造性，也达不到观念的普遍性；理念论的研究具有理论认识的普遍性，但容易变成一种抽象的形而上学，导致理念概念的空洞无内容[3]；只有经验观点与理念观点相统一的研究方式才能将文学观念建构的普遍性与艺术审美的特殊性结合起来。就此而言，文学理论话语形态建构的第二种路径特别值得重视。

第二节 实现文学的社会职能

文学发展具有其独特的社会职能，这是文学作为社会上层建筑内容对社会发展的推力。文学理论的社会职能表现在两个方面，一个是对高校教育的指导意义，即文学理论发展促进高校文学学科教材的发展和文学学科教学内容的发展，而高校文学教育的发展又反过来促进文学理论研究的蓬勃开展，因此，文学理论研究使文学对教育的促进作用越来越强；另一个是对社会文化发展的促进作用，文学作品中所包含的生态思想、人权呼吁等元素通过文学理论研究被独立出来，这是文学理论对文学作品的精神意义进行再加工的过程。通过这种再加工，文学作品的时代价值被进一步升华和凝结，更容易被大众所认识到，文学作品对社会文化发展的促进作用也就更加明显。

一、文学的认识功能

文学的认识功能是指文学作品通过艺术形象对生活的真实反映，能让读者从中了解一定时代、民族的社会生活状况，获得政治、经济、文化、伦理、社会习俗等方面知识，开阔读者视野，促使读者正确、深刻地了解社会人生。

（一）社会生活是文学的书写对象

文学的认识功能是由文学的本质决定的。文学既然是社会生活的反映，当然就可通过文学看到社会生活内容。文学的这种意识形态本性使它成为人们间接认识社会人生的一条重要途径。它被称为社会生活的一面镜子也是就这一意义而言的。

马克思主义经典作家一贯非常重视文学的认识功能，并给予高度评价。恩格斯在评论巴尔扎克的《人间喜剧》时说:《人间喜剧》给我们提供一部法国“社会”特别是巴黎“上流社会”的卓越的现实主义历史，他用编年史的方式几乎逐年地把上升的资产阶级在1816年至1848年这一时期对贵族社会日甚一日的冲击描写出来，这一贵族社会在1815年以后又重整旗鼓，

1—3 黑格尔．美学[M]．朱光潜，译．北京：商务印书馆，1979.

尽力重新恢复旧日法国生活方式的标准。他描写了这个在他看来是模范社会的最后残余怎样在庸俗的、满身铜臭的暴发户的逼攻之下逐渐灭亡，或者被这一暴发户所腐化；他描写了贵妇人……怎样让位给专为金钱或衣着而不忠于丈夫的资产阶级妇女。在这幅中心图画的四周，他汇集了法国社会的全部历史，从这里，甚至在经济细节方面（如革命以后动产和不动产的重新分配）所学到的东西，也要比从当时所有职业的历史学家、经济学家和统计学家那里学到的全部东西还多。马克思谈到狄更斯等人时也说过类似的话。他说：现代英国的一派出色的小说家，以他们那明白通畅和令人感动的描写，向全世界揭示了政治和社会的真理，比起政治家、政论家和道德家合起来做得还多。列宁把托尔斯泰作品称作“俄国革命的一面镜子”，毛泽东把《红楼梦》称为是“封建社会的没落史”，从这些评论中可知，文学的认识功能其实也就是文学真实性的价值实现[1]。

为什么文学中提供的生活知识能比从职业的历史学学家、经济学家、统计学家那里学到的还多呢？这是因为文学是用形象反映生活的，而且反映的又是生活的整体。文学形象中的丰富细节和广阔领域足以使人们从中发现多样的生活内容。这又是文学规律的必然结果。

（二）从李杜作品中认识文学的认识功能

如今我们对文学的审美价值十分重视，重视到仿佛我们的周围到处都是审美的人，审美的物。这样的现象本应该是无可置疑的，它说明了人民大众的审美能力不断提高。但是我们往往在思维的时候是单向度的，我们在肯定一个事物的同时会否定其他事物的存在价值。本部分就是想从李白、杜甫这两位人人皆知的作家创作出的作品来说明，文学的认识功能是不应被审美价值取代的，也是无法取代的，它们是能并存在作品中的。

李白、杜甫是唐代文学史上最重要的两位诗人。两个人风格迥异，李白为人偏于浪漫的气质，故其论诗亦崇尚自然，破弃格律，近于浪漫的主张。他欲以浪漫的作风变更古典的作风，李白之所以能成为唐代伟大的诗人就在此。杜甫的思想则是以儒家为主，他对文学与现实的看法也主要是继承儒家的观点。他的文学作品重在客观的叙述。尽管二人风格显然不同，但我们从文学的认识功能去分析，二者的伟大就可以用同一标准来衡量。无论是西方，古代或是现代，文学都是人的一种活动。那么，这种活动就具体性质来说究竟是一种什么活动呢？马克思从哲学的存在与意识的相互关系理论出发，把文学活动看成是一种人的主体对于客体的认识与反映。马克思、恩格斯都认为，不是社会意识决定社会存在，而是社会存在决定社会意识。不是意识决定生活，而是生活决定意识。[2]在这样的理论前提下去分析李白、杜甫的文学作品是有现实意义的。尽管今天，我们以前所未有过的激情去肯定、挖掘文学作品中的审美价值，我们都在说文艺作品的认识功能应该被压缩为最小化，一切以审美为主，一切以美感为主。因为我们这个时代太现实，不需要用很纯洁的文艺来反映这个不单纯的社会，我们只需要文艺的审美功能净化我们已被污染的心灵。这种想法、做法固然有自己的道理，但要想科学地分析一种文学现象，还是应该把它放在特定的历史背景下。

每一时代都有属于那个时代特有的文明，强调文艺的审美价值在今天这个时代是有历史必然性的。因为今天的所有都仿佛是透明的，不需要让我们通过什么渠道来反映，所以才会

1　王蔷．英语教师行动研究——从理论到实践 [M]. 北京：外语教学与研究出版社，2002.
2　德意志意识形态 // 马克思恩格斯选集：第一卷 [M]. 北京：人民出版社，1995.

突出强调文艺的主体审美价值。而在李白、杜甫生活的那个时代，他们的作品对于今天的我们来说，最大的价值应该就是反映当时的社会生活，让人们更好地去认识那时的历史。我们不应强求古人必须迎合我们现在人的思想，其实，文学的认识价值、审美价值是能很好地共存的，不一定一方面的存在就会抑制另一方的存在空间。我们的思维不能被固定：肯定一个新事物的同时必定要否定原来本身合理的存在。当我们读到李白的“人生得意须尽欢，莫使金樽空对月。天生我材必有用，千金散尽还复来。”你会因作者那份虽消沉但自信无比的豪放而感受到人生的无奈和刺激。当你读到杜甫的“国破山河在，城春草木深。感时花溅泪，恨别鸟惊心。”你会因作者那忧国忧民的感情而深受感动。尽管对两个人作品的感受不同，但有一点可以肯定，我们被“感动”了，因此我们在“认识”的同时“审美”了。

1. 从李白作品中认识文学的认识功能

对于李白的文学是怎样表现认识价值的，即文学反映社会生活功能。在李白的文学作品中，我们能得知，他追求的美学理想是严肃的政治内容与天真自然的艺术风格的统一，或者是两者的统一，才是完整意义上的清新自然之美。的确如此，一篇再美的文章，如果失去了深层次的内涵都注定了不会是真正伟大的作品。因为真正伟大的文学作品都是蕴含着对人类甚至对整个宇宙的关怀，我们被一部作品所打动，取决于作品内容拥有的人文精神和价值取向。李白的作品大都通过浪漫主义的创作方法表现出来，而又包括了丰富的现实主义成分，他的积极的浪漫主义是有其深厚的现实主义基础的，他巧妙地运用浪漫主义手法来表现思想内容，反映社会现实。他浪漫的风格中透露着当时那个时代的气息。李白的浪漫主义在于他与前人相比，不怎么强调对政治得失、风俗醇薄进行美刺，而是注重揭示诗人的内心世界。即使是美刺政治，也不是以表现客观为主，而是着重于主观的抒发，即把深刻的社会内容，寄寓在情感、想象乃至幻想之中，正是在这样的主观情感中透露出作者对当时社会的不满。李白处在盛唐时期，自己才华横溢，为何不被当时统治者重用呢？其实这正可以看出唐朝当时的经济、政治都是处于稳定的状态，统治者不需要也不敢要李白这样的狂傲之人，他们需要一心一意为朝政做事进而使得朝政更加安定的人物。李白的作品处处透露着自己的才华不被重用的无奈和失落。我们在他的作品中能明显看到他那个时代的稳定和繁荣，他的放荡不羁与那个时代是不能很好相容的。

2. 从杜甫作品中认识文学的认识功能

杜甫的诗歌更能表现出文学的反映现实功能，他的作品被称为“诗史”。“诗史”是指杜甫诗歌中所体现出来的“善陈时事”的现实主义精神和创作方法。我们读他的作品，觉得那些根本就是现实活生生的镜子。

杜甫的文学思想，主要体现在论文学与现实的关系上。文学与现实的关系问题是文学理论的根本问题，一切流派的文学理论，都要以自己的方式作出回答。在中国古代，儒家强调政教中心，所谓现实，主要是指政教得失。因此，文学与现实的关系，就是反映政教得失，并反过来为政教服务。道家主张以自然为本，要求文学表现合乎自然的人性、物性与生活，而去批判和纠正违背自然、充满巧伪的现实。唐代的诗文革新运动，在文学与现实的问题上，大体上是儒家为主，道家为辅，对缘情绮靡一派进行批判、改造。陈子昂之高倡“兴寄”，重在恢复儒家传统，李白之崇尚“清真”，明显染有道家色彩。杜甫则不同了。他生活在唐王朝由盛而衰的转折时期，早年恰逢开元之治，过了十多年裘马清狂的漫游生活，这为他打下了良好的创作基础。而中岁步入天宝年间，君昏政暗，奸臣弄权，国力日衰，危机四伏，他自己十年长安，仕途蹭蹬，生活窘迫，自然就唱不出治世之音了。待到安史之乱，携家漂泊，饱尝了颠沛流离的滋味，最后困死旅途。[1] 这样的时代条件和个人境遇，促使他创作了大量的优秀作品，也决定他对文学与现实的看法，决定了他的诗歌就是历史的再现，决定了他要以创作的方式来记录自己的心情，忧国忧民的心情，决定了他的“诗史”最终确立、形成。

在今天，我们越来越重视文学的审美价值，这本是无可非议的。但是在重视审美价值的同时意图去弱化甚至否定文学的认识价值，这个做法似乎没有可能做到更没必要去做，就像我们现在都在批判后现代的一系列现象，认为它的存在是对现代的反叛和否定，其实不然，它在某种程度上是走向反省自律的现代性。因此我们对待问题不能简单回答是或不是、好或不好，特别是在我们人文学科，文学很多的说法、特性、价值都有其存在的合理性，学术争鸣正是说明文学的开放性。李白、杜甫的诗歌代表了中国古代诗歌的最高成就，他们的作品正是蕴含着高度的人文关怀及对那个社会现实的深刻思考，这才塑造了他们诗歌的不朽价值和他们人格的伟大。

文学固然不是道德，不是历史，不是哲学，但人的生命不是抽象符号，不是虚空中的孤立存在，因此，与人的生命相关的文学，便不能不包含着政治的、道德的、历史的、哲学的等现实方面的因素。因此，文学能给我们美感，能让我们分析现实、打开历史。为什么李白、杜甫的诗歌能让后世的人们念念不忘，甚至比当时那个时代显得更有价值，我想真正的价值是他们作品中所体现的那种真实甚至高于真实的历史内容。亚里士多德说得好：诗人可能比历史学家更真实，因为他们能够看到普遍的人性的深处。

二、文学的教育功能

文学的教育功能是指作家在作品中通过对生活本质的挖掘和自己思想、情感倾向的流露，能对读者的政治倾向、价值观念、道德情操、人生理想等精神品格的形成产生一定的影响。显然，文学的教育功能是文学的倾向性的价值实现，根源于作家的思想观点和态度，也根源于生活自身的本质内涵。

（一）反思自身，塑造完美人格

人格，从伦理学角度上讲，是指做人的资格和为人的品格。从一般意义来说，人格是指人们在自己社会化活动中所取得的具有内在统一性和相对稳定性的个人特质结构，是人的思想品德、内在心理和行为的综合体现。人格同人的思想道德素质具有直接的联系，是思想道德素质的集中表现。完美的人格，包括正确的世界观、人生观、价值观，其中的核心是正确的人生观。只有心怀伟大的理想，具备高尚的道德情操，成为一个对社会对国家有益的人，才具备了完美的人格。我国党和政府十分注重对学生进行正确的人生观与道德情操的教育培养，从幼儿园的五讲四美三热爱普及到小学的思想品德课，再到大学校园的思想政治理论课，最终要把大学生培养成为一个唾弃低劣、走出平庸和争做高尚的具有崇高人格素养的国家

1　黄保真，蔡钟翔．中国文学理论史：二 [M]．北京：北京出版社，1987.

栋梁。

人的不同生活经历会导致不同的性格及纷繁复杂的人生观，并且人格的确立过程是一个复杂多变的过程。人总要受到不同的内外界因素的影响而出现同化或异化，而且影响人格的因素有很多，文学对于大学生的人生观形成也起到了重要的影响。这是因为文学能够容纳人类思想意识的全部形态，蕴含人类心灵状态的丰富及人类生存状态的真实。文学可以给人复制一份自我的翻版。文学的"再现说"认为文学就是模仿世界，重现生活，这有助于大学生通过文学对生活的真实反映来反思自身，通过洞悉真实生活的本来面目来认识人性，挖掘人性中的真善美。文学在表现人的生命状态、存在意义的同时，也深刻地展示出人的精神世界、心灵世界的智慧特征，特别是在智慧的广度与深度上，显示出人的精神、心灵的博大性与丰厚性，以及人生价值与意义的永恒性。[1] 人对自我的反省所唤起的自我意识，是人与一般动物相区别的重要标志。马克思指出：动物是和它的生命活动直接同一的。它没有自己和自己的生命活动之间的区别。它就是这种生命活动。人则把自己的生命活动本身变成自己的意志和意识的对象。[2]

文学的创作题材很多都是作家以自己为原型，取材自己真实的生活经历，补充以艺术加工重现于文学作品中。因而大学生若与作家有某些相似的人生经历，便会在作品中看到自己的影子，以旁观者的身份重新审视自己，清晰明白地看到自己的对错得失，借此消除了过去"只缘身在此山中"的迷惘，从而自我改进、自我完善。当大学生在自我反省、自我灵魂拷问的过程中剔去人性中灰暗的部分，以光明、诚实、勇敢的态度去面对人生、面对生命的时候，就实现了人格的升华，生命价值的飞跃。

文学不仅能够帮助大学生看清世界，认清自己，还能通过作品中的人物形象的人生遭遇、命运轨迹，对读者的人生认识有警示和借鉴作用，对于大学生树立正确的人生观尤其具有重要作用。从鲁迅的《阿 Q 正传》可以发现，精神胜利法是阻碍人性发展的根本毒瘤。巴金的激流三部曲为那些不满封建牢笼，勇于冲破封建礼教束缚的青年指明了方向，做出了榜样。所以，文学对于大学生的自身本性的认识，人生态度的抉择，人生完善的引导，具有重要的影响。

（二）价值引导，明确理想目标

价值观，是指一个人对周围的客观事物（包括人、事、物）的意义、重要性的总评价和总看法。价值观是人们对社会存在的反映，它通过人们的行为取向及对事物的评价、态度反映出来，是世界观的核心，是驱使人们行为的内部动力。它支配和调节一切社会行为，涉及社会生活的各个领域。因此，价值观取决于人生观和世界观。

人生价值是人生观的核心问题，人生价值体现为两个方面；一方面是个人对社会的责任和贡献，另一方面是社会对个人的尊重和满足。崇高的人生价值体现在个人对社会的价值奉献，实现社会属性的人的价值，承担起一个人对自己、对社会的责任。理想，是对未来事物的美好想象和希望。理想目标是个逐渐演变的过程。树立正确的理想目标，是对社会做出贡献的前提。当代大学生正确的理想目标，就是要确立马克思主义的科学信仰，树立在中国共

1 黄健，王东莉. 文学与人生 [M]. 杭州：浙江大学出版社，2004.
2 马克思. 1844 年经济学—哲学手稿 [M]. 刘丕坤，译 . 北京：人民出版社，1979.

产党领导下走中国特色社会主义道路、为实现中华民族伟大复兴而奋斗的共同理想。人生价值是人生理想的价值基础，人生理想是人生价值的最终归宿。所以对当代大学生进行正确的人生价值观引导，才能帮助他们树立远大的理想追求，有助于他们实现自己的人生价值。

对于人生价值的探讨是一部优秀的文学作品思想内涵的重要组成部分，它往往是通过对英雄人物形象的塑造与讴歌，达到激励大学生树立远大理想，确立人生价值标准的目的。俄国作家屠格涅夫的文学作品《麻雀》，广大读者再熟悉不过的一篇小散文，却给每一个读过它的学生留下了深刻的印象。作品真实再现了生活中平凡而感人的一幕，作者朴实无华的语言更细化了作品的几分真实性，但是作品中母爱主题的深沉与高尚给予每一位学生强烈的心灵震撼。这部作品没有直白地抒情，它只是对生活实景进行了真实的描写，将生活中充满爱的瞬间特写放大，从中表现爱的伟大与执着。而动物母爱的主题在此刻已然升华为人间的爱，提升到了人性的高度，具有了文学主题的意义。

作者寄寓在文学作品中的审美价值，绝不是浅显的着眼于对生活中衣食住行的简单关注，而是超越了这种对生活价值的观照，升级为更高层次的对生命价值的关怀，由此引导大学生获得对生命意义的启迪及生命价值的确认，从而影响学生的理想追求。这样的文学作品就有助于大学生在品读之余，获得人生哲理的顿悟，促进人性的提炼。由此可见，将人生真谛寓于作品中传递给大学生，使大学生在阅读过程中洗涤心灵，树立人生目标，完善人生理想，是文学的思想教育功能的一个重要表现，这也充分延续了文学的教育功能。

（三）道德感知，内化行为习惯

道德，是社会意识形态的一种，是人们共同生活及行为的准则与规范，道德往往代表着社会的正面价值取向，起到判断行为正当与否的作用。文学与道德的联系，主要体现在文学蕴含的道德层面的对人性的认识与表现上，文学所要表现的是人性的善与恶的各种形态和形成过程。文学的思想教育功能的一个重要体现就是对于道德的诉求与批判，用道德感召和情感触动去提高大学生的道德感知，潜移默化地对大学生的内心世界产生影响，使大学生能够自觉主动地从内心深处承认情感的触动，认同道德标准，并以之为目标内化为个人道德品质。

古今中外历来都很重视利用文学进行道德说教，发挥文以载道、文以明道的作用。文学能够发挥道德培养的教育功能主要有三个原因：

第一，文学形式是一种能够承载丰富道德内容的艺术形式。道德价值总是文学与生活之间最为有力的联系纽带，是决定文学向审美的精神高层迈进的一个最为重要的现实基础。[1]文学能够蕴含丰富的道德元素，是因为道德相对于法律、哲学等思维意识的上层建筑具有更普遍性，对大学生的影响也更为密切，是学生行动的总规则。道德思想的输入使文学内涵更为丰富，人物形象更加有血有肉，更容易激起大学生的道德思考，引起大学生深刻的自我反思。

第二，与其他艺术形式更加专业化不同，文学形式易于为大众接受，而且文学可以做到在内容上通俗易懂，道理上深入浅出，达到的润物细无声的教育效果要比生硬的道德说教更有效。

第三，文学能够将道德伦理规范传输给大学生并内化为大学生的行为习惯。道德标准是

1　董学文，张永刚．文学原理 [M]．北京：北京大学出版社，2001.

衡量人性善恶的尺度与原则，更是人类社会的行为准则。文学再现道德主要表现为对人性善、人性美的渴望与追求。可是如果人类只是头脑意识中具有了道德标准，还不足以保证人类的行善乐道、广行善事，还需要将思想转化为行动，将伦理道德深入人心，转化为行为的准则，内化为行为的习惯。文学反映的是人的生存与精神状态，文学作品通过对人物状态的描写，揭示隐藏人的行为背后、重大事件背后的人性善与恶、美与丑，并且给予积极的评价，深刻地提出道德思索的问题。

另外，作品中不同道德属性的人物所面临的不同结局也是作者做出的道德裁决，对于人物命运的安排既不违背客观规律，又代表了作者的道德诉求与标准。这些都会给大学生提供重要的道德标准参考，引导大学生形成规范的道德行为习惯。

（四）调解矛盾，促进社会和谐

一个和谐的社会必然是一个经济稳定、人民安居乐业的社会，因为只有制度开明公正才能确保经济的快速发展，只有国家繁荣富强才能确保人民生活其乐融融。而在国家的发展过程中影响社会稳定的一个重要因素就是国家内的各种社会矛盾，突出表现为个人和社会的矛盾。能够有效调节矛盾冲突，实现国家的稳定，才能真正实现社会的安定团结。

文学的思想教育功能除了具有道德意识的感知内化功能，还具有社会和谐的导向功能，它是文学的教育功能的重要组成部分。文学以一种特殊方式影响着大学生的社会认识，文学能够通过对社会文明的形象描述和艺术追求，紧扣时代主题，把握社会发展的文化主旋律，倡导和谐美好的社会主张，达到激发大学生心中对光明和理想社会的追求，对腐朽社会鄙弃的教育效果。

文学创作以真实为基础，但是文学对社会的真实反映是在审美加工的基础上完成的，具体表现就是作者带着自己的独到眼光去观察社会，然后在文学作品中阐述自己的主张与立场，凭借文学艺术的感染力与表现力对大学生的社会认识产生影响，因此通过文学反映出来的不是社会现象，而是社会本质。优秀的文学作品能够通过真实再现社会矛盾，表达作者对美丽人生和美好社会的向往，激励大学生对生活崇高理想的追求和对社会丑恶现象的憎恶。为了传达自己对社会现状的理解，不同的人会采取不同的宣传方式。文学家则选择文学形式为表达方式，通过刻画人物形象，述说社会事件的文学方式达到宣扬自己观点立场的目的，激起读者的社会关注热情。

优秀的文学不仅倾注了作者对美好生活的向往，对文明社会的憧憬，对和谐社会的追求，重要的是它能够合理提出解决社会矛盾的方法，减小个人和社会矛盾的程度，既满足个人利益又不损坏国家利益，增添了文学作品更深层次的韵味。文学中对理想社会的诉求，结合丰富的文化蕴含，能够潜移默化地引导大学生实现对美好生活的向往，实现心灵上的安抚，灵魂上的抚慰，达到放松情绪的紧张，缓解身心疲劳的效果，有助于调动大学生的积极性，激起其关注社会的热情，增强社会的凝聚力与向心力。最终缓解社会矛盾，减轻国家压力，实现社会的和谐与国家的稳定。

（五）沟通人性，陶冶人的情操

人性，是在一定的社会制度和历史条件下形成的人的本质属性。马克思将其解释为人的本质不是单个人所固有的抽象物，在其现实性上，它是一切社会关系的总和。人的本质是现实的、具体的，是由人所处的社会关系决定的，会随着社会关系的发展而变化。由此可见，人性主要表现为人与社会的关系，人的生长受到社会环境的影响，形成了独立的个性之后是选择回报社会，还是堕入唯利是图，会出现截然不同的两种人性。人性是文学永恒的主题，因为写人是文学的使命，通过文学体裁寄托作者最强烈的以情感为发端的人性理念，人性主题对大学生的人性认识能够产生引导作用，提升学生的道德人性，实现沟通大学生人性的教育效果。

当前社会里，物质欲望越来越充斥大学生的心灵，在对物质世界不断追求的过程中，大学生的精神世界逐渐迷失，他们甚至为了追求利益、荣誉、金钱丧失了人格，失去了人性的尊严，陷入了人性的堕落。大学生处于社会大的环境中，需要良好的人际关系维持自己的生活需求，因为人要和周围环境维持良好的联系和发展就需要具有能够被周围所接受和喜爱的因素，即崇高的人品、高尚的道德情操。我国自古以来老师的职责就是“教书育人”，老师的责任不仅仅是传授知识，更兼有传授做人道理的责任。韩愈指出“师者，所以传道授业解惑者也”，他将传道列在了第一位，可见其将育人的责任看得最重，我国的教育从古至今始终注重加强学生的道德情操教育。育人，就是要通过审美教育达到陶冶情操、健全人格、提高品德、促进身心全面发展的目的。一个国家繁荣富强的标志仅仅依靠经济实力的提升是不够的，只有民族素质整体提升，才算得上是全面的发展。

情操，就是感情与操守，它是以人的社会需要为中介，以某种思想和社会价值观念为中心的高级情感。陶冶良好的情操，有利于建立健康的思想道德修养，提高心理素质。个人情操的培养不是一个简单的过程，它与个人的努力、周围环境的影响都是分不开的。人不仅要战胜个人欲望的冲击，从欲望中解脱，更需要做到在恶劣环境中独善其身，出淤泥而不染，增强对恶劣环境的免疫功能。提高个人道德情操的教育需要多种教育方式相辅相成共同完成，因为对文学的审美过程实质就是接受精神洗礼、审美享受的过程，所以对于大学生的人文素质教育，利用文学进行教育是一个重要的教育方式，这有助于提高大学生对于美的崇高追求，提高审美情操，鄙弃堕落，放弃低俗。

文学是人类的精神创造产物，是对客观世界的真实反映，它不仅记录了丰富多彩的物质世界，还展示了人类千姿百态的精神世界。大学生可以从文学中发现一切想要寻求的答案，孔子曾说过“诗可以兴，可以观，可以群，可以怨。迩之事父，远之事君，多识于鸟兽草木之名”。这句话形象概括了文学对认识世界、开阔眼界的认识作用。文学中不仅包括了对自然世界的描述，更包含了对人类社会的丰富描述，人的喜怒哀乐，世界的变幻无常，人情风土、历史变化、文化特色等无所不包。大学生从文学中满足了对知识的渴求欲和探索欲，思想认识和思想境界也得到了提升。一部优秀的文学作品是由行云流水的语言文字，流畅自然的故事结构，引人深思的思想内涵共同组成的。文学的思想境界越深厚，对大学生的影响就越深刻。它关注的不仅是世间百态，更包括人性意义，真理是非，以及对宇宙人生的探索等等。当大学生真正对文学作品的内涵意义有所体验感悟的时候，精神世界就受到了一次巨大的震撼。性情感悟的沟通促进了思想道德的提高，他们将体验到的人性真善美内化为自身的品质，这一切共同作用陶冶了情操，促进了大学生的道德素质的提升。

道德情操的提升是个不断完善的过程，它贯穿人的一生，需要人们不断通过学习努力去提高。我国非常重视对大学生的道德素质的教育和提高，设立专门的课程加以正确引导。在对大学生的众多宣传教育方法中，开发文学的思想教育资源，对于加强大学生道德教育具有很大帮助。

首先，文学无处不在。我国经济的迅速发展已经创造了充足的物质基础，精神追求成为无忧无虑的大学生的需要，阅读成为大学生生活的一部分，文化市场的繁荣能够满足大学生对知识的渴望，解决大学生的精神饥渴。

其次，文学帮助大学生提高认识并引导大学生深刻思索。文学内容既包括物质世界又容纳精神世界，用艺术的手法记录世界变迁，展示生活真谛，引导大学生对审美的感悟，能够达到对思想的净化、道德的提升。

最后，也是最重要的，文学艺术中蕴含的巨大教育资源都是隐藏在故事情节背后的，大学生无需进行刻意的道德价值思索，只要随着情节的发展去感受便可以。大学生在文学审美过程中通过对文学形象的审美分析，主动揭示隐藏在其背后的真义，这对自己的审美能力是一次锤炼，对思想认识有很大的提高。

对大学生道德情操的陶冶与提高，依靠传授灌输的简单方式不能达到目的，而需要学生们真心接受并且产生认同，否则便会出现抵触情绪。引导大学生广泛阅读书籍，丰富知识量，可以提高个人审美能力，优化个人爱好情趣。文学对大学生的思想影响是巨大的，尤其是经典文学散发出的思想光辉影响深远，很多幼年时读过的文学作品多年后回想起仍然历历在目，书中高大的人物形象、雄伟的英雄气魄对大学生的精神追求和思想境界影响深远，对陶冶大学生的情操产生重要影响，对大学生的人性塑造起到正确引导作用。

三、文学的审美功能

文学的审美功能是指文学作品中生动的形象、深刻的主题、丰富的想象、高超的技巧等所形成的艺术魅力，能使读者精神振奋，心灵跃动，从而获得轻松、愉悦的美的享受，陶冶人的情操，提高人的审美情趣和鉴赏力，也有人把它称为文学的娱乐功能。

（一）审美超越与自由生存

杨春时从马克思主义实践哲学理论和西方存在主义哲学思想入手，从人的自由生存和终极解放的意义上来理解文艺审美的价值和意义。他将文艺审美看作是一种比现实生活和社会实践更高层次的使人直达精神自由的活动，获得精神解放从而实现自由生存的重要途径。人在“审美”中不断实现了对现实主客体二元对立关系的超越，而且具有了生存论意义上的哲学本体内涵。文学艺术也不只是在其特殊性上与其他社会实践和活动有着本质的分别，而且在本质上具有超越现实困顿，直达自由王国的能力。

杨春时的超越论文学审美观的形是从反思和批评机械反映论和文艺工具论的文学观开始的。他指出，自 20 世纪 20 年代开始，国内文艺研究就将文学看作反映社会生活和现实斗争的产物，文艺超越现实的自由品格被彻底遗弃。文艺作品只是社会历史的记录文献，主体得不到应有的表达。[1]这种极度强化的意识形态属性的文艺观念虽符合特殊历史阶段的文化要求，起到了一定的历史效果和社会作用，但是，它极端排斥审美主体的地位和作用，忽视文学的情感性、审美性和超越性，也给我国的文学理论发展造成了一定的损害。所以，杨春时提出，审美意识不是普通情感，更不是认识形式，而是一种人类自我创造和生发得更为自由、全面和高级的认识类型。[2]“审美关系”则是一种全面的、自由的“实践—精神的掌握”关系[3]，即相较于人类其他的实践活动和生产方式而言，作为“自由的精神生产”，文艺活动中的主体性更为突出，自由品格的凸显使其超越于其他精神产品。也就是说，在文艺活动中，作家的主体性可以获得充分的展开和发展，进而表现为一种独特的艺术个性，具有超越性。可见，在杨春时看来，“审美”不只是构成文艺本体自主性的基础，也不只是界定文学核心特征的范畴，而指向对社会现实局限性的超越，是使文艺的“自由品格”得以确立，使人摆脱异化、走向完善的最高形式。概括起来，杨春时的超越论文学审美观以自由生存为文艺审美研究的逻辑起点和本体论范畴，以主体间性为文艺审美存在的理想状态，以批评和反思现代性为文艺审美的指导思想，以生命自由生存和终极价值的获得为文艺审美的最后目标。

首先，文艺审美作为自由的精神生产方式，是自由的生产和向自由的回归。杨春时认为，哲学本体论的基本范畴和逻辑起点是生存。[4]一切的问题都应该从“人活着”这个最基本的事实出发，否则就是没有意义的。但是，杨春时对“存在”概念做了内容改造和重新定义，将之指向一种人与人生存于其中的世界的同在，即我与世界的共存，并指出存在是生存的根据，具有本真性。他对人的生存活动的基本方式及人与世界的关系作了纵向的分析，指出人类具有三种生存活动的基本方式：原始活动、现实活动和共产主义—审美活动，它们对应着三种基本的生产方式：人类自身的生产、物质生产和精神生产，也表征着人与世界的三种关系：原始关系、现实关系和共产主义—审美关系。原始活动时期人类主要处在一种自我生产的蒙昧阶段，物质生产水平低下，也没有现代意义上的精神和意识，巫术活动和文化表现是这一时期的主要内容，而这也是直接同生产同一的。

现代意义上的物质生产和精神创造发生于现代活动时期，人的自我意识和精神在开始产生，但这种生产仍然是不自由的。一方面，人要受到自身所处社会阶段整个客观条件的制约，另一方面，人也要受到随着物质发生发展起来的工具理性和意识形态理性的束缚。因此，在这种不自由的环境中，人是不可能自由生存的，也谈不上真正的审美。在共产主义—审美活动中，人类克服了现实活动从事物质生产的局限，到达物质生产的彼岸，超越一切的理性、法则和束缚，进入一种自由的精神生产的王国和全面的审美关系的领域。只有超越一些现实束缚人的价值和意义才能得到最终实现，而这一自由生存方式中的超越才是人的生存本质。

其次，主体间性为文艺审美存在的理想状态。主体间性在杨春时超越论文学审美观中具有重要的位置和作用。不同于胡塞尔现象学框架内的认识性的主体间性，伽达默尔解释学视野内的方法性的主体间性，以及哈贝马斯社会学研究下交往性的主体间性理论，杨春时试图建构一个本体论意义上的主体间性。这一主体间性不是意欲认识和征服对象，也不是理解和

1 杨春时．论文艺的充分主体性和超越性——兼评《文艺学方法论问题》[J]．文学评论，1986（4）．
2 杨春时．论审美意识 [J]．求是学刊，1982（3）．
3 杨春时．论审美关系 [J]．求是学刊，1983（5）．
4 杨春时．生存与超越 [J]．黑龙江社会科学，1995（4）．

阐释对象，更不是通过交往和对话建立一种平等和和谐的社会关系，而是强调将对象或者客体也看作是和人或主体一样具有平等地位的主体，一种同在的主体。生存论在杨春时的整个美学理论和文学理论中具有逻辑起点和本体论的地位，而生存的基本方式和状态是主体间性的。审美的本质和根源，以及基本方式和状态也是主体间性的。所以文艺审美在杨春时的文学理论中就具有本体和超越的地位。在杨春时看来，现实世界充满了各种规则和束缚，现实的生存是异化的和不自由的，因而只有超越现实世界、忘却现实生活，突破传统的主客二分，将对象世界也看成是一个主体，进入主体间性的状态，才可能获得自由的、本质的存在。这里我们发现，主体间性只能是在超越现实的精神世界中存在，而审美正是一种精神性的生产和创造。在审美中人人超越了现实世界各种束缚和规则，获得了自身的解放和精神的升华，成为自由而全面的人，获得生存的自主和自觉。这里会涉及主体间性与个体特性之间的矛盾问题，在杨春时看来，个体性的充分发展和主体间性的完善是不矛盾的。主体间性充分尊重个体特性的发展，而个体特性的充分发展也是主体间性得以完善的保障。他充分论述了“艺术个性”的问题，认为在艺术活动中，主体的现实个性被审美理想（全面发展的要求）所改造、扬弃，升华为自由的、全面发展的个性——艺术个性，因此，主体才能感受到那种高度的精神上的愉快[1]，文学越有个性就越有审美价值，从而就越有普遍性。[2]

第三，以批评和反思现代性为文艺审美的指导思想。随着科学技术的进步和思想观念的转变，自文艺复兴以来，西方社会逐渐地进入现代社会阶段。现代化的加剧和现代性的普及，深刻地改变着人们的生活方式和精神状态。作为对现代社会中文化状态和时代精神集中概括的“现代性”一般包含启蒙现代性和反思现代性两个层面的内容。启蒙现代性更多的是从正面肯定西方现代性所体现的理性精神和进取意志，认为通过人的理性探索和科学设计人类可以完全地认识和掌握自然世界，从而获得人类发展所需要的各种资源和条件，推动人类社会持续发展和幸福前进。而反思现代性则是从反面对西方现代性所体现的理性精神和进取意志持批判和反思的态度，通过对现代化社会进程中体现的种种弊端和危机的发现和凸显，提醒人们理性并非万能的，从而对人的妄自尊大和盲目自信起到纠偏和警醒的作用。通过对人类历史的发展进程做简要分析，我们发现，在启蒙理性的引导和支配下，人类在科学艺术领域及自然改造方面确实取得了前所未有的成绩，因此，马克思也不得不感慨地说，资本主义短短百年时间创造的财富，比以往所有世纪加起来还要多。但是，财富的剧烈增长并没有使人们的生活更为幸福，制度的科学设计反而限制了人们的自由发展。特别是在现代社会工具理性的压抑和支配下，人们日益局促于社会劳动的一隅，成为整个社会机器中的某个部件。感性的压抑使人们难以获得持久的审美享受，异化生存成为普遍的生活方式。启蒙理性为人类描绘的理想蓝图，反而在现代性不断加深的过程中自我解构了。而一切现代性问题中，最为严重和危险的就是人的感性生活的贫乏和精神理想的困顿。人们找不到生存的意义和价值所在，时代精神和个体价值处在漂浮的无根状态和缺失状态。所以，作为反思性和批判性的哲学和美学在坚守个体存在立场，为个体生存找到价值皈依，为时代精神找到意义依据具有重要的指导意义和现实价值。杨春时所提倡的超越美学或文学的超越本质，即在于通过审美艺

1　杨春时．艺术个性与艺术的超越性 [J]. 文艺评论，1986（3）.
2　杨春时．文学：从主体性到主体间性 [J]. 厦门大学学报（哲学社会科学版），2002（1）.

术对世界真实体验的恢复和对理性世界的描绘，为人类的精神生活找到最终的归宿和依托。

最后，以生命自由生存和终极价值的获得为文艺审美的最后目标。“超越”和“自由”是杨春时超越论美学或文学审美超越论的核心范畴和概念，也是其对包括文学审美在内的审美活动的本质性的规定。在现实世界中，人由于要受到种种功利纠缠和现实羁绊，特别是在资本主义社会中由于工具理性和科学制度的限制，人往往处于一种异化的生存状态，因而，不可能做到真正的超越而获得切实的自由。所以，这一切实的自由和真正的超越的获得，只能存在于脱离或扬弃了现实生活的不自由的或受约束的方面，而进入一种艺术的世界或理想的王国，通过对现实世界的否定、批判和升华，最终达到一种终极的真和善的统一，也就是美的获得。可见，在杨春时的超越论文学审美观看来，审美过程中的超越只存在于超验的领域内，且通过对现实世界的彻底否定、批判达到对终极性真和终极性善的获得。

（二）审美超越与终极关怀

王元骧先生于20世纪80年代中期开始集中精力致力于文学理论的探索和研究，特别是对文学“审美反映”论和文学“审美意识形态”论都有较为深厚的理论基础和重要的理论贡献。20世纪90年代开始，王元骧先生将文学审美与人对现实生活的内在超越和人生的终极关怀联系起来，从对文学艺术“是什么”的本质问题的探索逐渐地过渡到对文学艺术“应如何”的功能问题的研究，将文艺活动的实践性和价值性联系起来，进而过渡到一种对文学艺术本体论观照的新视野。虽然这种具有终极关怀意味的超越论文学审美观产生时间较晚，但是，他同王元骧先生之前文学“审美反映”论和文学“审美意识形态”论研究是一脉相承的，也符合文学理论审美范式内在的学理要求和逻辑规则，是对中国当代文学理论审美范式的文学观念的丰富和补充。

20世纪80年代王元骧先生致力于文学“审美反映”论和文学“审美意识形态”论的研究。一方面，他反驳了长期主导我国文学理论研究的社会范式中庸俗社会学指导下的文学机械反映论和文学工具论的文学观；另一方面，他也不同意主体性文艺思潮将社会范式中的反映方式简单地划归为机械反映，并将之从文艺活动中排除出去，而极力强调文艺活动中的主体性、情感性和非理性因素的观点。他认为应该恢复马克思主义哲学的本来面目，分清辩证唯物主义和庸俗社会学，能够将反映论和机械反映论相区别，从而将文学艺术本质问题的探讨建立在辩证唯物主义和能动反映论的基础之上。同时，我们也应该看到马克思主义哲学原理和文学艺术基本规律之间是有区别的，将哲学原理直接运用于文艺规律的探索，需要一定的中介和转化。在此基础上，王元骧先生认为文学艺术是对社会生活和人类实践的一种反映，所不同的是，它是一种审美的反映；文学艺术是整个社会结构中的一种意识形态形式，是一种审美的意识形态，具有自身的特殊性和规律性。但是，这里仍然是在文学反映的认识论框架内对文艺本质问题的探索，还没有从更为开阔的视野和多元的角度，就文艺本身所应该具有的实践特性和价值内涵做出阐释。

20世纪90年代开始，王元骧先生仍然坚实文学“审美反映”论和“审美意识形态”论，但是，他也认识到仅仅从认识论的框架内来认识和理解文学艺术的本体问题是不够的。他结合文学自身的审美特点指出，文艺活动和科学研究都是一种认识，是对现实生活和社会实践的反映。但是，文艺活动毕竟不同于科学研究，它是通过审美主体的内在情感为心理中介来反映现实生活和实践的。情感不同于认识之处就在于，它所代表的是一种实践主体对能够满足实践主体内在心理需要的客体所产生的一种情绪、感觉和体验。这样一来，它所表征的就不是一种客体的实体属性，而是一种关系属性。所以，就文学艺术来说，它所具有的作用就不是为人们提供一种现成的知识，表明世界就是什么，而是为人们提供一种未来的谋划，表明世界应是什么，即呈现出审美主体对未来社会、人生的一种期盼和希望，所以本质上是一种价值意识。这里文艺活动显然已经具有了明显的主体性和超越性内涵。王元骧先生说，仅仅从反映论的维度和认识论的视角去研究文艺活动的本质，即使以“审美”来加以充实和规定，似乎也还是不足以作充分的说明。这就使得我渐渐发现从意志、实践一维，亦即从价值论和实践论的视角来进行研究对于正确而深入理解文艺性质的重要。[1]

就现实文化背景来说，改革开放后市场经济迅速崛起和建立，物质生活的丰富带来了人的欲望的膨胀和精神的滑坡，消费社会的确立和大众文化的盛行也催发了社会思想的急剧转变和精神价值的畸形发展。这是其文学审美超越论审美观产生的现实文化诱因。就哲学理论取向来说，以康德为代表的道德哲学理论使人们认识到实践不仅仅是一种物质的生产与制作，而且是人的最基本的生存活动，是人按照自己的理想和目标生活的问题，所以本质上是一种意志行为，而非仅仅是认识活动。就文艺活动反映的是事物的价值属性而非认识属性，提供给人的是一种“应是的”人生愿景，而非“实是的”客观知识而言，它的性质更接近康德所说的实践理性，其价值就在于为人的行为确立一种有目的的意志。所以，文艺创作不单是一种认识活动，也是一种意识活动。文艺就其性质来说就不仅仅是认识的，给人以求知的满足，同时也是实践的，承担着引导人们为实现美好的人生理想去奋斗的职责。[2]

王元骧先生指出，在当前这个价值多元的社会，不同的个人、集体或阶层对“应是人生”具有不同的理想和谋划。但现实的情况是，商业法则和工具理性的泛滥，导致物质利益关系的计较弥漫着人的有限的生存空间，物质的享受代替了对人生价值的追求，私欲满足摒弃了对人生意义的眷恋。人在这种环境里逐渐地沦为物质的奴隶，“异化”程度进一步加剧。这个时候，文艺所起到的作用就不仅仅是反映这种现实的矛盾和冲突，而是要积极地改变这种困顿和危机。他指出，文艺反映人生的终极目标在于回归人生，即在满足人的感官享受和审美体验的基础上，激发和唤醒人的生存自觉意识，使人从当下的生存状态和个人生活中超越出来，去思考和追求自己生命的终极目的。[3]然而，文艺的这种审美超越的本性并不是凭空产生的，而是源于人类自身所固有的追求自我超越的渴望，以及一种追求美好、完善的形而上的冲动。具体来说，王元骧先生的审美超越论主要是围绕着文艺活动的有限目的与终极目的的关系、物质家园与精神家园的关系、现实世界与理想世界的关系这三个层面展开的。

首先，文艺活动使人从有限的目的走向终极的目的。王元骧认为，经验世界和超验世界是人在现实的生命活动和生产实践中所必须面对的两个世界。经验世界是与人的自然需要相应的，人在当前所处的实在的物质世界。在经验世界中活动的人类，所追求的是一种“有限的目的”。相较而言，超验世界是人根据自己的文化需要所营造的精神世界，在这个世界中，

1—3　王元骧．我的学术道路（代序言）// 审美超越与艺术精神 [M]. 杭州：浙江大学出版社，2006.

人才能够突破有限进入无限，从而追逐“终极的目的”。两个世界之间存在着一定的张力，把人不断地引向自我超越的境地。相较于经验世界的有限目的而言，超越世界的终极目的只是一种希望和祈盼。但是，正是这种希望和祈盼使人在达到了有限的目的之后不会迷茫和空虚，生命不息、奋斗不止，进一步在一个更为高远的目标上使生命价值得到提升和拓展。王元骧认为文艺的有限目的和终极目的之间是相互联系，密不可分的。但是，在理论表述中又体现出了对文艺终极目的的特别关注和强调，认为文艺的最终目的和根本目的是在人的物质生活空间营造一个精神上的圣地，为人的生存提供一种精神的支撑，增添一份诗意，而使人自身得以提升和完善。这就在一定程度上割裂了有限的目的与终极的目的的辩证联系。

其次，文艺审美活动使人从物质的家园走向精神的家园。王元骧先生认为，人在生活中除了需要“物质的家园”之外，还需要一个“精神的家园”。而当前现实生活的基本情况是，人们在市场经济大潮和消费文化的裹挟下，只关注自身私欲的满足和享乐的实现，功利主义、拜金主义和利己主义大行其道，根本不关注人生价值的探寻和终极意义的追问。所以当务之急是对人的精神生活的重视和精神家园的重构。“精神家园”不可能在现实世界里得到建立，只能在人的精神世界里建立。因而，王元骧先生主张作家要有一种普适情怀，即一种作家所具有的对现实世界的剥削、压迫、黑暗和丑陋的揭露和反抗，以及对自由、平等、光面和美好的颂扬和主张的主观意向和追寻。这种普适情怀对于一个从事“美的艺术”创造的作家来说是不可缺少的[1]。这里，王元骧看到了文学艺术通过感性观照即可将愉快或不愉快的审美情感传达给别人的特点，自己文学艺术在引导人克服自身利害关系和生存局限的优势，主张作家具有一种普适情怀和超越意识，致力于“精神家园”的建设和心灵的拯救。当然，王元骧先生也认识到，只要社会上还存在着剥削、压迫，就不会有真正普适的价值，但这并不排除个人出于自身的道德理想所为之奋斗的决心和行动。[2] 所以，人的解放根本上是社会的、现实的和实践的解放问题。“审美救世主义者”将之误解为意识的、精神的和审美的解放问题，只能是空中楼阁，不切实际的空想。可见，审美超越尽管可以为我们提供一个精神安顿的理想王国，为我们价值的探索和希望的实现指明道路和方向，但从根本上并不能使我们真正实现自身的解放和自由，而只有现实的物质的解放和异化的消除才是人的真正的自由和超越。

最后，文艺审美活动使人从现实世界走向理想世界。王元骧先生指出，人是文艺活动的对象和目的。文学创作的关键在于作者通过敏锐的感知和精巧的构思，用生动形象的语言将人的内心隐藏的不易为人所觉察的追求自我超越的本性描绘出来，展示出来，从而反过来又去启示和引导我们在对现实人生的反思中把自身从经验引向超验、从有限引向无限、引向自我超越。[3] 所以，在文学审美中，常常出现一些诸如“丑”“荒诞”“卑微”“平庸”及罪恶和困难等与“美”“高尚”和“伟大”等正面价值相对的意象和范畴。这一负面价值和意象向美的、高尚的正面价值的转换，体现了人的精神对现实困难的克服和理想境界的憧憬。由此观之，文艺是人类摆脱现实苦难和功利纠葛，实现生存超越到达理性王国的最为生动而集中的体现和路径。唯其在美的文艺作品中，一切美丽的幻想、想象、期待和期盼本质上都源于人们这种追求超越的渴望，所以，它才能成为引导人们前进的火炬。

1—3　王元骧．审美超越与艺术精神 [M]. 杭州：浙江大学出版社，2006.

参考文献

[1] 张颖．文学教育与大学生人文素质的培养 [J]．长春理工大学学报（社会科学版），2014(12).

[2] 杨晓萌．对大学生人文素质教育的思考与探索 [J]．青年文学家，2014(2).

[3] 余聪聪．文学教育：精神立人与生命价值的叩问 [J]．读写月报（语文教育版），2016(9).

[4] 张冉冉．试论 21 世纪的大学文学教育 [J]．当代教育实践与教学研究，2016(3).

[5] 徐丽华．浅谈文学教育对培育高校学生社会主义核心价值观的作用 [J]．黑龙江教育（理论与实践），2016(6).

[6] 李卫国．大学文学教育的现状与思考 [J]．科技经济导刊，2016(12).

[7] 董颖 . 中国现当代文学教学中融入社会主义核心价值观的策略研究 [J]. 中国管理信息化，2019(3).

[8] 徐美娟 . 高职语文教学中核心价值观的渗透 [J]. 文学教育，2019(13).

[9] 张伟 . 经典文学对当代大学生社会主义核心价值观的培育及影响 [J]. 语文建设，2016(36).

[10] 王婷玉 . 当代高校社会主义核心价值观教育的实践方法 [J]. 文学教育（下），2017(1).

[11] 龚翠英，王永富 . 文化视角下的高校社会主义核心价值观教育 [J]. 文学教育（上），2017(11).

[12] 徐丽华 . 浅谈文学教育对培育高校学生社会主义核心价值观的作用 [J]. 黑龙江教育(理论与实践)，2016(6).

[13] 蒋承勇 . 多元融合阅读评论媒介传播:《简・爱》经典化过程考论 [J]. 英美文学研究论丛，2019(2).

[14] 王爱华，刘唐华 . 从文学到电影：解读名著《简・爱》[J]. 福建茶叶，2019(12).

[15] 何果 . 韩愈古文对桐城古文的影响研究 [D]. 郑州：河南大学，2014.

[16] 李旬 . 张裕钊研究述评 [J]. 华中师范大学研究生学报，2014(4).

[17] 白雉山 . 张裕钊诗试论 [J]. 鄂州大学学报，2004(1).

[18] 李松荣 . 张裕钊的创作分期及其在莲池书院的散文创作 [J]. 常熟理工学院学报，2014(5).

[19] 童岳敏 . 新见方苞、姚范、张裕钊杜诗评点考略 [J]. 文献，2017(4).

[20] 刘求长 . 建设有“自主知识产权”的中国文学理论刍议 [J]. 乌鲁木齐成人教育学院学报，2006(2).

[21] 乔国强，郑佳 . 对话与重建——评《中学西话：20 世纪西方文论中的中国》[J]. 中国

图书评论，2021(1).

[22] 段吉方．“西方”如何作为方法——反思当代西方文论的知识论维度与方法论立场 [J]. 学术研究，2021(1).

[23] 陈新儒．百年中国文论对当代西方文论评价观的吸收与本土化建构 [J]. 社会科学动态，2021(5).

[24] 周尧．文学研究对象及其关系视角下西方文论的和谐观 [J]. 文艺评论，2021(3).

[25] 曾军．20 世纪西方文论知识的中国建构 [J]. 南京社会科学，2016(5).

[26] 刘思璇．中西对照虚实结合——提高西方文论教学实效的途径 [J]. 淮北师范大学学报 (哲学社会科学版)，2014(6).

[27] 卜凡．试论中西方文论中兴会与灵感的异同 [J]. 青年文学家，2017(5).

[28] 卜凡．试比较中西方文论中文学与道德的关系 [J]. 山西青年，2016(21).

[29] 童真，张良．“西方文论中国化”的现实处境与应对策略 [J]. 当代教育理论与实践，2011(11).

[30] 陆正兰．新女性现实主义：女性文学生态写作的路标 [J]. 中国图书评论，2018(6).

[31] 王纯菲．哲学视域下的中西性别理论与女性文学批评 [J]. 辽宁大学学报（哲学社会科学版），2014(6).

[32] 袁莉雅．英译中国女性文学作品输出背后的国家意识——以法兰克福书展为例 [J]. 风景名胜，2019(8).

[33] 巫阿苗，胡兴文．中国女性文学出版的翻译策略 [J]. 出版广角，2016(5).

[34] 王亚民．中国现当代文学在俄罗斯的翻译与接受 [J]. 外语教学理论与实践，2016(3).

[35] 曹文刚．论中国现当代文学的对外译介与传播 [J]. 湖北第二师范学院学报，2015(3).

[36] 陈晶晶．中国现当代文学在意大利译介状况研究 [J]. 散文百家（理论），2021(9).

[37] 於伟澄．2015—2020 年中国现当代文学在德国的译介——基于数据分析上的量化研究 [J]. 今古文创，2022(4).

[38] 郝亚茸，何妍．陕西当代文学的海外传播与影响研究 [J]. 文化创新比较研究，2022(9).

[39] 任少凡．中国现当代文学在西班牙的译介与传播研究 [J]. 东方翻译，2020(4).

[40] 杜文悦．广西当代文学对外译介初探 [J]. 南方论刊，2020(10).

[41] 侯杰，王梅．回顾与反思百年以来中国现当代文学英译与传播 [J]. 梧州学院学报，2020(4).

[42] 邓萍，马会娟，蒋勇军．论中国现当代文学在英国的译介和接受：1949—2015[J]. 外国语文 .2018(1).

[43] 周磊．山东当代文学在韩国的译介与研究 [J]. 民族翻译，2018(1).

[44] 李娜．从文本美和教学美论《简・爱》的美育价值 [J]. 文学教育，2019(21).

[45] 胡婷．张裕钊散文研究 [D]. 武汉：中南民族大学，2014.

[46] 汪君．张裕钊诗文研究 [D]. 合肥：安徽大学，2016.

[47] 张倩．张裕钊与莲池书院 [D]. 保定：河北大学，2012.

[48] 连思萍 . 张裕钊诗文研究 [D]. 福州：福建师范大学，2015.
[49] 刘韵智 . 张裕钊诗文研究 [D]. 保定：河北大学，2018.
[50] 代亮 . 曾国藩诗文思想研究 [D]. 天津：南开大学，2010.
[51] 范丹凝 . 吴汝纶古文理论与创作研究 [D]. 济南：山东大学，2021.
[52] 王启芳 . 晚清桐城诗派研究 [D]. 济南：山东大学，2014.